글누림비서구문학전집

일백 개의 산을 넘어

05

글누림비서구문학전집

일백 개의 산을 넘어

across a hundred mountains

레이나 그란데 장편소설

박은영 옮김

구미중심적 세계문학에서 지구적 세계문학으로

괴테가 옛 이란인 페르시아에서 아주 유명하였던 시인 하피스의 시를 독일어 번역을 통해 읽고 영감을 받아서 그 유명한 『서동시집』을 창작한 것은 아주 널리 알려진 일이다. 괴테는 비단 하피스 뿐만 아니라 페르시아의 역사 속에 등장하였던 숱한 시인들에 대해서도 공부하고 일일이 설명하는 노고를 그 책에서 아끼지 않을 정도로 동방의 페르시아 문학에 심취하였다. 세계문학이란 어휘를 처음 사용한 괴테는 히브리 문학, 아랍 문학, 페르시아 문학, 인도 문학을 섭렵한 후 마지막으로 중국 문학을 읽고 난 후 비로소 세계문학이란 말을 언급했을 정도로 아시아 문학에 깊이 심취하였다. 괴테는 '동양 르네상스'의 전통 위에 서 있었다. 16세기에 이르러 유럽인들이 고대 그리스 로마의 정신적 유산을 비잔틴과 아랍을 통하여 새로 발견하면서 르네상스라고 불렸던 것을 염두에 두고 동방에서 지적 영감을 얻은 것을 '동양 르네상스'라고 명명했던 것이다. 동방의 오랜 역사 속에 축적된 문학의 가치를 알게 되면서 유럽인들이 좁은 우물에서 벗어나 비로소 인류의 지적 저수지에 합류한 것이다.

그러나 중국에서 생산된 도자기와 비단 등을 수입하던 영국이 정작 수출할 경쟁력 있는 상품이 없다는 것을 깨닫고 인도와 버마 지역에서 재배하던 아편을 수출하며 이를 받아들이라고 중국에 강압적으로 요구하면서 아편전쟁을 벌이던 1840년대에 이르면 사태는 근본적으로 달라졌다. 영국이 산업화에 어느 정도 성공하면서 런던에서 만국 박람회를 열었던 무렵인 1850년대에 이르러서 비로소 유럽이 전 세계를 지배하게 되는 움직임이 시작되었다. 13세기 베네치아 출신의 상인 마르코 폴로와 14세기 모로코 출신의 아랍 학자 이븐 바투타가 각각 자신의 여행기에서 가난한 유럽과 대비하여 지상의 천국이라고 지칭하기도 했던 중국이 유럽 앞에서 무너지는 것을 보면서 예전의 방식은 더 이상 통하지 않게 되었고 새로운 세계상이 만들어져 가기 시작하였다. 유럽인들은 유럽인들이 만들고 싶은 대로 이 세상을 만들려고 하였고, 비유럽인들은 이러한 흐름에 저항한다는 것이 거의 불가능하다는 것을 알아차린 이후에는 유럽의 잣대로 세상을 보는 방식을 배우기 위해 유럽추종에 혼신의 힘을 쏟았다. '동양 르네상스'의 기억은 완전히 사라지고 그 자리에 들어선 것은 '문명의 유럽과 야만의 비유럽'이란 도식이었다. 유럽의 가치와 문학이 표준이 되면서 유럽과의 만남 이전의 풍부한 문학적 유산은 시급히 버려야할 방해물이 되기도 하였다. 처음에는 유럽인들이 이러한 문학적 유산을 경멸하고 무시하였지만 나중에서 비유럽인 스스로 앞을 다투어 자기를 부정하고 유럽을 닮아가려고 하였다. 의식과 무의식 전반에 걸쳐 침전되기 시작한 이 지독한 유럽중심주의는 한 세기 반을 지배하였다. 타고르처럼 유럽의 문학을 전유하면서도 여기에 함몰되지 않고 자신의 전통과의 독특한 종합을 성취했던 이들이 없었던 것은 아니지만 주된 흐름을 바꾸기에는 역부족이었다.

유럽이 고안한 근대세계가 내부적으로 많은 문제점들을 드러내자 유럽 안팎에서 이에 대한 비판이 이루어졌고 근대를 넘어서려고 하는 노력들이 다방면에 걸쳐 행해졌다. 특히 그동안 유럽의 중압 속에서 허우적거렸던 비유럽의 지식인들이 유럽 근대의 모순을 목격하면서 자신의 과거를 돌아보는 성찰의 시간을 가지면서 사태는 달라지기 시작하였다. 유럽중심주의를 넘어서려는 이러한 노력은 많은 비유럽의 나라들이 유럽의 제국에서 벗어나는 2차 대전 이후에 이르러 본격화되었다. 정치적 독립에 그치지 않고 정신적 독립을 이루려는 노력이 문학을 중심으로 광범위하게 이루어졌던 것이다. 구미중심주의에 입각하여 구성된 세계문학의 틀을 해체하고 진정한 의미의 지구적 세계문학으로 나아가기 위해서는 두 가지의 인식 전환이 필요하였다. 하나는 기존의 세계문학의 정전이 갖는 구미중심주의를 분석하고 비판하는 것이다. 현재 다양한 세계문학의 선집이나 전집 그리고 문학사들은 19세기 후반 이후 정착된 유럽중심주의의 산물로서 지독한 편견에 젖어 있다. 특히 이 정전들이 구축될 무렵은 유럽이 제국주의 침략을 할 시절이기 때문에 이것은 더욱 심하였다. 아무리 뛰어난 재능을 가진 유럽의 작가라 하더라도 제국주의에서 자유로운 작가는 거의 없기에 그동안 별다른 의심 없이 받아들여졌던 유럽의 세계문학의 정전들을 가차 없이 비판하고 해체하는 작업은 유럽중심주의를 넘어서기 위해서 반드시 거쳐야 할 과정이었다. 하지만 이는 필요조건이지 충분조건은 아니었다. 서구문학의 정전에 대한 비판에 머무르지 않고 비서구 문학의 상호 이해와 소통이 절실하다. 비서구 문학의 상호 소통을 위해서는 비서구 작가들이 서로의 작품을 읽어주고 이 속에서 새로운 담론들을 만들어 내는 것이 필요하다. 기존 정전의 틀을 확대하는 것은 임시방편일 뿐이고 근본적인 전환일 수 없기에 이러한 작업은 지구적 세계문학의 구축을 위해서는 반드시 거쳐야한다. 비서구문학전집은 이러한 인식의 전환을 위한 새로운 출발이다.

글누림비서구문학전집 간행위원회

목차
Contents

나의 아들 나타니엘,
그리고 저 건너편에 도달하려다
스러져간 이들에게

일백 개의 산을 넘어

아델리나

"저게 아가씨네 아버지 무덤이야." 노인은 거의 들리지 않는 목소리로 되뇌었다. 국경을 넘는 동안 그는 침묵을 지켰었다. 말을 꼭해야 했을 때는 너무나도 부드럽게 말해서, 이 장소가 교회만큼이나 성스러운 곳인 것 같았다.

미국 국경.

아델리나는 그가 가리키는 커다란 돌무더기를 바라보았다. 노인은 분명 착각한 것이리라. 그녀의 아버지가 저 아래에 있을 리 없었다. 아버지가 거기 있을 수는 없는 것이다.

그녀는 손등으로 이마의 땀을 닦았다. 그리고는 손을 방패삼아 작열하는 태양을 가렸다. 몇 발짝 걸어가서, 그들 두 사람과 돌무더기 위로 탑처럼 솟아있는 커다란 바위의 그늘로 들어갔다.

아버지가 정말 저기 묻혀있는 걸까?

그녀는 침을 삼켰다. 입이 바싹 말라 있어서 침을 삼키자 목이 아파 까칠까칠한 배나 가시 같은 걸 삼키는 것처럼 느껴졌다. 그녀는 눈물로 눈이 뜨거워지는 것을 느끼고 재빨리 닦아냈다.

"되돌아가려면 아직 늦지 않았어." 노인은 말했다. "그게 최선일지도 모르지."

아델리나는 깊이 숨을 들이쉬고 주변에 바다처럼 펼쳐진 덤불과 선인장을 바라보았다. 그 지대는 끝이 없어 보였다. 이곳에 오는데 거의 하루 종일이 걸렸다. 그들은 이번엔 국경수비대에 잡히지 않았다.

그녀는 노인을 돌아보았다. 노인은 젊고 민첩하던 시절에는 분명 괜찮은 코요테*였을 것이다. 노령에, 눈도 잘 보이지 않고, 무릎이 아파 절룩거리는 지금도 노인은 이민국의 삼엄한 감시의 눈을 피해 두 번 만에 그녀를 건너오게 할 수 있었다.

"지금이라도 돌아갈 수 있어." 노인은 다시 말했다. "그의 무덤을 봤으니 됐잖아."

아델리나는 머리를 가로젓고 돌무더기로 내려갔다. "전 무덤을 보러 온 게 아녜요." 그녀는 배낭을 내려놓으며 말했다. "저는 아버지를 찾으러 왔단 말예요. 모시고 돌아갈 거예요. 등에 유골을 지고 가는 한이 있어도."

노인은 놀란 눈빛으로 그녀를 바라보았다. 아델리나는 그의 멀쩡

---

* 코요테(coyote)는 불법이주민들이 멕시코에서 미국으로 월경하는 것을 돕고 보수를 받는 사람들을 가리키는 속어이다.

한 갈색 눈을 바라보지 않았다. 대신, 그녀는 그의 왼쪽 눈, 푸른 막이 덮인 쪽 눈을 바라보았다. 그녀는 이것이 노인의 시선을 돌릴 유일한 방법이라는 것을 알아냈다. 노인은 다시 돌무더기를 바라보며 아무 말도 하지 않았다.

그러나 아델리나는 노인이 무슨 생각을 하는지 알고 있었다. 그녀는 그에게 거짓말을 했다. 그녀는 시체를 파내보고, 그게 아버지면 그를 모시고 갈 계획이라는 것을 말하지 않았다. 이 이야기를 했다면 노인은 그녀를 이리로 데려오지 않았을 것이다.

아델리나는 몸을 숙이고 돌을 하나하나 치우기 시작했다. 아버지 위에 이렇게 많은 돌이 얹혀 있다니. 이만한 무게를 견뎌내야 하다니. 일단 돌을 치우고 나면, 일단 그가 자유로워지고 나면 그녀 또한 자유로워질 수 있을 것이다.

"아버지가 아닐 수도 있잖아." 노인은 돌을 치워내는 것을 막기 위해 그녀의 손목을 잡으며 말했다.

"알아야겠어요." 아델리나는 말했다. "19년 동안 아버지에게 무슨 일이 생겼는지 모르고 지내왔어요. 그렇게 사는 게 어떤 건지 당신은 몰라요. 모르고 지낸다는 걸 말예요. 오늘은 사실을 알아야겠어요." 그녀는 팔을 뿌리치고 다시 돌을 치우기 시작했다. 노인은 그녀에게서 물러났다.

그녀는 서두르려 애썼다. 하나씩 돌을 치워냈다. 어떤 돌은 굴러 떨어져 그녀의 무릎을 때렸다. 긁힌 손가락이 아파왔다. 게다가 노인의 말이 옳을 가능성도 있었다. 아버지가 아닐 지도 모른다. 그러나 어떤 것이 더 나쁜 것일까? 아버지인 것? 아니면 아닌 것?

모르고 지낸 19년. 아버지가 자신들을 버렸다고 생각하며 보낸 너무나 오랜 시간.

"저길 봐!" 노인은 말했다.

아델리나가 돌아보니 멀리서 먼지구름이 일어나는 것이 보였다.

"이민국이야." 노인은 말했다. "숨어야 돼."

아델리나는 돌무더기로 몸을 돌려 필사적으로 큰 바위를 향해 돌을 던지기 시작했다. 쌓인 먼지 위로 소리가 메아리쳐 울렸다. 아델리나는 거기에 누가 묻혀 있는지 알아야만 했다. 정말 자기 아버지인지 직접 확인해야만 했다.

"무슨 짓이야? 숨어!" 노인은 재빨리 큰 바위 틈으로 갔다. 그러나 아델리나는 돌을 계속 던져내면서 그 자리에서 움직이지 않았다.

"오려면 오라죠 뭐." 아델리나는 말했다. "이민국이 우릴 찾게 돼요. 그들이 유골을 되찾는 것을 도와줄지도 몰라요." 작은 금속 십자가가 보이자 그녀는 숨을 멈췄다. 그녀는 재빨리 돌을 더 들어내고는 울음소리를 억누르기 위해 손으로 입을 막았다. 그녀는 노인의 보이지 않는 눈을 바라보았지만, 이번엔 노인도 고개를 돌리지 않았다.

"심장 모양의 알로 만든 하얀 묵주지?" 노인이 물었다.

아델리나는 녹슨 금속 십자가를, 하얀 알들을, 한때는 손이었던

뼈를 내려다보며 고개를 끄덕였다.

노인은 거짓말을 하지 않았다.

"지금 그 자리에서 내가 죽은 그를 발견했을 때, 그는 묵주를 아주 꽉 쥐고 있었어." 노인은 말했다. "죽을 때까지 기도하고 있었던 것 같았어. 아마도, 기적을 바라면서."

"그 코요테가 아버지를 여기에서 죽도록 그냥 내버려 뒀어요!" 아델리나는 말했다.

"아가씨 아버지는 뱀에 물렸어. 코요테는 아마도 이민국이 그를 발견할 걸로 생각하고 여기에 두고 갔을 거야. 봐, 그들이 지금 오고 있어."

아델리나가 돌아보니 하얀 차량이 다가오고 있었다. 이민국이 여기에 와 있었다.

그러나 아버지를 구하기엔 19년이나 늦게 와버렸다.

후아나

멕시코

후아나는 문간에 서 있는 어머니를 바라보았다. 엄마는 아빠가 나타나길 바라며 내리는 비 너머로 길을 자세히 보느라 애쓰고 있었다. 그녀는 비가 바깥의 웅덩이를 채우는 동안, 거기서 한 시간도 넘게 서 있었다. 후아나는 잠들 생각을 않는 어린 동생 아니타에게 콧노래를 불러주며 오두막에 걸린 해먹을 앞뒤로 흔들어주었다. 아니타도 아빠가 집에 오길 기다리기라도 하는 것 같았다.

어둠이 내리고 비는 계속 내렸다. 후아나는 간이침대에 누워 아빠가 어디에 있을까 생각하고 있었다. 그는 농부였고, 강 건너편 들에서 곡식을 심고 수확하는 일을 했다. 그녀는 마체테*에 다치거나

---

* 일종의 낫.

뱀에 물리는 사람이 생기면 가끔씩 아빠가 늦곤 한다는 것을 알고 있었다. 혹시 아버지에게 무슨 일이 생긴 걸까? 만약 그렇다면, 왜 아무도 소식을 전해 주러 오지 않는 것일까?

엄마는 숄로 몸을 단단히 두르며 한숨을 내쉬었다. 옷은 젖고 다리는 진흙투성이가 되었지만, 그녀는 오두막 안에서 몸을 녹이거나 콩 한 접시 먹으려 하지 않고 여전히 비바람에 몸을 맡긴 채 서 있었다.

"아버지가 돌아오지 않는구나." 그녀는 다시 한 번 길 위로 눈길을 주며 후아나에게 말하고는 마침내 안으로 들어갔다. 그녀는 촛불의 빛을 받아 수많은 성인상들이 빛나고 있는 구석의 제단을 향해 곧바로 나아갔다. 그녀는 브래지어에서 묵주를 꺼내 그 빛나는 검은 알들을 부드럽게 어루만졌다.

"강을 건너지 못하시는 걸 수도 있어." 엄마가 있는 제단으로 가며 후아나는 말했다. 때로 비가 심하게 내리면 강이 불어나서 아무도 강을 건널 수 없게 된다는 것을 그녀는 알고 있었다. 가끔씩 너무 많이 불어나면 물이 흘러넘쳐 오두막들이 있는 곳으로 도둑처럼 기어들기도 했다.

엄마는 고개를 끄덕이고 흙바닥에 무릎을 꿇고 성호를 그었다. 후아나는 촛불이 과달루페 성모*의 갈색 얼굴 위로 깜박이는 것을 바라보며 성모에게 모든 기도를 바쳤다. 그리고 묵주를 들어 올려 거

---

* 멕시코, 넓게는 중남미 전체에서 숭앙되는 성모로 검은 얼굴을 가지고 있다.

기에 매달려 있는 금속 십자가에 키스했다. 이 묵주는 일 년 반 전, 후아나의 열 살 생일에 첫 영성체를 받던 날 아빠가 준 것이었다.

"원죄 없이 잉태되신" 엄마가 읊조렸다.

"동정녀 마리아시여." 후아나가 덧붙였다. 그들의 목소리는 오두막을 가득 채우며 자장가가 되어 아니타를 재워주었다. 기도를 하는 동안 후아나는 그들의 목소리 덕에, 타르를 발라놓은 골판지 지붕을 가차 없이 두드려대는 빗소리가 잘 들리지 않아 기뻤다.

그들의 기도에도 불구하고 비는 잠잠해질 기미를 보이지 않았다. 천둥은 벽을 흔들어 대고 대나무 가지는 젖은 뼈가 덜걱이는 소리를 내고 있었다. 후아나는 성모님이 기도소리를 제대로 듣지 못할까봐 더 큰 소리로 기도를 했다. 잠시 후에는 목이 아파왔지만 여전히 아빠는 돌아오지 않았다.

그녀의 기도는 점점 더 작아져서 나중에는 그저 속삭이는 소리가 되었고, 나중에는 어머니가 하는 말을 한 마디씩 건너뛰며 따라했다. 마침내는 어머니만이 기도를 했다.

후아나의 눈은 자꾸만 감기려 했다. 그녀는 너무나 오래 무릎을 꿇고 있어서 뼈만 앙상한 무릎의 감각이 사라져 버렸다. 그러나 엄마만 홀로 아빠를 기다리게 할 수 없었다. 성모의 모습이 흐릿해졌다. 후아나의 몸은 한쪽으로 기울고, 묵주가 흙바닥에 떨어졌다.

"가서 자거라, 후아나." 어머니가 까끌해진 목소리로 말했다. "넌 할 만큼 했어, 우리 딸."

후아나는 머리를 가로저으며 기도를 하려고 입을 벌렸지만 더 이상 아무것도 생각해낼 수 없었다.

"자러 가. 아빠가 집에 오시면 깨워줄게." 엄마는 후아나 앞에서 성호를 긋고 그녀가 일어나는 것을 도와주었다. 후아나는 일어날 수가 없어서 대신 지붕에서 새는 빗물을 받기 위해 엄마가 오두막 여기저기 놓아둔 냄비들을 엎지르지 않으려고 애쓰며 간이침대까지 네발로 기어갔다.

잠에서 깼을 때 후아나의 몸은 온통 젖어있었다. 잠시 그녀는 자기가 잠자리에 실례를 했나 생각하고 당황했다. 그녀의 어머니는 간이침대 옆에 초를 들고 서 있었다. 흐릿한 촛불 빛 속에서도 후아나는 오두막으로 물이 넘쳐 들어왔다는 것을 알 수 있었다.

"강이 범람했어." 엄마는 말했다. "식탁 위로 올라가야 해." 그녀는 아니타를 한 팔로 감싸 안고 있었다. 후아나는 엄마의 젖은 옷이 몸에 척 달라붙어 있다는 것을 알아차렸다. 마치 옷이 겁을 집어먹은 것 같았다.

엄마는 돌아서서 작은 식탁 쪽으로 나아갔다. 다리를 차가운 물 속으로 집어넣자 후아나는 몸이 떨렸다. 물은 허리께에 와 닿았다. 어머니가 들고 있는 촛불의 인도로 플라스틱 컵, 옷, 골판지 조각, 물먹은 토르티야*, 꽃, 양초 같은 것을 치워가며 식탁을 향해 나아

---

* 멕시코에서 먹는 납작하게 손으로 두드려 만든 전병으로 주로 옥수수가루나 밀가루로 만든다. 여기에 다양하게 내용물을 얹어 말아서 먹는 것을 타코(taco)라고 한다.

갔다. 제단이 있어야 할 방향으로 눈을 돌렸지만 보이는 것은 오직 물밖에 없었다.

후아나는 식탁 위로 올라가 어머니 옆에 앉았다. 두 사람 다 발을 당겨 모았다.

"강 때문에 미겔이 집에 오지 못하는 거야." 엄마는 말했다. 후아나는 고개를 끄덕였다. 후아나는 아빠가 오두막에 물이 들어찼다는 것을 알고 있을지 궁금했다. 아빠가 빨리 강을 건너와서 시내에 있는 대모님 댁으로 데리고 가졌으면 하고 바랐다. 거기라면 따뜻하고 마른 곳에 머물 수 있을 것이다.

후아나는 어머니에게 기대서 아니타가 엄마의 크고 둥근 가슴에서 젖을 빠는 소리를 들었다.

"걱정 마라, 얘야." 엄마는 말했다. "너희 아버지가 우릴 데리러 곧 올 거야. 내일이면 비가 그칠 거고, 강물은 다시 빠질 테니까."

비는 계속되었고, 강물은 줄어들지 않았다. 그 무렵 그들은 몸이 떨리고, 배가 꼬르륵댔지만 어찌해 볼 도리가 없었다. 아니타만이 어머니의 숄 안에서 따뜻했고, 엄마의 젖을 먹은 아니타의 배만 허기를 달랜 채였다. 후아나는 배를 꽉 부여잡고 얼마나 배고프고 얼마나 추운지, 또 얼마나 눈꺼풀이 무겁게 잠기는지 생각하지 않으려 애썼다. 오직 아빠만 생각했다. 곧 그들을 데리러 올 것이다. 곧 그들은 그녀의 대모님 댁에서 모두 함께 핫초코 한 컵을 마시고 있을 것이었다.

날이 밝고 몇 시간이 지났지만 아직 아빠가 나타날 기미는 보이지 않았다. 엄마는 물을 헤치고 나아가 문을 휙 열었다. 하늘은 아직 구름이 잔뜩 끼어 있었고, 비는 보슬비가 되어 내리고 있었다.

"도움을 청하러 가볼게." 엄마가 말했다. 엄마는 되돌아와서 후아나에게 아기를 건넸다.

"그렇지만 엄마……."

"나는 강 훨씬 아래편에 있는 돈 아구스틴네 댁으로 가봐야 해. 그들은 보트를 가지고 있거든. 아마 우리를 강 건너로 실어다 줄 수 있을지도 모르니까."

후아나는 그녀의 동생을 받아들어 꼭 안았다. 아기는 울음을 터트리고 손을 어머니에게 내밀었다.

엄마는 고개를 저었다. "언니랑 있어, 아니타. 엄마 곧 돌아올게."

후아나는 엄마가 성호를 긋고 그녀를 축복하는 동안 고개를 숙이고 있었다.

엄마는 숄을 벗어 아니타에게 둘러주었다. "오래 걸리지 않을 거야. 동생을 잘 돌봐줘, 후아나. 꼭 쥐고 놓치지 말아야 한다."

"놓치지 않을게, 엄마." 후아나는 아니타를 더 세게 안으면서 말했다. 그녀는 벽에 기대어 식탁 위에 아주 조용히 앉았다. 엄마는 그들을 한 번 더 바라보고는, 진흙물을 튀기며 문을 향해 다시 힘겹게 돌아갔다.

후아나는 어머니가 만들어낸 물결이 점점 잦아드는 것을 바라보았다. 곧 물결은 다시 가라앉았다. 너무나 고요해져서 엄마가 그리로 걸어간 적이 없는 듯했다.

"… 은총이 가득하신 마리아여 기뻐하소서. 주님께서 함께 계시니 여인 중에 복되시며 태중의 아들 예수님 또한 복되시나이다. 아멘." 후아나는 혀로 입술을 적셨다. 목이 말랐지만, 멈출 때마다 다시 쏟아지는 빗소리가 들려서 계속 기도를 했다. 왜 비는 멈추지 않는 걸까?

아니타는 다시 한 번 깨서 몸을 꼼지락대며 젖을 빠는 우스운 소리를 내기 시작했다. 아기는 엄마의 젖을 찾아 후아나에게 더 찰싹 안겼다.

"옳지, 옳지, 아니타, 다시 잠들렴." 후아나는 아기를 위아래로 흔들어주었다. 아니타는 주먹을 공중에 대고 흔들며 울어댔다. "잠들어라, 아니타, 잠들어."

아기 울음소리는 후아나의 귓속으로 바로 파고들어 그 안에서 울려댔다. 후아나는 자기 목소리를 듣고 동생이 잠들기를 바라며 다시 한 번 기도하기 시작했다. 그러나 아니타는 울고 또 울었다. 후아나는 손가락을 아니타의 입속에 집어넣었다. 아니타는 재빨리 물고 바로 빨아대기 시작했다. 후아나는 손가락 끝에 느껴지는 따끔

거림에 웃음 지었다. 그러나 아니타는 순식간에 손가락을 밀어내고 큰 소리로 울음소리를 뱉어냈다.

"제발 빨리 오세요, 아빠." 후아나는 뇌고 또 뇌었다. 그녀는 눈꺼풀이 감기기 시작했다. 물을 조금 떠서 얼굴에 뿌리고 싶었지만 손이 닿지 않았다. 아니타를 꼭 안고 식탁 가장자리로 더 가까이 다가갔다. 손이 미끄러져서 거의 떨어뜨릴 뻔했다.

영원할 것 같던 순간이 지나고, 아니타는 자신의 자그마한 주먹을 빨아대다 마침내 잠이 들었다. 지붕을 두드리는 빗소리가 후아나의 졸린 마음속을 파고들기 시작했다. 여전히 비가 내리고 있었다. 부모님은 아직 돌아오지 않았다.

후아나는 몸이 떨렸고, 위는 제 속을 파먹어들고 있는 것 같았으며, 눈꺼풀은 바위에 묶여 있기라도 한 것처럼 느껴졌다. 한 손으로 왼쪽 눈을 억지로 열고 다른 손으로는 동생을 안고 있었다. 오른쪽 눈이 잠을 요구하며 잠겼다. 후아나는 왼쪽 눈이 깨어 지키고 있는 동안 오른쪽 눈이 잠드는 것이 가능한지 궁금했다.

"잠들면 안 돼." 그녀는 혼잣말을 했다. "잠들면 안 돼, 잠들면…"

아델리나

아델리나는 어두운 비행기 안에서 소리를 듣고 있었다. 주변 사람들은 온통 코를 골고 있었다. 옆에 앉아 있는 사람도 좌석에 몸을 기대고 눈을 감은 채, 가슴이 코 고는 리듬에 맞춰 위아래로 오르내렸다. 소리는 거슬렸지만 아델리나는 화나지 않았다. 코 고는 소리를 내고 있는 사람이 자기라고, 깊은 잠을 즐기고 있는 사람이 자기라고 상상하려 애썼다.

잠.

그 말을 생각하는 것조차 마음이 아팠다.

아델리나 옆의 남자는 그녀에게 기대어 그녀의 귀에 대고 큰 소리로 코를 골고 있었다. 아델리나는 그를 밀어내지 않았다. 그 소리는 그녀의 아버지를 떠올리게 만들었다. 아버지가 이런 깊은 잠을 즐긴 때가 한 번 있었다.

아델리나는 무릎에 놓인 나무상자를 내려다보고 몸 쪽으로 꼬옥 당겨 안았다. 아버지의 유골. 그녀가 되찾아 온 것. 아델리나가 죽어가는 어머니에게 유골을 전해 드리고 나면 더 이상 악마가 나타나 괴롭히지도 않을 것이고, 베개를 베고 잠들 수도 있을 것이다.

마침내 잠들 수 있을 것이다.

후아나

"후아나, 일어나, 일어나."

후아나는 눈을 떴다. 자기 쪽으로 몸을 굽힌 엄마의 모습이 간신히 보였다. 오두막 안은 어두웠고 몇 시인지 궁금했다.

"우리 후아니타, 어떠니?"

"아빠!" 후아나는 말했다. 엄마 뒤에는 아버지와 두 명의 다른 남자들이 물속에 서 있었다. 후아나는 와서 안아달라고 아버지에게 팔을 뻗었다. 무릎 위에 있던 숄이 물로 떨어졌고, 그제서야 후아나는 무언가가 사라졌다는 것을 알아차렸다. 잠에 빠져들기 직전 그녀가 그토록 꼭 쥐고 있던 것은 뭐였지?

"후아나, 네 동생 어디 있니?" 엄마가 물었다.

후아나는 졸린 눈을 비볐다. 엄마는 후아나의 어깨를 잡고 흔들었다.

"아니타 어디 있니, 후아나? 대답해 봐."

"네 동생 어디 있어?" 아빠는 앞으로 걸어오며 물었다. 후아나는 아래쪽 물을 바라보았지만, 어둠 속에서는 어떤 것도 보기가 너무 어려웠다.

그녀는 어머니의 비명소리를 듣지 않으려고 귀를 막았다. 엄마는 무릎을 꿇고 미친 듯이 팔을 위아래로 휘저어 물을 튀겨대며 아이를 찾아다녔다. 아빠와 다른 남자들도 몸을 숙이고 같은 행동을 했다. 후아나만이 아무 일도 하지 않았다. 그녀는 무릎을 끌어당겨 안고 가슴이 빨리 뛰는 것을 느끼고 있었다. 가슴이 너무나 빨리 뛰어서 그녀는 어지러웠다.

"우리 딸, 우리 딸 어디 있어!" 엄마는 무턱대고 팔을 둥글게 휘저으면서 소리쳤다. 그때 아빠가 물에서 무언가를 끌어올렸고, 어둠 속에서도 후아나는 그게 아니타라는 것을 알 수 있었다.

"안 돼!" 엄마는 아빠에게서 아기를 당겨 안으며 절규했다. "안 돼, 안 돼, 안 돼!"

후아나는 머리를 숙이고 모아 쥔 두 손에 얼굴을 묻었다.

아델리나

아델리나는 지갑에 넣어 뒀던 녹슨 하얀 묵주를 꺼냈다. 아버지가 땅 위에 누워 죽어가고 있을 때, 묵주는 그녀의 아버지를 보호해 주지 못했다. 그럴 것이라고 믿다니, 그녀는 한때 얼마나 어리석었던가.

그녀는 지난주를 생각했다. 만나는 코요테마다 그녀의 아버지가 국경을 건너는 것을 봤거나 도와준 적이 있는지 물어보며 그녀는 티후아나 주변을 얼마나 많이 걸어 다녔던가.

그녀는 코요테들이 이야기를 흘리지 않는다는 것을 경험으로 알고 있었기 때문에 아버지 찾는 일을 도와준다면 그게 누구든 보상을 하겠다고 제안했다. 그녀는 모은 돈 전부를 사례금으로 내놓았다. 코요테들은 그녀가 잠복 경찰일까봐 겁을 내고 입을 다물어버렸다. 그녀는 거의 포기하고 있었다.

그런데 사흘 전, 아버지에 관해 수소문하며 티후아나 시내를 걸어 다닌 후, 뭔가 이상한 일이 일어났다. 호텔로 돌아가고 있을 때, 어느 노인이 그녀를 따라온 것이다. 아델리나는 더 빨리 걸었지만, 절룩거리면서도 노인은 그녀를 따라잡았다.

아델리나는 신호등의 빨간불이 바뀌길 기다리며 어느 모퉁이에서 멈췄다. 노인은 가까이 다가와서 놀라운 질문을 했다.

"너희 아버지가 하트 모양의 알로 만든 하얀 묵주를 가지고 계셨냐?"

아델리나는 뒤로 돌아 노인을 보았다. 가로등 불빛 아래에서 그녀는 그의 왼쪽 눈에 막이 덮여 있다는 것을 알아보았다.

오래전에 그녀는 그런 눈을 한 남자를 만난 적이 있었다. 그녀는 이것을 간신히 기억했지만, 그게 사실이라는 것은 알고 있었다.

"자, 너의 아버지가 하얀 묵주를 가지고 계셨어?"

"네, 하얀 묵주를 가지고 계셨어요. 저희 아버지를 아세요? 어디 계시는지 아세요?"

아델리나는 노인의 셔츠소매를 꽉 부여잡고, 대답을 기다리며 그의 보이지 않는 쪽 눈을 바라보았다. 노인은 그녀를 보지 않았다. 그는 길 건너편의 녹색 신호를 바라보았다.

"신호가 녹색이군. 건너려거든 서둘러야 한다."

"신호는 상관없어요." 아델리나는 말했다. "제 질문에 답해 주세요. 제 아버지가 어디 계신지 아세요?"

노인은 고개를 끄덕였다. "그래, 어디 있는지 안다."

"절 아버지에게 데려가 주세요, 제발."

아델리나는 노인이 돌아서서 자리를 뜨고 싶어 한다는 것을 느낄 수 있었다.

그러나 그때 그가 말했다. "내일. 내일 내가 아버지에게 데려가주마. 그럼 너는 드디어 집으로 돌아갈 수 있겠지."

집으로 간다고?

"아버지는 어디 계신가요?" 그녀는 물었다. "적어도, 잘 계시긴 한 거죠?"

노인은 그녀를 잠깐 쳐다보고는 이내 다시 시선을 떨어뜨렸다.

"국경 한가운데에, 큰 바위 아래에 커다란 돌무더기가 있어. 너희 아버지는 거기 묻혀있다."

후아나

후아나는 어둠 속에서 촛불이 깜박이는 것을 바라보았다. 너무나 작은 관을 둘러싼 너무나 많은 촛불들. 아마도 커다란 관 주위에 있었다면 그렇게 압도적인 느낌을 주지는 않았을지도 모르지만, 아니타는 그저 아기에 불과했다.

후아나는 향에서 피어오르는 연기구름 너머로 어머니와 아버지를 바라보았다. 그들은 서로를 부여안고 이웃들과 아버지의 먼 친척들과 함께 기도하고 있었다. 4년 전, 그녀의 또 다른 동생이 전갈에 쏘여 죽었을 때, 엄마와 아빠는 지금처럼 서로를 부여안고 있었지만, 후아나는 그들 사이에 있었고, 그렇게 그들은 가족으로서 그들의 슬픔을 나눌 수 있었다.

후아나는 그들이 왜 지금은 자신을 그들 쪽으로 부르지 않는지 의아했다. 그녀는 여전히 가족의 일부가 아니었던가?

그녀는 뒤로 돌아 문으로 향했다.

"후아나, 어디 가니?" 아빠의 어머니인 엘레나 할머니가 문간에서 있었다. 할머니는 다른 여인들과 함께 기도하고 있지 않았고, 후아나는 그러려면 대체 그녀가 왜 고생스레 여기까지 왔는지 궁금했다.

"밖에요." 후아나는 대답했다. 할머니는 잠시 그녀를 바라보고 고개를 가로젓고는 지나갈 수 있도록 옆으로 비켜섰다.

후아나는 대부모님 댁 앞에 있는 철길로 걸어갔다. 다른 여인들이 집 안에서 큰 소리로 함께 기도하는 동안 그녀는 철길에 앉아 조용히 기도했다.

몇 시간이 더 지나면 그들은 아니타를 묻으러 묘지로 떠날 것이다. 후아나는 눈물을 닦았다. 눈물은 비를 떠올리게 했다. 비는 홍수를 떠올리게 했다. 그리고 홍수는 아니타를 떠올리게 했다.

"후아나, 밖에서 혼자 뭘 하고 있니?" 아빠가 다가오며 물었다. 그는 철로 위 그녀 옆에 앉아 땅에서 자갈 몇 개를 주워 올렸다. 그는 그것들을 손에 들고 이리저리 움직였다.

"기도소리를 듣고 있어요" 후아나는 말했다.

아빠는 잠시 조용히 있다가 팔로 그녀를 감싸고 말했다. "고통이 치유되는 데는 시간이 걸린단다, 후아나. 때가 되면 우리 모두 치유될 거야. 특히 네 어머니 말이다."

"엄만 절 결코 용서하지 않을 거예요, 아빠."

"용서할 게다. 그렇지만, 시간을 좀 줘야 해."

"절 용서하세요, 아빠?" 후아나는 아버지를 바라봤다. 그는 손안에 있던 자갈을 계속해서 바라보았다.

"그건 내 잘못이었단다, 후아나. 우리가 그 집에서 벗어날 수 있도록 더 열심히 일했어야 했어. 더 많은 시간을 일했다면 시내와 더 가까운 곳에 더 좋은 집을 지을 수 있었을 거야."

"그렇지만 아빠……"

"제 시간에 올 수 있도록 더 열심히 강을 헤엄쳐 건너야 했어. 그랬다면 이런 일은 결코 일어나지 않았을 게다."

"그렇지만 아빠……"

"쉿, 후아나. 나는 네가 그 일이 네 잘못이라고 말하는 것을 결코 듣고 싶지 않다. 내 잘못이었어. 오로지 내 잘못, 망할 놈의 잘못이었어!" 아빠는 자갈을 땅바닥에 내던졌다. "그냥 네 엄마에게 시간을 줘라, 후아나. 엄마는 이미 두 아이를 잃는 고통을 겪었잖니. 지금 엄마는 세 번째 아이를 잃었어."

마리아는 전갈에 물려 죽었는데, 돈이 없어 의사의 진찰을 받지 못했고, 주술사는 그녀를 구해내지 못했다. 호세피나는 엄마의 자궁을 채 벗어나기도 전에 죽었다. 그녀는 마치 태어나기도 전에 삶을 포기해버린 것 같았다. 어느 날 그녀는 부여잡고 있던 것을 놓고 4개월 만에 유산되었다.

살아남은 것은 후아나 뿐이었다. 그리고 지금, 후아나는 그러지 않았길 바랐다.

아빠는 점점 잠과는 인연이 없어졌다. 자신도 마찬가지였기 때문에 후아나는 알았다. 눈을 감을 때마다 그녀의 마음은 깨어나라고 그녀를 흔들어댔다. 잠들면 안 돼, 후아나. 잠들면 안 돼, 라고 그것이 그녀에게 말했다.

그녀는 간이침대에 누워 눈에 힘을 주고 아빠를 보았다. 대나무 가지로 만든 벽의 틈 사이로 들어오는 가느다란 달빛 한줄기는 어둠을 몰아내버리기엔 너무 약했기 때문에 쉽지 않았다. 아빠는 자고 있을 때는 언제나 코를 골았기 때문에 그가 자고 있지 않다는 것을 후아나는 알고 있었다. 대신, 아빠는 부드럽게 숨을 들이쉬고 내쉬었다. 때로는 한숨이, 때로는 저주나 울음소리가 입술 사이로 새어나왔다. 후아나는 오두막 안에서 아빠가 움직이는 소리를 듣고 그 소리를 따라가곤 했다. 그는 덫에 걸린 짐승처럼 이리저리 걷다가는 의자에 쓰러지듯 털썩 주저앉아 몇 시간을 보내기도 했다.

이런 때면 후아나는 일어나서 아버지에게 가고 싶었지만 두려웠다. 왜 그런지 알 수 없었다.

. . .

일요일에는 보통 후아나와 부모님은 강을 따라 걷다가 방향을 바꿔 가장 좋아하는 바위가 있는 언덕으로 갔다. 그들은 가끔 일몰을 보러 여기로 왔다. 엄마, 아빠, 후아나, 마리아, 그리고 나중에는 아니타까지. 아빠는 멀리에 있는 농작물을 가리키며 그날 얼마만큼 수확했는지 이야기해 주었다.

"저기서부터 저쪽까지 전부야." 그는 말하곤 했다.

그들이 가곤 하는 지점에 도달하면 후아나와 엄마는 바위 위에 앉아 아빠가 앉길 기다렸다. 그는 앉지 않았다. 대신, 그는 바람에 흔들리는 옥수숫대를 바라보았다.

"오늘 옥수수를 얼마나 수확했어요, 아빠?" 후아나가 물었다.

아빠는 멀리에 있는 형형색색의 작은 집들을 내려다보며 잠시 머리를 긁었다. 그는 질문에 답하지 않았고, 후아나는 아빠가 질문을 듣지 못했다는 것을 알았다. 후아나는 자기 곁의 바위에 어머니가 앉는 것을 보았다. 엄마는 두 손을 내려다보았다. 그 두 손으로 뭘 해야 할지 모르는 사람처럼. 후아나는 바로 2주 전에 어머니가 이 바위에서 아니타를 팔에 안고 앉아 있었던 것을 떠올리지 않을 수 없었다.

"저기 있는 저 집들을 봐라." 아빠는 콘크리트 집들이 다닥다닥 붙어있는 곳을 가리키며 말했다. "아름답지 않니? 깜박이는 저 작은 불빛들이 보이니? 저기는 전기도 있고, 수돗물도 있고, 가스도 있어. 비가 와도, 물이 넘쳐들지 않고, 지붕도 새지 않고, 사람들은 따뜻하게 머물 수 있어."

후아나는 이제 해가 지면서 하나씩 켜지는 등불을 세기 시작했다. 하늘 다른 편에는 은빛 뿔 모양의 달이 지평선을 건너는 여행을 준비하고 있었다.

"저기 저쪽에 있는 저 파란 집 보이니?" 아빠가 물었다. "저 집 아름답지 않니?"

후아나는 아빠가 가리키는 곳을 바라보지 않았고, 엄마도 그랬다. 후아나는 아빠가 왜 그러는지 이해되지 않았다. 석양을 바라보기 위해 여기로 그렇게나 많이 올라왔어도, 그들은 집들에 관한 이야기를 결코 한 적이 없었다. 벽돌과 콘크리트로 지은 저 집들은 예전에는 그들에게 존재한 적이 없었다. 산들바람에 흔들리는 옥수숫대만이, 석양의 오렌지색, 빨간색, 보라색만이, 산 주위로 굽어 흐르는 강만이 중요했다.

아빠는 돌아서서 그들을 보았다. "대답해 봐. 저 집들이 보여?"

후아나는 아빠를 바라보고 고개를 끄덕였다. "네, 아빠, 보여요."

엄마는 대답하지 않았다.

"저런 곳에서 살아보고 싶니?"

엄마는 일어서서 아빠에게로 걸어갔다. 엄마는 팔로 아빠를 감싸 안고 그를 돌려세우려 했다. 그는 움직이지 않았다.

"언젠가 우리는 저런 집에서 살게 될 거야." 그가 말했다.

"그래요, 여보, 언젠가는, 그렇지만 지금은 그것을 생각해선 안 돼요." 엄마가 말했다.

아빠는 잠시 미소 짓고 가볍게 고개를 끄덕이고는, 어두워져가는 하늘 아래서 이젠 거의 보이지도 않는 옥수숫대를 가리켰다. "오늘, 난 강둑에서부터 저기 저쪽까지 쭉 옥수수를 수확했어."

후아나는 아빠가 가리키는 열을 세어보려 했지만 그녀의 눈은 흐릿해졌고, 그녀가 우는 것을 아버지가 보길 원치 않았기 때문에 재빨리 눈물을 닦아버렸다.

아델리나

아델리나는 공항에서 택시를 잡아타고 운전사에게 호텔로 데려다 달라고 부탁했다. 시내로 들어가는 버스를 타기에는 너무 야심했다. 그러려면 몇 시간 후에 뜨는 아침 해를 기다려야 할 터였다.

호텔로 가는 동안, 아델리나는 로스앤젤레스에서부터 티후아나, 지금은 멕시코시티의 어두운 거리를 따라 계속 그녀를 따라온 달을 택시의 차창 너머로 내다보았다. 유일하며 믿음직한 동반자인, 끊임없이 변하는 달을 그녀는 여러 해가 지난 지금 잘 알고 있었다.

로스앤젤레스에 도착했을 때 아델리나는 거의 16살이었다. 그녀는 아버지를 찾아 거기에 와 있었다. 그곳에서 첫날 밤에 만난 한 사람이 달에 대해 그녀가 모르던 어떤 이야기를 해 주었다.

그날 오후 그녀는 그레이하운드 버스를 내려 7번가를 쭉 걸어가 정처 없이 여기저기 모퉁이를 돌았다. 그녀는 아는 사람이 한 명도 없었다. 남은 돈도 얼마 없었고 아버지 찾는 일을 어디서부터 시작해야 할지도 막막했다. 그녀는 다리를 쉬기 위해 작은 호숫가 공원 벤치에 앉았다.

그녀는 남자들이 축구를 하고, 여자들이 그네를 탄 아이들을 밀어주고, 커플들이 함께 조깅하며, 또 다른 사람들이 잔디에 누워 잠자고 있는 모습을 보았다. 그들은 한 명씩 집으로 돌아갔다. 잔디에서 잠자고 있던 남자들을 제외하고는 말이다. 그들은 어디에도 가지 않았고, 아델리나는 여기가 그들이 사는 곳이라면 자기가 여기 머무는 것을 귀찮아할까 생각해 보았다.

그날 밤 달은 초승달이었다. 그 무렵 아델리나는 이미 달에 여덟 국면이 있다는 것을 알고 있었다. 여덟 가지 방법으로 달은 세상에 자신을 선보였다.

물위로 달그림자가 춤을 췄다. 바람은 그녀의 머리카락을 휘날렸고, 그녀의 배는 꼬르륵거렸다.

그녀는 일어나서 음식을 찾으러 갈 힘도 없었다. 몸을 일으켜 아버지를 찾아 나설 수 있게 될 때까지 거기에 앉아 기다릴 것이다. 그레이하운드 버스 창가에 앉아 아델리나는 한 가지 사실을 알아차렸다. 로스앤젤레스는 거대한 도시라는 것을 말이다. 이런 도시에서 잃어버린 사랑하는 가족을 대체 어디서부터 찾기 시작한단 말인가.

쩔컹이는 이상한 소리가 들려와 돌아보니 캔과 병으로 가득 찬 쇼핑카트를 미는 사람이 보였다. 그는 화장실 옆에 있는 휴지통 안을 뒤져 캔 몇 개를 꺼냈다. 그는 그녀 쪽으로 천천히 휘파람을 불며 다가왔다. 그건 익숙한 노래였지만, 제목을 생각해내기에 그녀는 너무 배가 고팠다.

그 남자는 멈춰 서서 그녀가 있는 벤치 근처의 휴지통 안을 들여다보았다. 그녀는 그 사람이 자신을 보지 않길 바라며 꼼짝도 않고 가만히 있었다. 그렇지만 그 사람은 몸을 돌려 그녀를 보았고, 휘파람을 멈췄다.

"어이쿠, 놀래라, 간 떨어질 뻔했네, 얘야. 너 꼭 귀신같다."

"죄송해요." 아델리나는 말했다.

"지금 이런 밤 시간에 뭘 하고 있는 거냐, 혼자서?" 그 남자는 맥주 캔의 내용물을 비워내며 물었다.

"달을 보고 있어요." 아델리나가 대답했다. 그 남자는 하늘을 올려다보고 고개를 끄덕였다.

"응, 때로는 달이 널 부르지, 그렇잖니? 잠을 빼앗아 가. 나도 가끔씩 그걸 보며 깨 있곤 하지."

아델리나는 말없이 조용히 있었다. 그녀는 호수 건너에 있는 남자들이 그녀를 보려고 일어나는 것을 볼 수 있었다. 그녀는 그 사람들이 잔디밭에서 계속 잠들어 있기를 바랐다.

"달에 관해 하나 알려줄까?" 남자는 물었다.

아델리나는 고개를 끄덕였다.

"달은 얼굴이 두 개란다. 세상에는 한 개의 얼굴만 보여주지. 계속 모양을 바꾸고 있어도 우리가 보는 것은 항상 같은 얼굴이야. 그렇지만 그녀의 두 번째 얼굴은, 두 번째 얼굴은 어둠에 숨어 있지. 그건 누구도 볼 수 없는 얼굴이야. 사람들은 달의 이면이라고 불러. 두 개의 정체성을 가졌지. 동전의 양면 같은 거야. 재미있지 않니?"

"네, 재미있어요." 아델리나는 말했다.

"얘야, 너 여기 바깥에 이렇게 혼자 있으면 안 돼. 위험하다구. 갈 데가 없는 거냐?"

아델리나는 고개를 끄덕였다.

"봐봐, 4번가로 가다가 에버그린에서 왼쪽으로 돌면 예전에 수도원으로 쓰던 곳이 나올 거야. 지금은 드라큘라의 성처럼 보이는 아파트 건물이지. 방들은 작아. 더럽고 바퀴벌레와 쥐가 득시글대지만, 그래도 방세는 싸. 여기 공원에 있는 것보단 훨씬 나을 게다. 거기 가서 돈 에르네스토를 찾아. 거기 매니저야. 좋은 사람이란다. 그 사람에게 카를로스가 보냈다고 해."

아델리나는 주머니에 들어 있는 돈을 생각하고 그걸로 충분할까 고민했다. 그러나 그 남자가 하는 말이 옳았다. 여기 바깥에 머물 수는 없었다. 그녀는 공원 벤치에서 자려고 하다가 결국 철창신세를 지고 말았던 일을 기억해냈다.

그녀는 가려고 배낭을 들고 일어나서 이름이 카를로스라던 그 남자에게 감사의 말을 전했다.

"얘야, 이젠 조심해야 한다. 그건 그렇고, 넌 이름이 뭐지?"

"아델리나 바스케스예요."

후아나

"같이 가자, 후아나. 네게 해 줄 얘기가 있어."

"어떤 말요, 아빠?"

아빠는 대답하지 않았다. 그렇지만 그가 손을 내밀었을 때, 후아나는 곧바로 손을 뻗어 그 손을 잡았다. 그의 손은 엄마가 솥을 씻을 때 사용하는 부석처럼 거칠었다.

후아나는 그의 옆에서 걸었다. 그의 찌푸린 얼굴을 보니 질문할 분위기는 아니었다. 머리 위로는 검은 구름이 비를 가득 머금은 채 몰려들고 있었다. 올망졸망 모여 있는 판잣집들을 지나 강을 따라 걸어가는 동안 그녀의 샌들 안팎으로는 자갈이 드나들며 춤을 춰댔다. 그들은 다리를 건너갔다. 거리 양편에 줄지어 서 있는 콘크리트 집들 사이로 걸어가는 동안, 후아나는 땅만 쳐다보면서 고개를 들지 않았다.

그들은 거리를 올라 교회로 걸어갔다. 마지막 남은 햇빛이 스테인드글라스 창문을 통해 빛나며 흩어진 무지개마냥 벽으로 떨어져 내렸다. 신도석에는 한 여인이 아베 마리아를 흥얼거리며 앉아 있었다. 그녀는 머리에 검은 베일을 쓰고 손에는 묵주를 늘어뜨리고 있었다.

아빠는 후아나를 과달루페 성모 앞에 있는 신도석으로 데리고 갔다. 그녀는 하얀 별이 그려진 푸른 망토에 감싸인 채로 제단 위에 얹혀 있었다. 아빠는 좌석에서 안절부절못하고 있었다. 그리고는 후아나의 손을 잡고 그녀의 눈을 똑바로 쳐다보았다. 그의 숨은 촛농과 시든 꽃 냄새에 섞여들었다. 여인은 주기도문을 노래하기 시작했고, 바로 그때 아빠는 "며칠 후에 나는 **저 건너편**(El Otro Lado)으로 떠날 거란다."라고 말했다.

후아나는 뭐라 답해야 할지 모른 채 과달루페 성모를 올려다보았다. 왜 우릴 떠나시려는 거예요? 우릴 더 이상 사랑하지 않나요? 더 이상 저를 사랑하지 않으시나요? 아빠, 아빠…… 그녀는 이런 생각을 했지만, 아무 말도 하지 않았다. 그녀는 여인의 기도를 들으며 자신도 어느새 여인을 따라 웅얼거리고 있었다. "Hágase Tu voluntad en la tierra como en el cielo……" 아버지의 뜻이 하늘에서와 같이 땅에서도 이루어지게 하소서.

왜 당신은 아버지를 제게서 데려가려 하시나요? 후아나는 성모에게 물었다.

"내가 영원히 떠난다고 생각하지 말렴, 우리 딸. 돈을 벌러 잠시 떠나는 것뿐이야." 아빠는 주머니에서 편지 하나를 꺼냈다. 그는 글을 읽을 줄 몰랐기 때문에 후아나는 누가 그에게 편지를 읽어줄까 궁금했다. "저 건너편에 있는 내 친구가 편지를 보내왔어. 여기, 그가 뭐라고 하는지 읽어주렴."

후아나는 아버지의 손에서 편지를 받아들었다. 그녀가 읽는 동안 그는 그녀를 따라 그 말들을 웅얼거렸다. 이미 편지 내용을 외우고 있는 것 같았다. 아빠의 친구는 들어본 적도 없는 부와 끝이 없는 길과 거의 하늘에 가닿을 듯한 건물들에 대해 썼다. 그는 벌 수 있는 돈이 너무나 많고, 먹을 수 있는 음식이 너무나 많으며, 사람들은 배고픔이 뭔지 모른다고 썼다.

"미겔, 멕시코에선 하루 종일 일해야 벌 수 있을 돈을 한 시간이면 벌 수 있네."

"그걸 상상할 수 있니, 후아나야?" 아빠는 물었다. "그가 말하는 게 사실이라면 진짜 집을 지을 돈을 버는 것도 그리 오래 걸리지 않을 거야."

"아뇨, 아빠, 우릴 떠나면 안 돼요. 가버리시면 안 돼요. 우린 그런 집 필요 없어요. 제발, 제가 저지른 일은 너무 죄송해요. 제발, 아빠, 가지 마요, 가지 마."

후아나는 아버지의 품으로 달려가 그를 꼭 껴안았다.

"미안하구나, 우리 딸, 그렇지만 농부로 일하면서 하루 몇 페소*

씩 버는 걸로는 충분치 않아. 내 말 알겠니?"

후아나는 바닥을 내려다보았다.

"돈을 충분히 버는 대로 바로 돌아올게. 약속해." 아빠는 말했다.

"저 건너편은 멀리 있어요, 아빠?"

"그건 상관없어, 우리 딸. 내가 가족을 위해 집을 짓기에 충분한 돈을 벌 수 있는 유일한 방법이야."

그들은 성호를 긋고 가려고 일어섰다. 떠나가는 그들의 발자국 소리가 벽에 되울렸다. 그들이 문을 열었을 때 후아나는 뒤돌아 과달루페 성모를 쳐다보았다. 그녀는 성모가 사라져서 성모조차 자기를 떠나버린 것이 틀림없다고 느꼈다. 지금 성모는 그저 진흙에 페인트, 그리고 유리로 만든 눈에 불과했으니까.

집에 가는 길에 아빠는 멈춰 서서 후아나의 어깨에 한 손을 얹었다. 그는 후아나를 돌려세워 수 킬로미터에 걸쳐 펼쳐져 있는 옥수수 밭을 보게 했다. 그 푸른빛은 하늘로 높이 솟은 산의 흑자색에 어우러지고 있었다.

"저기 저 들이 끝나는 곳에 있는 저 산들이 보이니?" 아빠는 물었다.

후아나는 고개를 끄덕였다.

"저 건너편은 저 너머야, 저 산들 건너편에 있어."

---

* 멕시코의 화폐 단위.

"정말이에요, 아빠?"

"자, 그러니까, 후아나야." 아빠는 그녀를 보기 위해 몸을 굽히면서 말했다. "난 네게서 그리 멀리 떨어져 있진 않을 거야. 아빠랑 이야기하고 싶어지면, 그냥 산을 바라보렴. 그러면 바람이 너의 말들을 내게 전해 줄 거란다."

후아나는 다시 산을 바라보았다. 결국 산은 그리 멀리 떨어져 있지 않은 지도 모른다.

"이리 오렴, 집까지 뛰어가자꾸나." 그는 말했다.

언제나 그런 것처럼 후아나가 앞서 달리고 아빠는 몇 초간 뒤에서 그냥 기다렸다. 이내 그녀를 따라 잡고서 그는 그녀의 손을 잡았다. 뒤에서 아빠가 연을 당기듯이 그녀를 잡아당기며 그들은 거리를 달려 내려갔다. 자갈이 깔린 길이 먼지와 조약돌로 바뀌면 그녀는 집에 거의 도착했다는 것을 알았다. 그리고 늘어선 분홍, 파랑, 노랑, 자주, 초록색 콘크리트 집들이 땅에서 자라나는 판잣집으로 바뀌는 것을 보고도 오래 걸어 피곤한 노파처럼 서로서로 기대선 것들도 있는, 대나무 가지와 판지로 만든 작은 판잣집들을.

아델리나

돈 에르네스토는 아델리나를 보자마자 그녀를 입양하겠다고 결심했다.

"넌 어둠 속에서 길을 잃은 작은 새처럼 보였단다." 그는 그날에 대해 이야기할 때마다 이렇게 말하곤 했다.

아델리나는 떨면서 아파트 건물의 문 바깥에 서 있었던 것을 기억했다. 밤이라 추웠고 시간은 야심했다. 카를로스는 이 건물을 드라큘라의 성이라고 불렀었는데, 그녀는 이제야 그 이유를 알 것 같았다. 너무나 많은 나무와 다양한 관목들로 둘러싸여 있어서 건물은 가지 사이로 간신히 보였다. 오랜 시간 동안 문을 두드리다 포기하고 계단 아래로 내려가려고 할 때 누군가가 문을 열었다.

"뭘 도와줄까?" 고개를 내밀며 노인이 물었다.

"머물 곳을 찾고 있어요. 카를로스가 돈 에르네스토와 이야기해

보라고 저를 이리로 보냈어요."

"내가 돈 에르네스토야. 들어오거라, 애야. 추운데 밖에 서 있으면 얼어 죽을 게다."

아델리나는 안내를 받아 어두운 복도로 들어갔다. 과달루페 성모의 액자가 촛불을 켜둔 탁자 위쪽 벽에 걸려 있었다.

돈 에르네스토는 액자 앞을 지나며 성호를 그었다. 아델리나는 성모를 바라보지 않았다. 돈 에르네스토의 등만 뚫어져라 바라보았다.

계단을 올라가서 그는 아델리나를 12번이라고 적힌 방으로 데려갔다.

"이 방이 오늘 아침에 비었으니 다행이다. 여기 살던 사람들은 들에서 일하려고 살리나스로 이사했어. 공장에서 일하면서 여기 있는 동안은 그다지 운이 따르지 않았거든." 돈 에르네스토는 불을 켜고 아델리나에게 방 안으로 들어가라는 손짓을 했다. 카를로스가 말해 준 그대로 바퀴벌레들이 후다닥 모습을 숨겼다. 옆으로 지나가는 바퀴벌레 한 마리를 그녀는 재빨리 짓뭉갰다.

"별건 아니지만, 그래도 이 벽 안에 있으면 안전하긴 할 게다." 돈 에르네스토는 말했다. "자 이제 자거라, 애야. 네가 뭘 해야 할지는 내일 결정하자꾸나."

아델리나는 닫힌 문에 기대어 서서 그가 멀어져가는 소리를 들었다. 이제 뭘 해야 하는 거지? 그녀는 아버지를 찾을 것이다.

후아나

아빠는 후아나의 열두 살 생일을 축하해 주기 위해 시내의 구이 전문 식당에서 닭 한 마리를 샀다. 후아나가 제일 좋아하는 음식이란 것을 그는 알고 있었고, 여분의 돈이 많진 않았지만 이 특별한 선물로 그녀를 놀라게 해 주고 싶었다.

"네게 더 많은 것을 해 줄 수 있다면 좋겠구나, 후아나." 그는 말했다. 후아나는 한입 물었지만 차마 그걸 삼킬 수 없었다. 아빠는 다음 날 아침 일찍 떠날 것이다.

말문을 열려는 시도를 드물게 할 뿐, 엄마는 조용히 있었다.

모두가 침묵하고 있을 때, 후아나는 판자지붕 위로 내려앉는 빗소리를 들을 수 있었다. 그녀는 빗방울들이 스며들어와 바닥에 놓아둔 냄비로 떨어지는 것을 볼 수 있었다. 한 방울이 그녀의 뺨에 떨어져 그녀가 닦으려고 손을 올리기도 전에 아빠는 테이블 너머로 손을 뻗어 그녀의 뺨에서 물을 닦아내주었다.

"곧." 그는 말했다. "이 판잣집에서 나가게 해 줄게." 그는 지붕을 올려다보며 말했다. "난 이 집이 싫어." 그는 작은 소리로 말했지만 후아나에게는 그가 하는 말이 들렸다.

• • •

밤에 잠자리에 뉘어주는 아빠에게 후아나는 이야기를 해달라고 청했다. 그의 이야기를 들은 지 한참 되었다. 여동생이 물에 빠져 죽은 후, 후아나는 이야기를 해달라고 한 적이 없었다. 아빠는 아니타를 무릎에 앉힌 채 둘에게 이야기해주는 것을 즐겼고, 후아나는 아빠의 빈 무릎을 보고 싶지 않았다.

그러나 오늘 밤엔 그의 말, 웃음, 다독임, 이 모든 것에 목말라했다. 그녀는 이것이 그가 떠나기 전 마지막으로 해 주는 이야기가 되리라는 것을 잘 알고 있었다.

"알았다, 후아나. 어떤 이야기를 들려줄까?"

"제가 제일 좋아하는 거요." 그녀는 말했다. "포도 이야기요."

아빠는 의자를 끌어당겨 후아나의 간이침대 옆에 앉았다. 엄마는 천정에 걸려 있던 커튼으로 방을 가르며 커튼을 쳤다. 마치 그 뒤로 숨으려는 것마냥.

"내가 일곱 살 때," 아빠는 이야기하기 시작했다. "우리 아버지는 나를 처음으로 포도원에 데려가 주셨어. 아버지는 내게 칼을 주시면서 잘 익은 자주색 포도만 따라고 말씀하셨단다. 해 뜰 무렵부터 해 질 무렵까지 일하곤 하셨지. 한 줄 한 줄씩 포도를 잘라 한 광주리 한 광주리씩 채워 넣으면서 말이다. 아버지는 한 줄을 가리키면서 거기서부터 시작하라고 말씀하셨어. 난 아버지가 날 자랑스러워하길 바라는 마음에 빠르게 일하려고 애썼단다. 난 재빨리 내 광주리를 채워서 아버지께 가져갔지. 그게 너무 가득 차서 간신히 옮길 정도였어.

"아빠의 아빠는 자랑스러워하셨어요?" 후아나는 물었다.

"글쎄다." 아빠는 이야기를 이어나갔다. "아버지 앞에서 광주리를 떨어뜨렸는데, 그걸 보시더니 말문이 막혀하셨어. '무슨 짓을 한 거냐?' 내게 물어보셨지. '무슨 짓을 한 거야?'" 아빠는 이야기를 멈추었다.

그는 무슨 짓을 한 걸까?

"'넌 자르지 말아야 할 포도를 잘랐어. 난 네게 잘 익은 자주색 포도를 잘라오라고 했다.'고 아버지가 말씀하셨어. '그랬어요'라고 아버지께 말씀드렸지. 난 포도 한 줌을 쥐고 그의 얼굴 가까이로 들어 올렸지. 하지만 아버지는 내 손에서 포도를 쳐내시면서 내가 푸른 포도를 잘라냈다고 하시는 거었어. 난 그것을 쳐다보면서 아버지가 왜 그렇게 말씀하시는지 궁금했지. '넌 푸른 포도를 잘랐어.' 아버지는 다시 그렇게 말씀하시곤 날 집으로 보내셨지."

"그러고 나서 무슨 일이 있었어요?" 후아나는 모르는 척하며 물어보았다. "아버진 푸른 포도를 잘랐어요, 아님 자주색 포도를 잘랐어요?"

"아버지가 옳으셨어. 난 푸른 포도를 잘랐는데, 그걸 몰랐었지."

"어느 것이 자주색인지 푸른색인지 어떻게 모를 수 있어요?"

그녀는 아빠가 파란색 양말 한 짝과 초록색 양말 한 짝을 신는 것을 처음 봤던 때가 기억났다. 그가 어울리지 않는 색깔의 옷들을 매치해 입으면 때때로 엄마는 킥킥대며 웃곤 했다. "당신 깃발처럼 보여요."라고 그녀는 말하곤 했다. 그리고 한번은 엄마가 그에게 시장에 가서 빨간색의 무르익은 토마토를 사오라고 했는데 아빠가 병든 것 같은 오렌지 빛 토마토를 사왔던 일도 있었다.

"그러게, 알잖니." 아빠는 말했다. "난 색이 제대로 안 보여."

후아나는 팔을 들어 올렸고, 아빠는 그녀에게로 몸을 기울여 껴안아주었다. "죄송해요." 후아나는 말했다.

아빠는 몸을 일으키고 그녀에게 물었다. "뭐가 말이냐, 후아나?"

"아빠에게 이야기해달라고 해서요. 알고 있었는데……"

"쉿, 우리 딸. 네 생일이잖니."

후아나는 수탉이 울기도 전에 잠을 깼다. 그녀는 간이침대에 누워 밖에서 들려오는 빗소리와 엄마와 아빠의 고르지 못한 코 고는 소리를 듣고 있었다.

곧 그녀는 그들이 깨어나 뒤척이는 소리를 들었고, 아버지가 떠날 시간이 왔다는 것을 알았다.

"다시 비가 오고 있어요."

후아나는 어둠 속에서 엄마가 속삭이는 소리를 들었다. 엄마는 초를 켜지 않았지만, 집 안 저쪽 편에서 불꽃이 이는 것을 보고 엄마가 커피를 준비하리라는 것을 알았다. 엄마는 화로의 석탄불을 피우려고 입으로 공기를 불어대고 있었다.

의자가 삐걱거렸다. 엄마가 촛불을 켰을 때 후아나는 아빠가 어머니 옆에 앉아 있는 것을 보았다. 그는 온기를 얻기 위해 불타는 석탄 가까이에 손을 내밀고 있었다.

"돈 엘리아스에게 4주 후에 그의 돈을 보내주겠다고 말했어." 아빠는 말했다.

"그랬더니 뭐래요, 미겔?" 엄마가 물었다.

돈 엘리아스는 장례식장 주인이었다. 아니타의 장례식 일절을 그가 제공했다. 관, 꽃, 초, 미사, 그리고 모든 노인과 걷기엔 너무 약한 사람들을 묘지로 실어 나른 트럭까지도 후아나는 아빠가 돈 엘리아스에게 돈을 얼마나 빚졌는지 궁금했다. 얼마 전, 그는 4년 전에 마리아가 죽었을 때 들었던 장례식 비용을 마침내 다 갚았던 차였다.

"그는 기다려 줄 거야." 아빠는 말했다. "돈을 갚을 수 있도록 거기 도착하자마자 열심히 일할거야. 그가 어떤지 당신도 알잖아, 루페." 아빠는 한숨을 쉬고는 이렇게 말했다. "지난번에 얼마나 힘들었는지 기억나?"

그들은 한동안 조용히 있었다. 그러고 나서 엄마는 그들의 침상 옆에 있는 옷장으로 가서 서랍을 열었다. 그녀는 아빠의 옷을 그녀의 단 하나뿐인 쇼핑 가방에 넣었다. 가방에서는 양파, 고추, 고수풀과 마늘 냄새, 그리고 희미한 재스민 향내가 났다. 그것에서 엄마의 냄새가 났다. 냄새는 그의 옷에 스며들 테고, 후아나는 건너편에서 아빠가 그 옷을 다시 입게 되면 엄마를 생각하게 되리라는 것을 알았다.

아빠는 커피를 한 모금 더 마시고 나서 떠나려고 일어섰다. 그는 후아나에게로 걸어왔다. 그녀는 눈을 감고 잠든 척했다. 그의 입술이 뺨을 누르는 것을 느꼈다. 그의 숨이 얼굴에 따뜻하게 와 닿았다. 엄마가 콩을 익힐 때면, 냄새를 맡아보려고 후아나가 가끔씩 냄비 뚜껑을 열어볼 때처럼. 곧 맛있는 음식을 먹을 수 있다고 약속하는 듯 김이 그녀의 얼굴을 덮곤 했다.

그녀의 얼굴이 다시 차가워졌을 때 그녀는 아빠가 이미 걸어서 멀어지고 있다는 것을 알았다. 울음을 참느라 애쓰며 그녀는 간이침대에 누워있었다. 아빠가 떠나는 것이 자기 탓이라는 생각이 드는 것을 어찌할 수 없었다.

그녀는 베개 밑의 묵주를 꺼내들고 밖으로 나갔다.

어둠 속에서 그녀는 아빠가 다리를 향해 걸어가는 것을 간신히 볼 수 있었다. 비가 그에게로 쏟아져 내렸고, 마치 그걸로 용서를 구하기라도 하는 듯 그는 계속 머리를 숙인 채였다.

"그가 우릴 떠나는구나." 엄마는 울며 말했다.

후아나는 아빠를 따라잡으려고 달리기 시작했다. 비 때문에 머리카락이 눈에 달라붙어 그녀의 눈은 가려진 채였다. 생일파티에서 피냐타*를 깰 때처럼 말이다.

"아빠! 아빠!"

아빠는 돌아서서 그녀를 기다렸다.

"이거 받으세요. 아빨 안전하게 지켜줄 거야."

후아나는 자신의 묵주를 아빠의 못 박힌 손에 얹고 그의 손가락으로 그걸 덮었다.

엄마는 대나무 가지들 틈새로 한줄기 돌풍이 불어들자 몸을 떨었다. 그녀는 눈을 감고 흙바닥에 주저앉았다. 후아나는 자신의 간이침대에 누웠다. 아빠가 떠난 지 이제 6시간이 지났고 그녀도 엄마도 아무 일도 하고 싶은 의욕이 나지 않았다. 후아나는 엄마가 무슨 생각을 하고 있는지 궁금했다. 그녀는 두렵고 걱정스러워 보였다. 그녀는 아빠가 일단 **저 건너편**으로 가고 나면 자기를 잊게 될까 두려운 걸까?

후아나와 어머니는 문 옆에 앉아 밖에서 우편집배원을 기다리며

---

* 안에 과자나 사탕 등을 가득 채워 넣은 질그릇으로 공중에 매달아 두고 눈을 가린 채로 막대기로 두드려 부수게 되어 있다.

냅킨에 수를 놓고 있는 여자들을 가끔씩 보곤 했었다. 아주 드물게 오는, 때로는 결코 오지 않는 **저 건너편**에서 오는 편지를 기다리면서 말이다. 그들은 잊혀진 여인들, 버림받은 여인들이었다. 그러나 엄마는 그걸 걱정할 필요가 없어, 후아나는 생각했다. 아빠는 그녀를 결코 잊지 않을 거야. 그는 우리를 버리지 않을 거야.

문이 갑자기 열리더니 아빠의 어머니인 엘레나 할머니가 걸어 들어왔다. 그녀는 아직 침대에 있는 후아나와 벽에 기대어 땅바닥에 앉아 있는 엄마를 보았다. 엄마는 천천히 눈을 뜨고 고개를 돌려 엘레나 할머니를 바라보았다. 밝은 빛을 보자 그녀는 눈을 찡그렸다.

엘레나 할머니는 나이가 들어 몸이 굽어버렸다. 그녀는 백발을 땋아 올려 머리 위에 왕관처럼 꼬아놓았다.

"루페, 넌 바닥에서 뭘 하고 있으며, 애는 아직도 담요 속에서 안 나오고 있는 게냐? 벌써 열두 시야. 일어나, 너희 둘 다. 당나귀처럼 거기 누워있지 말고."

엄마는 움직이지 않았다. 부어오른 눈꺼풀이 그녀의 눈을 덮어 엘레나 할머니가 시야에 들어오는 것을 막았다. 엘레나 할머니는 침대로 걸어가 후아나가 그 위에 누워있는 담요를 잡아당겼다.

"게으른 애 같으니라고 루페, 이 쓸모없는 여자야. 내 아들은 너하고 네 아이를 먹여 살리겠다고 낯선 나라로 갔는데, 넌 고작 하루 종일 게으른 궁둥이를 깔고 앉아 우는 것이 다인 게냐? 네가 내 아들을 내쫓았어. 너와 너의 부주의 때문에." 엘레나 할머니는 엄마를 쏘아보았다. "내 아들. 걔가 어제 내게 작별인사를 하러 찾아왔더라. '안녕, 엄마.'라고 말하고는 떠나버렸어. 이 뼈들은 나이 먹었고, 난 다신 그 아일 보지 못하고 곧 죽겠지. 내 외아들을. 네 잘못이야. 루페."

엄마는 대답하지 않았다.

"엄말 내버려두세요" 후아나가 말했다. "아빠가 떠난 건 엄마 탓이 아니에요. 제 탓이에요. 우리 엄말 내버려 두시라고요"

"이런 버릇없는 애를 봤나. 너도 꼭 네 어미처럼 되고 말게다. 남한테 돈이나 뜯어먹으면서 길거리에서 거지로 살 거란 말이다."

"여기서 나가세요, 어머님." 엄마는 일어서서 문을 가리켰다.

"뭐라구 했니?" 엘레나 할머니는 엄마에게로 걸어갔다.

"나가시라고 했어요. 저를 당신 아들의 아내로 받아들이신 적이 없는 건 사실이지만, 이리 와서 저와 제 딸을 모욕하실 권리는 없어요"

"난 아직도 내 아들이 어떻게 너 같은 여자와 얽히게 됐는지 도무지 이해할 수가 없다." 엘레나 할머니는 말했다. "부모 잃은 거지인……"

엄마는 빗물로 가득 찬 냄비 하나를 들어서 엘레나 할머니에게 던졌다. 냄비는 엘레나 할머니의 발치로 떨어져 그녀의 옷에 물이 튀어 올랐다. "내 집에서 나가세요!" 엄마는 소리쳤다.

등이 굽은 모습의 엘레나 할머니는 나가려고 돌아섰다. 그녀의 눈은 오두막 안을 이리저리 떠돌았다. 눈은 엄마가 빗물을 받기 위해 방 여기저기 놓아둔 냄비들에 머물렀다. 그녀는 화덕과 잿빛 석탄을, 서랍 두 칸이 사라진 옷장을, 제단을, 엄마가 물 컵에 담아둔 시들어가는 고수풀로 장식된 구석의 나무 책상을 바라보았다. 그녀는 아빠가 채 다 마시지 못한 차가운 커피가 가득 담긴 점토 잔을 바라보았다.

"너는 버림받은 여자가 될 거다, 루페." 그녀는 비웃었다. 그리고 그녀는 돌아서서 떠나갔다.

몇 시간 뒤 후아나의 대모가 엄마를 위로하기 위해 왔다. "아아, 코마드레.*" 그녀는 말했다. "콤파드레**가 떠났다니 믿기지가 않아. 얼마나 힘들겠어."

엄마는 새롭게 눈물을 터뜨리며 대모 안토니아가 큰 가슴으로 끌어안아 주는 대로 몸을 맡겼다. "그 사람이 가버렸어, 코마드레, 미겔이 떠났어."

일단 눈물이 잦아들자 엄마는 안토니아에게 엘레나 할머니가 그날 아침에 한 말을 이야기해 주었다. 후아나는 왜 엘레나 할머니가 그녀를 그렇게나 지독히 미워하는지 이해하지 못했다. 그러나 그녀의 대모는 엘레나 할머니가 부친으로부터 좋은 집과 상당한 돈을 상속받은, 나이가 더 많은 노처녀에게 자신의 외아들을 결혼시키려

---

* 생모와 대모가 서로 부르는 스페인어 호칭이며, 생부와 대부가 대모를 부르는 호칭이기도 하다.
** 생모와 대모가 대부를 부르는 호칭이며, 생부와 대부가 서로를 부르는 호칭이기도 하다.

고 애쓰고 있었다고 설명해 주었다. 그러나 그때 아빠는 엄마를 만났던 것이다. 그녀는 거리에서 껌을 팔고 돌아다니고 있었다. 그녀는 누더기 옷을 입고, 얼굴은 검댕과 먼지로 덮여 있었지만, 그래도 아빠는 그녀를 사랑하게 되었다.

"자, 자, 루페. 그 여자가 하는 말에 신경 쓰지 마." 안토니아는 말했다. "그는 곧 돌아올 거야. 두고 봐. 그는 스토브와 냉장고를 갖춘 좋은 집을 지어줄 거야."

"그건 상관없어, 안토니아." 엄마는 말했다. "중요한 건 우리가 돈 엘리아스에게 곧 돈을 갚는 거야. 난 그에게 어떤 것도 빚지고 싶지 않아. 그가 지난번에 어땠는지 알잖아, 미겔에게 그렇게 높은 이자를 물렸던 거."

"응. 콤파드레가 그 돈 갚으려고 얼마나 열심히 일했는지 기억해."

후아나는 찢어진 옷들을 수선하면서 바쁘게 있으려고 애썼지만 들리는 모든 말에 촉각을 세우고 있었다. 그녀는 아버지가 지난번에 빚을 졌던 때를 기억했다. 그는 들에서 갓 수확한 무거운 옥수수 가마를 등에 지고 있기라도 한 것처럼 등을 구부정하니 숙이고 돌아다녔다.

마지막 일 페소까지 다 갚고 나서야 그는 다시 똑바로 서서 고개를 높이 들고 다니기 시작했다. 다시 자유로운 사람이 되어.

"걱정 돼, 안토니아." 엄마는 후아나가 듣길 원하지 않는 듯이 속삭이고 있었다.

"대부분의 사람들이 그에게 빚이 있어, 루페. 그게 그 사람에게 권력을 주지. 특히 경찰들한테 그게 통하잖아. 한 달 전에 세사르를 체포하게 만들었던 것을 기억하지? 세사르가 돈 엘리아스네 레몬나무에서 레몬 몇 개를 땄다고 그렇게까지 했다고!"

"그건 그냥 구실이었지," 엄마는 말했다. "돈 엘리아스가 세사르의 누이에게 눈독 들이고 있었던 거 알잖아. 세사르에게 경찰을 보낸 이유가 그녀를 혼자 차지하려고 했기 때문인 거."

후아나는 잠시 눈을 판 탓에 바늘로 엄지손가락을 찌르고 말았다. 돈 엘리아스가 항상 마을 여자들을 쫓아 다닌다는 것은 누구나 아는 사실이었다. 그녀는 그의 아내가 어떻게 생각할지 궁금했다. 후아나는 돈 엘리아스의 부인을 몇 번밖에 본 적이 없었다. 그녀는 거의 집 밖으로 나오지 않았다. 그녀는 이미 40대의 마르고 창백한 여인으로 자식이 없었다. 그녀는 웃는 법이 없었다. 몇몇 여인들이 그녀를 찾아가 자기 남편, 형제, 아버지를 돈 엘리아스의 분노로부터 보호해달라고 빌었지만, 그녀는 어떤 말도, 어떤 행동도 하는 법이 없었다. 그녀는 그저 거기에 앉아, 교회에 기부할 아기 옷을 조용히 뜨고 있을 뿐이었다.

후아나는 바늘과 수선하고 있던 옷을 탁자 위에 두고 밖으로 나갔다. 그녀는 더 이상 이야기를 듣고 싶지 않았다. 그녀는 자기가 무슨 일을 저질렀는지 알고 있었다. 잠이 들어버려 친동생을 죽게 만들었을 뿐 아니라 아버지도 돈 엘리아스에게 진 빚의 무게 아래로 묻어버렸다.

후아나와 엄마는 그날의 남은 시간을 아빠의 안전과 아니타의 영혼을 위해 무릎 꿇고 기도하며 보냈다. 후아나는 자기 여동생이 천국에 가서 천사가 되었는지 궁금했고, 만약 그랬다면, 아니타가 아빠를 보살펴주길 바랐다.

어둠이 내렸을 때, 그들은 갈증으로 목이 아팠고, 빈속은 음식을 달라고 꼬르륵댔다. 마지막 기도를 하고 나서 엄마는 마침내 제단을 잡고 기대어 몸을 일으켰다.

"식탁으로 와라, 후아나. 식사 시간이다."

엄마가 점토 냄비에 있는 물을 컵에 따르는 동안 후아나는 테이블로 가서 앉았다. 후아나는 마른 입술을 먼저 적시고 나서 컵에 있던 물을 쭉 들이켰다. 엄마는 화로로 가서 석탄에 불을 지폈다. 그녀는 어제 저녁 식사, 아빠와 함께 한 마지막 식사에서 남은 딱딱해진 토르티야를 데웠다.

"후아나야, 나가서 고추 좀 따오렴." 엄마는 말했다.

후아나는 시키는 대로 했다. 시원한 밤공기는 이마의 땀을 식혀주었다. 그녀는 멀리 아래쪽 강의 물 흐르는 소리, 슬픔과 그리움이 담긴 귀뚜라미 울음소리, 나무의 살랑거리는 소리, 오두막 지붕 위 부엉이의 부엉부엉 우는 소리를 들었다.

그녀는 숨을 죽였다. 저 부엉이는 여기서 뭘 하고 있는 거지?

그녀는 손가락으로 고추를 더듬어 찾아서는 휙 잡아당겨서 땄다. 그리고는 엄마가 부엉이 울음소리를 듣지 못했길 바라며 오두막으로 뛰어 돌아갔다. 부엉이는 언제나 나쁜 소식을 가져왔다. 죽음의 소식을.

어릴 적 이후 처음으로 후아나는 엄마와 함께 잠을 잤다. 옆에서 느껴지는 엄마의 따뜻한 몸은 그녀의 두려움을 가라앉혀주었고 그리고 혹시, 그저 혹시 엄마의 온기가 후아나의 잠을 빼앗아간 악령들을 쫓아내줄지도 모른다.

그러나 그렇지 않았다. 엄마는 후아나가 막 잠에 들려고 할 때 침상에서 몸을 움직였다. 엄마가 몸을 일으키자 스프링이 삐걱거렸다. 후아나는 그녀가 무엇을 하려는지 궁금했다. 엄마는 옷장으로 가서 종이상자를 꺼냈다. 그녀는 탁자 위에 그걸 얹어 놓고 제단으로 가서 두 개의 초를 가져왔다. 그녀는 탁자에 초를 얹고 자리에 앉았다.

후아나는 상자에 무엇이 있는지 알고 있었다. 거기에는 엄마와 아빠가 결혼했을 때 엄마가 선물로 받은 접시 세트가 들어 있었다. 엄마는 이른 나이에 고아가 되어 열두 살이 될 때까지 대모님의 손에 길러졌다. 그해에 대모님이 돌아가셨기 때문이다. 그녀가 아빠를 만난 것은 열네 살 때였다.

엄마는 자기와 아빠가 첫눈에 반했다고 했다. 그들은 결혼하고 싶었지만 결혼식 비용을 감당할 수 없었다. 어느 날, 시장은 결혼하고 싶은 사람은 누구나 시청으로 가서 공짜로 결혼할 수 있고, 결혼 선물로 접시 세트를 선물로 받을 것이라고 말했다.

13년 동안 접시 박스는 옷장에 들어 있었다. 엄마는 언젠가 후아나가 결혼하면 접시 세트를 그녀에게 주겠다면서 그 접시 세트를 사용하지 않으려 했다.

"그건 나와 네 아버지에게 행운을 주었단다, 후아나야. 우리는 멋진 결혼을 했어." 엄마는 항상 이렇게 말했다.

이제 후아나는 어머니가 컵을 하나씩 꺼내는 것을 보았다. 그것은 보라색 라일락과 분홍 나비 프린트로 장식되어 있었다. 엄마는 그 부드럽고 흰 비단 같은 표면을 손가락으로 만져보고, 키스를 하고 탁자 위에 내려놓았다. 후아나는 자기가 어머니를 방해하는 것 같아 돌아누워 눈을 감았다.

그녀는 촛불 아래서 너무나 예쁘게 빛나는 접시들을 생각하면서 어머니의 눈에 고이기 시작한 눈물을 잊으려 애썼다.

아빠가 떠나고 겨우 이틀이 지났을 때 돈 엘리아스가 와서 문을 두드렸다. 후아나가 문을 여니 거의 그녀의 눈높이에 그가 있었다. 그는 후아나가 언젠가 책에서 본 적이 있는, 고릴라를 연상시키는 키 작고 뚱뚱한 사람이었다. 그의 셔츠는 거의 가슴 중간께까지 단추가 열려 있어 땀으로 한데 뭉쳐 있는 수백 개의 털이 보였다. 후아나는 엄마가 이야기하러 올 때까지는 그가 셔츠를 잠그길 바랐다. 그 털들 아래로 보이는 비곗덩이는 어딘지 외설적인 느낌을 주었다.

돈 엘리아스는 그의 통통한 뺨을 타고 흐르는 땀을 닦아냈다. 그는 목을 가다듬고 말했다. "어머니 집에 계시냐?"

후아나는 누가 왔는지 알리기를 주저하며 돌아서서 엄마를 바라보았다. 그녀는 바닥에 앉아 몸을 앞으로 숙인 채 마른 옥수수 한 줌을 맷돌에 갈고 있었다.

"음, 엄마 집에 계시냐? 그러냐, 안 그러냐?"

"누구니, 후아나?" 엄마가 물었다.

"접니다, 루페. 엘리아스예요!" 그는 소리쳤다.

후아나는 돈 엘리아스가 셔츠의 깃을 세우면서 단추는 잠그지 않는 것을 보았다.

엄마는 문간으로 왔다. "무슨 일이시죠?" 그녀는 물었다.

돈 엘리아스는 집으로 들어오라고 해주기를 바라는 듯 엄마의 뒤편을 바라보았다. 엄마는 출입구를 가로막고 그대로 버티고 서 있었다.

"아, 그냥, 댁의 남편이 **저 건너편**으로 가서 제가 얼마나 유감스럽게 생각하는지 와서 말씀드리고 싶었을 뿐입니다. 이제 당신이 딸만 데리고 외롭게 있다는 것을 제가 아니까, 그래서 제가 해 드리려는 것은……"

"걱정 마세요, 돈 엘리아스 제 딸과 저는 괜찮을 거예요 당신의 돈은 제 남편이 몇 주 후에 보낸다고 했으니까, 도착하면 알려드릴게요."

돈 엘리아스는 헛기침을 하고 땀에 절고 백발이 되어가고 있는 머리카락을 손가락으로 쓸었다. "네, 네, 도냐 루페, 그럼 되겠군요. 남편에게서 소식을 들으면 꼭 알려주세요."

"네, 꼭 그렇게 하겠습니다. 자 그럼, 좋은 하루 보내세요." 엄마가 말했다. 돈 엘리아스는 몸을 돌려 떠나지 않았다. 대신, 그는 거기에 그대로 서서 눈을 거의 일자로 가늘게 뜨고 엄마를 바라보았다. 그걸 보고 후아나는 덮치려고 뛰어오르기 직전에 새를 바라보는 고양이를 떠올렸다. 돈 엘리아스는 엄마를 그런 식으로 쳐다보면서 대체 어떤 볼일이 있다는 말이지?

"미겔이 4주 후면 돈을 보낸다고 했던 것 맞죠, 그죠?" 그는 물었다.

"맞아요, 돈 엘리아스, 4주 후에요."

"아주 좋습니다. 그럼 그때 다시 오지요."

엄마는 돈 엘리아스가 떠나자마자 문을 닫았다.

후아나는 뜨거운 석탄을 삼켜 배 안에서 구멍을 내며 타고 있는 것처럼 속이 아팠다.

토르티야와 마른 치즈로 저녁식사를 마치고 후아나는 문가의 드럼에 들어 있는 빗물로 접시를 헹구러 밖으로 나갔다. 그녀는 비록 사이에 나무가 있어서 볼 수는 없었지만, 들판 쪽으로 눈길을 주며 아빠가 거기서 옥수수를 수확하고 있다고 상상해보았다. 그는 곧 집으로 돌아올 거야.

후아나는 몸을 떨었다. 그 부엉이가 또 와 있었다. 그녀 앞에 있는 나무 위에 올라앉아 있었다. 후아나는 탄식처럼 부드러운 부엉이 소리를 들었다.

"여기서 사라져버려!" 후아나는 소리쳤다. 그녀는 접시를 내려놓고 땅에서 돌을 주웠다. "가버려, 꺼지라고!"

그녀는 있는 힘껏 돌을 던지며 나무를 향해 달려갔다.

후아나는 어둠 속에서 어머니가 길고 숱이 많은 머리카락을 빗는 모습을 바라보았다. 엄마는 후아나의 침대에 앉아 있었고, 후아나는 엄마가 이제 매일 밤 옆에서 함께 잘 거라서 좋았다. 그녀는 어머니를 만질 수 있어야 했다. 엄마까지 잃을까봐 너무나 두려웠다. 돈 엘리아스가 엄마를 보던 눈길이 아직도 마음에 걸렸다. 그녀는 시장에 가거나, 교회나 묘지로 가는 길에 다른 남자들이 엄마를 그런 눈길로 바라보는 것을 본 적이 있었다. 심지어 그들이 아빠와 함께 광장으로 갔을 때도 그랬다.

"왜 아직 거기 서 있는 거니, 후아나? 침대로 오렴." 엄마는 침대를 툭툭 두드리며 옆에 와서 앉으라는 표시를 했다. 후아나는 문을 닫고 접시를 탁자에 얹은 다음 어머니에게로 갔다. 그녀는 엄마에게서 빗을 받아들고 그녀를 감싸고 있는 재스민 향기를 들이마셨다.

후아나가 엄마의 머리카락을 빗어주는 동안 달빛이 오두막 틈 사이로 작은 빛줄기들을 그리며 흘러들었다.

아델리나

"아델리나? 너니?"

아델리나는 수화기를 손에 꼭 쥐었다. 아마도 이렇게 늦게 전화하는 게 아니었나 보다. 새벽 네 시였다. 그러나 그녀는 친숙한 목소리를 듣고 싶었다. 그녀는 이 낯선 도시에서 너무나 외로웠다.

"응, 나야, 매기."

"너 어디야? 우리가 네 걱정을 얼마나 했는데. 닥터 클라크가 네가 전화해서는 급한 일이 있어 몇 주간 어딜 다녀오겠다고 했다던데. 네 아파트에 몇 번 가봤지만 널 못 찾았어. 괜찮은 거야?"

"응, 다 괜찮아. 난 멕시코시티에 있어." 아델리나는 다시 베개에 머리를 기대며 말했다.

"너 멕시코에 있어?"

"응."

"근데 거기서 대체 뭘 하는 거야?"

"돌아가면 설명해 줄게. 다들 어떻게 지내?"

"잘 버티고들 있어. 오늘 디아나를 보러 갔었어. 정말 잘 지내고 있더라. 일을 찾아보고 있다고 하더라고. 난 그녀가 잘 헤쳐 나가고 있어서 정말 기뻐. 그러지 못할 거라고 생각한 적도 있었거든."

"응, 나도 그래. 나 대신 그녀를 잘 살펴봐 줘, 매기."

"그럴게. 로스앤젤레스에는 언제 돌아올 거니?"

아델리나는 그녀의 호텔 방을 둘러보았다. 그녀는 침대 반대쪽, 방 건너편 화장대 거울에 비친 자신의 모습을 보았다. 그녀는 침대 머리 나무판 위쪽에 걸려 있는 십자가를 바라보았다.

"아직 몰라, 매기."

잠시 가만히 있다가 매기가 말했다. "닥터 루나가 어제 보호소로 왔었어. 너에 대해 물어보더라."

아델리나는 침대용 탁자 위에 있던 묵주를 들고 묵주알을 가볍게 문질렀다.

"네가 휴가 갔다고 말씀드렸어." 매기는 계속해서 말했다. "아델리나, 왜 그와 헤어졌는지 내게 말해 주지 않는 거야? 내 말은, 니들 사이가 그렇게나 좋았는데……"

"저기, 매기. 나 전화 끊어야할 것 같아. 너무 늦은 시간에 널 깨워서 미안해."

"보호소에 있는 사람들 모두 널 그리워하고 있어. 빨리 돌아와."

"애써 볼게, 매기. 잘 자."

아델리나는 전화를 내려놓은 후 지갑을 들어 수면제가 든 약병을
꺼냈다. 그녀는 두 알을 입 안에 털어 넣고 물을 마셔 흘려보냈다.
그러고 나서 그녀는 수면제가 빨리 말을 들어 꿈 없는 잠 속으로
빠져들게 해 주길 바라며 이불로 몸을 감쌌다.

후아나

후아나와 엄마가 시내로 갈 때마다 그들 주변으로 속삭이는 소리들이 떠다녔다. 후아나는 그 말들을 분명히 들었다. 여인들은 소리를 죽이려는 듯 조심스레 손으로 입을 가리고는 서로 이야기를 나누고 있었다.

"그 사람이 간 지 4주가 됐는데, 아직 아무 소식도 없다네."

"그가 저들을 버린 거 같아?"

"아니, 미겔은 정직한 사람이야. 그럴 사람이 아니지."

"정직하든 아니든, 일단 **저 건너편**으로 가서 노랑머리 그링가* 들에게 둘러싸이고 나면, 남자는 자기도 어쩔 수 없게 돼."

"가엾은 도냐 루페." 그들은 이렇게 말하고 히죽히죽 웃었다.

후아나는 귀를 막고 듣지 않으려고 힘들게 애썼다. 그러나 말들

---

* 그링고의 여성형으로 미국 여성을 의미한다.

은 거리를 떠도는 길 잃은 개들보다 더 시끄럽게 짖어대며 언제나 그들을 쫓아 따라왔다.

. . .

후아나는 엄마 몰래 학교를 빼먹고 있었다. 그녀는 아침에 일어나면 어머니와 커피를 마셨다. 그녀와 함께 강을 따라, 다리를 건너, 기찻길을 따라 시내로 걸어갔다. 그러나 일단 한쪽은 역으로, 다른 한쪽은 학교 쪽으로 철길이 갈라지면, 후아나는 어머니에게 작별의 키스를 한 후 엄마가 보이지 않을 때까지 관목칠 나무 뒤에 숨어 있었다. 그녀는 케사디아* 파는 일을 하러 기차역을 향해 가고 있었다.

후아나는 그녀의 고통을 웃음거리 삼으면서 그녀를 놀려대는 아이들에 지쳐 있었다.

"너희 아버지는 널 버렸어." 그들은 말했다. "불쌍한, 불쌍한 후아나, 아빠 없이 그녀는 어찌하면 좋을까요?"

후아나는 이미 놀림당하는 데에 익숙해져 있었다. 아이들은 그녀가 열두 살인데도 아직 4학년이라는 걸로 그녀를 놀렸다. 그러나 아빠는 그녀에게 그런 말에 신경 쓰지 말라고 항상 말했었다. 때로 그에게 책과 수업준비물을 살 돈이 없는 것이 그녀의 잘못은 아니

---

* 토르티야에 치즈를 넣고 반으로 접어 만든 멕시코 음식.

었다. 그리고 우기에 흙길이 너무나 심한 진창으로 바뀌어서 외곽에 사는 누구도 시내로 들어가기 어려운 것이 그녀 잘못인 것은 단연코 아니었다.

그러나 아이들이 놀릴 때 기분이 나아지게 해 줄 아빠는 지금 여기에 없었다. 그리고 한편으론, 그 아이들이 그녈 비웃고 있는 것도 그 때문이었다. 후아나가 아버지나 어머니가 **저 건너편**으로 떠난 유일한 아이인 것은 아니었다. 그렇지만 적어도 그들은 그녀처럼 잊혀지진 않았다.

후아나는 달려서 집으로 되돌아가 앉아서 거의 오지 않는 우편집배원이 오기를 기다리곤 했다. 때로 그녀는 돈 아구스틴과 그의 아내가 시내에 더 가까이 살고 있었기 때문에 그의 집 쪽으로 가곤 했다. 그녀는 혹시나 우편집배원이 귀찮아져서 아빠의 편지를 그들에게 남기기로 마음먹을 수도 있다고 생각했다. 그러나 결코 그런 적은 없었다.

아마도 오늘은 편지가 왔을 거야. 후아나는 돈 아구스틴의 집으로 가면서 생각했다. 그의 아내 도냐 마르티나는 회색 숄을 감싸 입은 왜소한 여인이었다. 그녀는 밖에 나와 앉아서 후아나가 그녀의 오두막을 향해 걸어오는 것을 보고 있었다.

"안녕, 후아나." 그녀는 이가 몇 개 빠진 낡은 빗을 손에 들고 있었다. 그녀는 후아나를 바라보고 미소 지었다. 이 빠진 자리가 드러나는 그녀의 미소를 보고 후아나는 그녀의 빗을 떠올렸다.

"좋은 오후예요, 도냐 마르티나. 오늘 우편집배원이 들렀나요?"

도냐 마르티나는 엉킨 머리카락과 씨름하고 있었다. 여느 때처럼 그녀는 후아나에게 자신의 빗을 건넸다.

"우편집배원은 오늘 아직 오지 않았단다, 아가. 안 됐구나."

후아나는 그녀에게서 빗을 받아들고 의자를 돌아가서 그녀 뒤에 섰다. 도냐 마르티나의 오두막 안에서는 비둘기들이 부드럽게 구구 우는 소리를 듣고 허브와 아몬드 기름 냄새를 맡을 수 있었다. 도냐 마르티나는 치유사에다 산파였다. 그녀는 엄마가 아이들을 낳는 일을 도와줬었다.

"내일이면 편지가 도착할지 혹시 모르지, 후아나. 인내심을 가져야 해. 때론 편지가 도착하는데 시간이 오래 걸리기도 한단다."

후아나는 산을 바라보았다. 아빠는 자기가 건너편에 있을 것이라고, 그리 멀지 않은 곳에 있을 것이라고 말했었다. 그렇다면, 그의 편지가 도착하는 데 왜 그리 오랜 시간이 걸리는 걸까? 그가 편지를 안 보낸 것이 아니라면 말이다. 눈물이 쏟아져 나오려고 해서, 후아나는 도냐 마르티나가 보지 않길 바랐다.

그러나 도냐 마르티나는 후아나의 슬픔을 냄새 맡은 것 같았다. 공기를 냄새 맡고 비가 올 것을 아는 것처럼 말이다. 그녀는 후아나의 손을 잡아 주위로 끌어당겨 후아나가 그녀 앞에 서도록 했다. 도냐 마르티나의 얼굴은 치차론*처럼 주름지고 딱딱했고, 그녀에게

---

* 돼지껍질을 기름에 튀겨 과자처럼 만든 것으로 멕시코에서 즐겨 먹는 음식이다.

는 아몬드 기름, 에파소테*, 그리고 담배연기 냄새가 났다.

"강해져야 한다, 후아나, 어머니를 위해서 말이다. 안색이 좋아 보이지 않더구나. 아프신 게냐?"

"우리 어머닌 괜찮아요." 후아나는 말했다. 비록 도냐 마르티나는 그녀가 거짓말을 하고 있다는 것을 알았을 테지만 말이다. 며칠째 엄마는 일찍 일어나서 밖으로 나가 구토를 했다. 엄마는 밤새 너무나도 슬퍼서 몸이 부어오르기 때문에 아침에는 위에서 그걸 빼내야 한다고 말했다. "슬픔은 독이란다, 후아나." 엄마는 그녀에게 말했다.

도냐 마르티나는 일어나서 그녀의 오두막 근처에서 자라고 있는 허브를 캐러 갔다. "여기 있다, 후아나, 이 허브를 어머니에게 가지고 가서 차를 만들어 마시라고 전하려무나. 도움이 될 게다."

"고맙습니다, 도냐 마르티나." 후아나는 도냐 마르티나에게 엄마의 병세에 대해 말해야 할지 고민했다. 그러나 마음 깊은 곳에서는 그녀 자신도 엄마가 어떻게 아픈지 알고 싶지 않았다. 엄마를 아프게 하는 것이 슬픔만은 아니었다. 후아나는 그걸 알고 있었다.

"미겔, 사람들이 당신에 대해 말하는 것은 사실이 아니야. 그 사람들은 당신이 편지를 쓰지 않을 거라고 말해. 그들은 당신이 나를 버렸다고 말하지. 그러나 그렇지 않아. 난 알아."

---

* 멕시코에서 마시는 차의 일종.

후아나는 엄마가 그녀의 예쁜 접시들을 쓰다듬는 것을 바라보았다. 그녀는 눈을 감거나 다른 곳을 보려고 애썼지만, 그녀의 눈은 항상 제단 앞 땅바닥에 앉아 있는 엄마에게로 되돌아갔다. 엄마는 접시 하나를 내려놓고 다른 것을 들어 올리고는 거기다 대고 대답을 구하려 했다. "당신은 어디 있지, 미겔? 왜 편지를 쓰지 않는 거야? 어디 있는 거야, 당신. 나를 잊지 마."

후아나는 엄마의 말을 따라했다. 어디 있는 거야, 아빠?

나를 잊지 마.

돈 엘리아스는 아빠가 떠나고 다섯 주가 되자 와서 문을 두드렸다. 엄마가 그럴 것이라고 말한 대로였다. 그녀는 역에서 일해 간신히 이십 페소를 모았다. 그녀는 손을 벌려 그에게 동전을 보였지만, 돈 엘리아스는 그녀를 비웃을 뿐이었다.

"마지막 한 푼까지 갚겠습니다." 엄마는 그에게 말했다. "그러겠다고 맹세할게요. 그렇지만 제 남편에게 시간을 좀 주세요."

"이상하네요, 그렇지 않습니까, 부인? 남편이 자기가 어디 있는지를 당신에게 알리지 않았다는 것이 말이죠. 아마도 자기 책임을 잊어버렸나 봅니다."

"그렇게 말하지 마세요!" 후아나는 말했다. "아빠는 그럴 사람이 아니에요. 당신이……"

"어른이 말할 때 끼어들면 안 된다는 것을 너희 어머니가 가르치지 않았나보지, 애야?” 돈 엘리아스는 난처해서 얼굴이 붉어진 엄마를 쳐다보며 물었다. 후아나는 자기가 예의를 지키지 않아서 어머니를 부끄럽게 만들었다는 것을 알고는 구석으로 움츠러들고 말았다. 그러나 자기 아빠에 대해 그렇게 흉볼 권리가 그에게는 없었다!

“제 남편은 자신의 책임을 압니다, 돈 엘리아스 그리고 그는 그걸 잊을 사람도 아니고요.”

“당신 말이 옳겠죠, 루페, 하지만 그렇지 않을 시에는 기꺼이 다른 조처를 취하도록 하지요” 돈 엘리아스는 엄마를 향해 웃으면서 눈을 가늘게 떴다. 후아나는 그 시선을 알아보았다.

엄마는 잠시 조용히 있더니 말했다. “절 용서하세요, 돈 엘리아스 그렇지만 제 변변찮은 돈을 받지 않으실 거라면 그만 가보셔야겠습니다.”

그가 대답을 하기도 전에 엄마는 그 앞에서 문을 닫고 거기에 기대었다. 그가 그걸 두드려 부수려고 할까봐 무서워하는 것처럼. 그녀는 스스로를 진정시키기 위해 깊이 그리고 천천히 숨을 쉬었다. 그녀는 손을 펴서 손바닥에 놓인 금속 동전을 쳐다보았다.

후아나는 그걸 벌기 위해 엄마가 얼마나 열심히 일했는지 알고 있었다. 그러나 그것으로는 결코 충분치 않으리라는 것 또한 그녀는 알고 있었다.

아델리나

아델리나는 아침 10시에 버스를 탔다. 목적지까지 세 시간 거리다. 그녀는 창가에 자리가 있는 것을 보고 앉았다. 그녀는 버스를 탄 사람들의 얼굴을 바라보았다. 낯선 이들의 얼굴. 푸른 숄로 감싼 여인. 얼굴에 무성한 검은 수염이 있고 머리에는 텍사스 모자를 쓴 남자. 선글라스와 붉은 립스틱을 바른 여인. 약간 휜 코에 아래로 처져 슬픈 인상을 주는 눈을 가진 젊은 남자.

아델리나는 그 젊은 남자가 빈자리를 찾고 있는 것을 보았다. 일단 그가 그녀보다 몇 줄 앞쪽에 앉고 나자 더 이상은 그를 볼 수 없었다. 그에게는 익숙한 느낌을 주는 무언가가 있었다. 그의 얼굴은 낯선 이의 얼굴이 아니었다. 그것은 오랫동안 보지 못하고 지내던 사람의 얼굴이었다. 저 처진 눈. 그게 누구를 연상시키는 거지?

"누굴 방문하러 가는 거니?" 그녀 옆에 앉은 남자가 물었다. 아델리나는 고개를 돌려 그 남자를 보았다. "내 말은, 너 여기 출신 아니지, 그렇지?"

그녀는 희미하게 미소 지었다. 그녀는 뭐라고 답해야 할지 몰랐다. 그녀는 이곳 출신이지만, 또 아니기도 했다. 어떻게 설명해야 할까?

"**저 건너편**에서 왔군. 바로 알아볼 수 있었어." 그 남자는 미소 지으며 말했다.

"어머니를 뵈러 가요." 아델리나는 자신의 무릎에 놓인 나무상자를 바라보며 말했다.

"오, 좋은 일이네. 언제 마지막으로 뵀는데?"

"여러 해 전에요."

"너무 안됐구나." 그 남자는 말했다. "그래도 돌아와서 기쁘지 않니? 드디어 집에 가는 거잖아."

그녀는 그 남자가 말한 것에 대해 생각해보았다. 그녀는 정말로 집으로 가고 있는 걸까?

그녀는 나이든 코요테와 나눈 대화를 떠올렸다.

"제가 아버지 찾는 것을 왜 도와주신 거예요?" 그녀는 아버지의 시신을 찾기 위한 서류작성을 기다리며 이민국사무소에 앉아서 그에게 질문했었다.

"네가 집에 갈 수 있게 해 주려고" 노인은 또다시 이렇게 말했다.

그는 그녀를 호텔로 따라왔던 날에도 똑같은 말을 했었다.

"무슨 말씀인지 모르겠어요." 아델리나는 말했다. 아버지 찾는 것을 도와주는 누구에게나 그녀가 주겠다고 한 보상금에 대해서 들어본 적이 있다는 것을 그는 인정하고 싶지 않은 걸까?

노인이 그녀를 너무 강렬히 쳐다봐서 그녀는 그가 잘 보이는 눈보다 보이지 않는 눈으로 더 명확히 볼 수 있을 것 같은 느낌이 들었다. 그녀는 그 눈이, 먼눈으로 그녀를 노출시켜 실제의 그녀를 본다고 느꼈다.

"넌 날 기억 못하나 보지?" 노인은 물었다.

아델리나는 그를 더 자세히 바라보았다. 그녀는 그에게 어딘가 친숙한 모습이 있다는 것을 알았다. 그의 목소리나 멀어버린 눈 같은 것들이 그랬다. 아마도 오래전에 그를 만났을 수도 있을 것이다. 그녀는 너무나 많은 사람들을 만났으니까.

"제가 당신을 아나요?" 그녀는 물어보았다.

노인은 리놀륨 바닥을 내려다보았다. 아델리나는 그가 갑자기 당황하고 있는 것처럼 느껴졌다. 그는 헛기침을 하고는 다시 말했다.

"여러 해 전, 한때 네가 나를 품어준 적이 있단다. 내가 너의 포옹에서 위안을 얻는 동안 네가 내게 해 준 말이 있었는데, 그 말을 듣고 난 달아났었지. 넌 말했단다. '난 우리 아버지를 찾고 있어요 그는 삼 년 전에 국경을 건너러 왔었어요'

"넌 내가 잘 기억하고 있는 사람을 묘사했어. 너는 그가 하얀 묵주를 가지고 있었다고 했지. 심장모양의 알로 만든 묵주 말이다."

아델리나는 손을 입으로 가져가 엄지를 세게 물었다. 그녀의 턱이 가볍게 떨렸다.

"그땐 내가 국경 한가운데에 네 아버지를 묻었다고 네게 말해 줄 용기가 없었단다. 너는 너무나 어렸고, 네가 원하는 것이라고는 그저 집에 돌아가는 것뿐이었으니까." 노인은 그녀의 손을 잡았다. 그는 힘겹게 바닥에 몸을 숙여 그녀 앞에 무릎을 꿇었다. "나를 용서해다오, 애야, 비겁하게 군 이 노인을 용서해다오. 난 두려웠단다. 사람들이 내가 그를 죽였다고 할까봐 두려웠어."

아델리나는 16년 전에 그가 어떻게 도망쳐서 다시는 돌아오지 않았는지를 기억하면서 그를 바라보았다. 그녀는 그 예전에 진실을 알 수 있을 뻔했던 것이다. 그녀는 그를 몇 주씩이나 거리마다, 바마다 찾아다녔었다. 옆을 스쳐가는 모든 남자들의 왼쪽 눈에 파란색 막이 있는지 보려고 살펴보았었다.

"이 노인을 용서하겠니?"

아델리나는 노인의 먼눈을 바라보며 입 안에서 분노를 삼켰다.

후아나

　돈 엘리아스는 그 다음 주에 다시 찾아왔다. 후아나는 토르티야 방앗간에 가는 길에 그녀의 집 쪽을 향해 그가 다리를 건너오는 것을 보았다. 돌아서 달려가 엄마에게 그가 오고 있다고 알리고 싶었지만, 그녀는 엄마가 너무 허기져 있다는 것을 알았고 또 지금 서둘러 가지 않으면 토르티야 방앗간이 문을 닫을 것이라는 것도 알고 있었다. 그녀는 강을 따라 계속 걸어가면서 마음을 가라앉히려 애쓰는 수밖에 없었다.

　"좋은 오후구나, 후아나. 엄마 집에 계시냐?" 돈 엘리아스는 물었다.

　"네, 아저씨."라고 답했지만, 곧바로 차라리 자기 말이 거짓이길 하고 바랐다.

　"좋아, 좋아."

후아나는 다리가 있는 쪽으로 달려갔다. 그녀는 가능한 한 빨리 집으로 돌아가기로 마음먹었다. 그녀의 엄마는 혼자서 저 뚱뚱한 돼지와 있고 싶지는 않을 것이 분명하다. 그녀는 숨을 헐떡이며 토르티야 방앗간에 도착했다.

"숨 돌려라, 후아나야. 왜 그렇게 서두르는 거니?" 그녀가 도착하자마자 도냐 오르텐시아가 물어보았다.

"아무 것도 아니어요, 도냐 오르텐시아."

"너희 어머닌 어떻게 지내시니, 후아나? 아직 너희 아버지에게선 소식이 없는 거야?"

"토르티야 반 킬로만 주세요" 후아나는 그녀의 질문에 모른 척하며 말했다. 그녀는 압착기에서 나오는 뜨거운 토르티야를 들어 올리는 여인들을 돌아보았다. 참견하기 좋아하는 여인들이다. 그러나 그녀는 엄마와 아빠에 대해 또다시 어떤 이야깃거리도 만들어주지 않을 것이다.

"자, 여기 있다." 도냐 오르텐시아는 화난 어조로 말했다. 그녀는 뜨거운 토르티야를 카운터 위, 후아나의 손 위에 쾅하고 내려놓았다.

"아야!" 후아나는 소리쳤다. 도냐 오르텐시아의 뒤에 있던 여인들은 킥킥거리며 웃었다. 그녀는 카운터에 돈을 던지고 토르티야를 바구니 안에 넣은 후 방앗간에서 달려 나왔다.

집에 왔을 때 후아나가 처음으로 본 것은 돈 엘리아스가 엄마를 벽에 밀어 붙여놓고 있는 모습이었다.

"제가 당신에게 나쁜 일을 하지 않도록 해 주세요, 부인." 그는 엄마에게 말하고 있었다. "저는 당신이 빚을 갚지 못했다고 경찰에게 가서 당신을 체포하게 만들 수 있어요."

"안 돼요, 어르신, 제발, 일주일만 더 주세요, 분명 제 남편이……"

"당신의 남편은 무책임한 호로자식이라는 것이 다 드러났어요. 그는……"

"우리 아버지를 모욕하지 마세요!" 후아나는 토르티야를 던질 태세로 돈 엘리아스를 향해 한 발짝 다가섰다.

엄마는 고개를 돌려 그녀를 바라보았다. 후아나는 어머니의 윗입술 위로 땀방울이 송글송글 모여 있는 것을 보았다.

"후아나, 밖에 나가 있어." 그녀는 말했다.

"그렇지만 엄마……"

"당장!"

"가거라, 얘야, 너희 엄마가 말씀하신 대로 하거라." 돈 엘리아스는 능글맞게 웃으며 말했다.

후아나는 토르티야 바구니를 탁자에 탕하고 내려놓고 문을 향했다. 그녀는 문간에 멈춰서 돈 엘리아스와 엄마를 돌아보았다. 그녀는 속이 뒤틀렸다.

돈 엘리아스는 그의 커다란 배를 어머니에게 밀어붙이고 있었다.

"자, 제가 말씀드리던 대로, 부인, 당신의 빚을 갚기 위한 다른 방도들이 있습니다만……"

후아나는 귀를 덮고 오두막을 뛰쳐나갔다. 그녀는 앞에 있는 커다란 돌 위에 앉아 돈 엘리아스가 나오기를 기다렸다. 그는 왜 어머니를 그토록 심하게 괴롭히는 걸까? 그는 아빠가 곧 돈을 보내리라는 것을 이해할 수 없는 걸까? 사람들이 말하는, 그녀의 아버지가 그들을 버렸다는 그 모든 이야기들은 사실이 아니었다. 그는 정직한 사람이었고, 그는 그녀와 엄마를 결코 잊지 않을 것이다. 그는 그러지 않을 것이다.

"우리 집에서 나가요!" 엄마가 소리 질렀다.

오두막 안쪽에서 뭔가가 깨졌고, 이내 돈 엘리아스가 고함을 치며 나왔다.

"당신에게 일주일을 주겠어, 루페, 생각해 볼 시간 일주일 말야. 다음에 또 왔을 때는 이렇게 후한 제안은 없을 줄 알라고!"

그는 후아나가 그곳의 바위 위에 앉아 있다는 것도 알아채지 못한 채 떠났다. 오두막으로 달려가 보니 어머니가 맨바닥에 앉아 울고 있었다. 그녀는 문 가까이에 어지럽게 놓인 유리파편들 위로 조심스레 내디뎠다.

"마을 사람들 전부에게 나한테 일을 주지 말라고 이야기할 거라는구나. 기차역에서 하는 일을 잃을 수는 없다, 후아나, 우리가 어떻게 먹고 살겠니?"

후아나는 엄마 곁에 앉아 엄마 얼굴을 덮고 있는 검은 머리가닥을 부드럽게 뒤로 젖혀주었다.

"아빠가 곧 우리에게 편지 쓸 거야, 두고 봐." 후아나가 말했다. 엄마는 후아나의 말에 의지하며 고개를 끄덕이고 희미한 미소를 짓더니 다시 눈물을 터뜨렸다.

다음 날 후아나는 할머니를 뵈러 시내로 갔다. 그녀는 뒷마당에 있는 부간빌리아 덩굴 그늘 아래에 앉아 졸고 있었다. 그녀의 머리는 앞으로 숙여져 있었는데, 다시 팅기듯이 올려 의자 등받이에 다시 기대고 코를 골곤 했다.

"할머니." 후아나가 불러도 할머니는 계속 코를 골았다. "할머니!"

엘레나 할머니는 몸을 떨며 깨어났다. 그녀는 주위를 돌아보다 후아나가 문 옆에 서 있는 것을 보고 후아나를 쏘아보았다.

"아빠에 관해 여쭤 보러 왔어요" 후아나는 걸어 들어가 할머니 옆에 섰다.

"너희 어머니가 널 보낸 게냐, 허?" 엘레나 할머니는 물었다. "걔가 내 아들 신경 쓸 일이 뭐가 있다고? 재주가 없어서 해 준 일이라고는 그의 삶을 비참하게 만든 것밖엔 없는 걸, '내 아들아' 내가 내 아들에게 말했다, '저 여자는 너한테 맞지 않아. 요리도 못하고,

청소도 못한다.' 걔는 심지어 자식도 제대로 돌볼 줄을 모르잖아. 얼마나 많은 애들이 죽었는지 봐라. 그리고 누가 가장 고통을 받았니? 내 아들이다. 빚을 되갚으려고 당나귀처럼 일해야 하는 건 내 아들이라고"

"그렇지만 걔가 어디 내 말을 듣기나 했니? 아녔어. 너희 아버지 눈에 보인 것이라고는 걔 큰 젖꼭지에, 걸을 때마다 흔들어 대길 좋아하는 저 커다란 궁둥이 밖에 없었어."

후아나는 엘레나 할머니에게 자기 어머니는 그런 적 없다고 소리치지 않으려고 입술을 깨물었다. 그러나 그녀는 자기가 엘레나 할머니를 화나게 만들면, 그녀는 어떤 소식도 알려주지 않으리라는 것을 알고 있었다. "할머니, 아빠 소식 들으신 것 있으세요?"

엘레나 할머니는 아무 말도 않은 채 그녀를 노려보았다. 후아나는 자신에게 소식을 전해 주지 않을 정도로 그녀가 그렇게 잔인할지 궁금했다.

"제발, 할머니, 소식을 들으셨다면 제발 말씀해 주세요"

엘레나 할머니의 아랫입술이 가볍게 떨렸다. "못 들었다, 애야. 내 아들 소식을 전혀 듣지 못했어. 땅이 그 아이를 삼키기라도 한 것 같다."

후아나는 뭐라고 말해야 할지 몰랐다. 그녀는 뭔가 다른 이야기를 듣고 싶었다. 그녀는 할머니에게 감사를 표하고 떠나려고 돌아섰다.

"네 어미에게 소식 캐러 널 보내는 거 이제 그만 하라고 해라. 그 아이를 들이면 죽게 될 거라고 그에게 말했다만, 들으려 하지 않았어. 제 어미 말을 듣지 않았단 말이다. 그리고 이젠 떠나버렸다. 내 아들 어디 있냐? 내 아들 어디 있어?"

엘레나 할머니는 손으로 얼굴을 가렸다. 후아나는 발끝으로 살금살금 걸어 문으로 가서 뒤로 문을 닫고 떠났다.

돈 엘리아스는 자신이 한 말을 충실히 지켰다. 엄마가 도냐 로사를 돕기 위해 음식판매대로 갔을 때, 그녀는 더 이상 거기서 일할 수 없다는 말을 들었다.

"날 용서해줘, 루페, 제발." 도냐 로사는 말했다. "우리 어머니가 돌아가셨을 때 장례비용을 다 낼 정도로 돈 엘리아스가 친절하게 했던 것 알잖아, 자기가 하라는 대로 하지 않으면 내가 아직 지고 있는 빚을 다 갚게 만들겠다고 했어. 개인적 감정으로 이러는 게 아냐, 루페, 날 용서해 줘. 그렇지만, 자, 이 케사디야 가지고 가, 후아나도 좀 주고"

엄마가 후아나에게 이 이야길 해줬을 때, 후아나는 케사디야를 먹고 싶지 않았다. 아침으로 빵 한 조각과 물을 흥건히 넣은 커피만 마셨던 터라 그녀의 위는 투덜거리듯 꼬르륵거렸다.

"자존심 내세울 처지가 아니다, 애야." 엄마는 이렇게 말했지만 케사디야는 하루 종일 테이블에 그대로 남겨져 있었다. 밤이 되어

둘이서 푸른 고추가 든 묵은 토르티야를 먹기 위해 식탁에 앉았을 때에도 거기 그대로 있었고, 다음 날 엄마는 그것들을 내다버렸다.

다음 며칠 동안 엄마는 일을 찾아 시내를 돌아다녀 보았지만 모두들 머리만 저어댈 뿐이었다. 돈 엘리아스가 예고한 대로 모든 사람들이 그에게 한두 가지 신세는 다 지고 있었기 때문이다.

"아이고, 코마드레, 일거리가 어딘가엔 있을 거야." 안토니아는 엄마에게 말했다.

"사방에 부탁해 봤어, 안토니아." 엄마는 말했다. "심지어 아주 싸게 세탁해서 다림질하는 일을 할 수 있다고도 해 봤지만 다들 거절했어."

"걱정 마, 루페, 가능한 한 최대한 도와 줄게. 남편이 집으로 가져오는 음식은 아무리 적더라도 댁과 내 대녀와 함께 나눌게."

"고마워, 코마드레." 엄마는 말했다. "그렇지만 그냥 받고 싶진 않아. 누구에게도 짐이 되진 않을 거야. 후아나와 난 어떻게든 지내볼게."

"스스로를 잘 돌봐야 해, 코마드레. 지금은 혼자니 특히 더."

"우린 괜찮을 거야. 이렇게든 저렇게든, 어떻게 되겠지."

아델리나

아델리나는 종합병원에서 닥터 세바스티안 루나를 만났다. 보호소에 머물던 여인들 중 한 명이 최근 남편에게 되돌아갔는데, 그는 이내 그녀를 다시 패기 시작했다. 그녀는 병원에서 매기에게 전화를 걸어 일어난 일을 말했다. 매기와 아델리나는 그녀를 보러 갔다.

"라우라, 다 괜찮아질 거예요. 두고 보세요." 매기는 라우라의 손을 잡고 말했다. 라우라는 머리를 젓고 계속 울었다.

"그가 왜 그러는지 모르겠어요. 그가 나를 사랑하는 건 알아요. 마시는 술 때문이에요. 그게 이성을 잃게 만들어요……"

아델리나는 칸막이 뒤에 있는 창으로 걸어가서 바깥을 바라보았다. 그녀는 며칠 전부터 보호소에서 일하기 시작했다. 그전에는, 보일 하이츠에 있는 보호센터에서 일했었고, 그전에 학교를 다니는 동안에는 도시여성센터에서 읽고 쓰기 수업을 가르치는 자원봉사 일을 했다. 그리고 매 맞는 여성을 돕는 일을 수년간 해왔지만, 그녀에게 라우라의 멍든 얼굴을 보는 일은 여전히 어려웠다.

문 두드리는 소리가 들리고 아델리나는 누군가가 방에 들어오는 소리를 들었다.

"좋은 오후에요, 닥터 루나. 반갑습니다." 매기는 말했다.

"저도 반갑습니다, 매기. 보호소 분들은 다들 잘 지내고 계시나요?"

"다들 잘 견디고 있어요, 선생님."

아델리나는 한 손으로 커튼을 잡고 조용히 서 있었다. 칸막이를 통해 그녀는 의사가 라우라의 침대 옆에 서 있는 모습을 간신히 볼 수 있었다. 그녀는 옆으로 움직여서 그가 라우라의 상처를 살피는 것을 보았다. 그의 손의 선들과 웃을 때 생기는 그의 입술의 곡선이 눈에 띄었다.

"며칠 후면 새로 태어난 것처럼 나아지실 겁니다." 그는 라우라에게 말했다.

닥터 루나는 가려고 일어서면서 위를 올려다보았다.

"얘는 아델리나예요." 매기는 아델리나에게 가까이 오라고 손짓하며 말했다. 그녀는 매기의 곁에 가서 섰다. "그녀는 보호소에서 겨우 며칠 전부터 일하기 시작했어요."

닥터 루나는 악수를 하러 손을 뻗었다. "만나서 반가워요." 그는 말했다. "세바스티안 루나라고 합니다."

"아델리나 바스케스예요."

"반가워요, 미즈 바스케스."

"그는 보호소에서 자원봉사 하고 있는 의사들 중 한 분이야." 매기는 말했다. "한 달에 두 번 일하러 와."

닥터 루나는 양해를 구하고 떠났다. 아델리나는 닫힌 문을 바라보았다. 그녀는 닥터 루나의 젊은 얼굴과 그녀를 바라보던 그의 초록색 눈동자가 여전히 눈에 선했다.

후아나

　후아나는 시장에서 장사들이 좌판을 닫기 전에 버린 나무상자를 뒤졌다. 그녀는 곰팡이가 피기 시작한 눅눅한 토마토와 고추 몇 개를 찾아냈다. 네 명의 집 없는 소년들도 음식을 찾고 있었다. 썩어가는 과일과 채소 주위에서 춤추는 파리들, 여기저기 널린 상자들 사이로 킁킁거리며 냄새 맡고 다니는 개들이 후아나와 아이들과 경쟁하고 있었다. 소년들 중 하나가 고기를 찾아 쓰레기통 안으로 뛰어들었다. 그는 쓰레기통 밖으로 고개를 쑥 내밀고 한숨을 쉬었다. 그는 닭 뼈와 지방덩이를 들어올렸다.

　"봐봐!" 그는 팔을 들고 가리켰다. 지방덩이 하나가 그의 손에서 떨어져 후아나의 어깨 위로 떨어졌다. 그건 플란처럼 보였다.

　후아나는 몸을 돌려 상자에서 닭 한 마리를 끌어내고 있는 떠돌이 개를 보았다. 그녀는 고기가 상했다는 것을 알고 있었지만, 자기도 모르게 입에 군침이 고이기 시작했다. 소년들은 개의 뒤를 쫓아 갔고, 그녀도 재빨리 그들의 뒤를 따랐다.

개는 그들이 오는 것을 보고는 닭을 입에 물고 도망쳤다. 후아나와 소년들은 개가 누군가의 마당으로 달려 들어가 숨을 때까지 몇 블럭을 따라갔다.

"거의 다 잡았었는데." 소년들 중 하나가 말했다.

후아나는 시장으로 되돌아가 상자에서 쪼그라든 당근과 양배추 몇 개를 주워들었다. 그녀는 엄마에게 저녁으로 수프를 만들어 달라고 부탁할 것이다.

후아나가 집 가까이 도착했을 때는 석양이 내려앉고 있었다. 그녀는 걷기를 멈추고 오렌지 빛깔의 선이 그려진 하늘을 배경으로 서 있는 산의 실루엣을 바라보았다. 그녀는 아버지를 생각하면서 그가 뭘 하고 있을까 궁금했다. 그녀는 옥수숫대를 바라보며 엄마가 화로에 구운 옥수수를 먹는 것을 얼마나 좋아했는지 생각했다. 그녀는 손에 든 곰팡이 핀 채소를 내려다보며 이보다 나은 것을 어머니에게 가져가는 것이길 바랐다.

후아나는 바닥에 야채를 던지고 강을 향해 계속 달려가서 한쪽을 다른 쪽과 잇고 있는 쓰러진 나무 위를 걸었다. 그녀는 이내 밭에 도착해 있었다. 마치 아기라도 되는 듯이 옥수수 알갱이들을 흔들며 옥수숫대들은 그녀의 주변에서 사방으로 몸을 흔들어댔다. 그녀는 가능한 한 조용히 하려 애쓰면서 천천히 이랑을 따라 나아갔다.

어둠이 재빨리 내려앉아 이제 그녀는 옥수수 알갱이를 간신히 볼 수 있었다. 그녀는 손가락을 줄기 위로 더듬어 옥수수 알갱이 하나를, 그리고 다시 또 하나를 꺾었다. 다른 알갱이에 손을 뻗으려 할 때 공중에서 총성이 울렸다. 새떼가 그녀 주변에서 일제히 하늘로 날아올랐다. 다시 한 발의 총성이 이어졌고, 그녀는 달리기 시작했다.

"도둑놈들아, 내 밭에서 꺼져!" 한 남자가 소리쳤다.

후아나는 길이 보이지 않았다. 다른 한 발은 너무나 가까이에서 발사되었기 때문에 귀를 멀게 만드는 그 소음이 계속 그녀의 귀에서 윙윙 울렸다. 그녀는 바닥에 넘어졌고, 옥수수 알갱이들은 떨어져 멀리 굴러갔다. 그녀는 재빨리 일어서서 옥수숫대 사이로 계속 달렸고, 칼 같은 이파리들이 그녀의 다리와 팔의 살을 그어대는 것을 느꼈다.

후아나는 다리 위의 죽은 나무를 건너 달렸고 집에 도착할 때까지 멈추지 않고 달렸다. 그녀는 숨을 헐떡였고, 자신의 손을 바라보며 밖에 서 있었다. 그 손들은 비어있었다.

돈 엘리아스는 다음 날 검은 제복과 모자를 갖춰 입은 두 명의 경찰을 동반하고 나타났다. 후아나는 그들 앞에서 문을 닫으려고 했지만 경찰 중 한 명이 문을 다시 밀어 열었다.

"어머니 어디 계시냐?" 돈 엘리아스는 물었다.

후아나는 고개를 돌려 침상에 누워 있는 어머니를 바라보았다. 엄마의 얼굴은 창백했고 눈 아래쪽에는 다크 서클이 져 있었다. 그녀는 최근 잠을 제대로 자지 못했다. 그녀의 위는 어떤 것도 견뎌내지 못했고, 그녀의 다리는 이제 너무 약해져서 몸을 지탱하지 못했다.

후아나가 대답을 하기도 전에 돈 엘리아스와 경찰은 그녀를 옆으로 밀치고 오두막 안으로 들어갔다. 엄마는 두려움으로 눈을 크게 뜨고 있었다.

"내가 말했잖소, 루페, 다음에는 그리 친절하지 않을 거라고" 돈 엘리아스는 말했다.

"도냐 루페, 빚을 갚지 못하는 것은 심각한 범죄입니다. 여기 계신 돈 엘리아스가 당신을 절도죄로 고발했습니다." 경찰 중 한 명이 말했다.

"당신을 서로 데려 가야겠습니다." 다른 경찰이 말했다.

후아나는 침상으로 달려가 그들과 어머니 사이에 섰다. "우리 집에서 나가세요. 우리 어머니를 데려가게 내버려두지 않을 거예요. 나가요!"

경찰들은 등에 메고 있던 라이플을 내려 자신들 앞에 놓았다.

엄마는 손을 들어올렸다. "제발, 그럴 필요 없습니다." 그녀는 후아나를 한 팔로 감싸고 돈 엘리아스를 바라보았다. "제발, 어르신, 자비를 베풀어 주세요. 감옥에 갈 수는 없습니다. 제 딸을, 어르신, 제 딸을 두고 갈 수 없어요."

"루페, 당신이 빚을 갚을 수 있도록 도와주겠다고 내가 말했었잖아." 돈 엘리아스는 그녀에게 걸어가면서 말했다. "이럴 필요까진 없던 일이었어."

"제발, 어르신." 엄마는 말했다.

"함께 해결할 방도가 있을 테지, 필시. 다르게 합의 볼 수도 있지." 돈 엘리아스는 말했다. "그렇잖소?"

후아나는 엄마를 바라보았다. 그녀는 어떻게 생각해야 좋을지 알 수 없었다. 그는 어떤 종류의 합의를 말하는 것일까? 어머니를 잃고 싶진 않았지만, 어머니가 자존심을 꺾고 저 사람과 '합의'를 보는 것을 그녀는 견뎌낼 수 있을 것인가?

엄마는 후아나를 바라보았다. "부디 우리 딸과 단둘이 이야기 할 수 있게 해 주세요." 그녀는 돈 엘리아스에게 말했다.

경찰들은 돈 엘리아스를 바라보았다. 그가 고개를 끄덕이자 세 사람은 밖으로 나갔다. 엄마는 후아나의 어깨에 손을 얹고 부드럽게 눌러 침대 위에 앉혔다. 그녀는 그대로 서 있었다.

"우리 딸." 그녀는 말했다. "우리 기도가 왜 응답받지 못하는지 난 모르겠다. 성모님에겐 우리의 소리가 더 이상 들리지 않는 것 같아. 우리의 간청이 들리지 않는가 봐. 그리곤 결국 이렇게 돼버렸구

나. 내가 한 결정으로 비난받을 것을 알지만, 다른 방도가 없구나. 하지만 이거 하난 알아줘. 난 여전히 네 아버지를 사랑한단다, 후아나. 나는 항상 너의 아버지를 사랑할 거야."

"엄마, 뭐라구……?"

"쉿, 우리 딸. 내가 항상 너와 함께 있을 거란 걸 알렴. 나는 아주 어려서 고아가 됐어. 사랑해 주고 돌봐 줄 엄마가 없다는 게 얼마나 괴로운 건지 난 알아. 난 네가 그걸 겪게 내버려 두진 않을 거다."

엄마는 후아나의 이마에 키스해 주고 나서 밖으로 나갔다. 후아나는 엄마가 돈 엘리아스에게 뭐라고 말하는지 들리지 않았다. 그녀가 아는 거라곤 돈 엘리아스가 첫 지불금을 받으러 내일 다시 오겠다고 말하고는 웃는 얼굴로 돌아갔다는 것뿐이었다.

엄마는 후아나를 돈 아구스틴네 집 근처 공터에서 아이들과 놀라고 내보냈다. 후아나는 가고 싶지 않았지만, 엄마가 혼자 있고 싶어 한다는 것을 알았다.

아래 공터에서는 소년들이 축구 게임을 끝내고 있었다. 그들은 웃고, 소리 지르고 플레이를 잘했을 때는 서로 기뻐하고 있었다. 후아나는 축구를 잘 했기 때문에 남자아이들과 축구를 하고 싶었지만, 그들은 한 번도 여자아이들을 팀에 끼워준 적이 없었다. 거의 항상 어머니가 달가워하지 않았어도, 그녀의 아빠는 오두막 밖에서 그녀와 자주 축구를 해줬었다. 엄마는 항상 아빠에게 함께 축구를 할 수 있는 어린 아들을 낳아주고 싶어 했다.

"이봐, 후아나, 돈 엘리아스가 네 어머니에게 눈독 들이고 있다던데."

후아나는 고무줄놀이를 하는 소녀들을 바라보았다. 그중 한 명이 뛸 순서를 기다리며 한쪽에 서서 기다리고 있었다. 말을 옮긴 사람은 바로 그 아이였다.

"글쎄, 그건 사실이 아냐. 그리고 넌 네 일에나 신경 쓰지 그래?" 후아나는 말했다.

"글쎄, 너희 아버지가 너랑 네 어머니를 잊었다던 걸." 또 다른 소녀가 말했다. "그는 아마도 벌써 그링가를 만났을 게 뻔해."

여자아이들은 키득거리며 웃었다.

"너 입 다물어!" 후아나는 말했다. "넌 우리 아빠에 대해 아무것도 몰라. 그러니까 그냥 입 좀 다물어! 입 다물라구!"

후아나는 허리를 굽혀 땅에서 자갈을 몇 개 주워 올렸다. 그녀는 그걸 여자아이들에게 던졌고, 손이 비자 그 자리를 떠나 강으로 달려 내려갔다. 그녀는 눈물로 길이 잘 보이지 않았지만, 앞쪽에서 들리는 물 흐르는 소리를 들을 수 있었다. 그녀는 거기에 도착해서 강둑을 따라 자라나는 과무칠 나무들 중 한 그루 아래에 서서 강물을 내려다보았다.

바람은 나무 이파리를 흔들고, 그녀를 스쳐 그녀가 가본 적 없는 곳으로 흘러갔다. 그녀는 천천히 차가운 물속으로 들어갔다. 그녀의 옷은 우산처럼 부풀어 올라 그녀의 주위를 둥둥 떠다녔다.

그녀는 수영을 할 줄 몰랐기 때문에 발가락은 곧바로 진흙 속으로 파고들었다. 그래야 몸을 고정시켜 물살에 떠내려가지 않게 해 줄 것이다. 그녀는 빨래판 역할을 하는 넓적한 돌 하나에 앉았다. 그녀와 엄마는 때로 옷을 빨러 강으로 내려오곤 했다. 그녀는 강이 산 너머로 뱀처럼 굽이쳐 흘러간다는 것을 기억해냈다. 강이 그녀를 거기, 저 건너편으로 데려가 줄 수 있을까, 아빠를 찾을 수 있도록?

"후아나, 뭘 하고 있니?"

뒤돌아보니 대모가 팔에 어린 딸 사라를 안고 그녀의 뒤에 서 있었다.

"그냥 생각하고 있었어요." 후아나는 말했다.

"강에서 나오거라, 후아나, 넌 수영 못 하잖아. 너희 어머니에게 더 많은 슬픔을 겪게 만들고 싶진 않잖니. 너의 엄마가 자식 한 명을 더 잃고 견딜성 싶지 않구나."

후아나는 고개를 숙였다. 엄마는 이미 자기 때문에 한 아이를 잃었다.

"미안하다, 후아나, 그런 말 할 생각은 없었는데. 날 용서해다오, 그래도 난 그저 루페가 걱정될 뿐이다. 이리 와라, 손 줘봐."

후아나는 손을 내밀어 안토니아의 손을 잡았다. 그녀는 자신의 오두막을 향해 그녀 옆에서 걸었다. 사라는 반딧불을 쫓아 수풀 속으로 쏜살같이 달려갔다.

"돈을 빌려보려 애써봤다, 후아나. 그렇지만 겨우 사십 페소 정도밖에 못 구했어." 안토니아는 말했다.

후아나는 아무 말도 하지 않았다. 그녀는 안토니아에게 돈 엘리아스와 있었던 이야기를 하고 싶지 않았다. 사람들에게 돈을 빌리려고 애써봤자 이젠 소용없다고 그녀에게 이야기하고 싶지 않았다.

"한 마리 잡았다!" 사라는 반딧불을 한 마리 잡아서 손에 오무려 쥐었다. 그녀는 손가락 사이의 틈으로 그것을 들여다보았다. "봐, 후아나, 봐봐!" 사라는 그녀에게 달려오면서 말했다. "우리가 많이 잡으면 언니 집 전체를 밝힐 수 있을 거야. 집에 전기가 들어오는 척 할 수 있어!"

후아나는 사라의 손을 억지로 열어서 반딧불을 날려 보내 주었다. "아니, 사라야. 재들은 놓아주어야 해, 그렇지 않음 재들은 죽어."

돈 엘리아스는 콜로뉴 한 병을 다 바르고 온 것처럼 냄새를 풍기며 나타났다. 후아나는 문을 열었을 때 코를 막지 않으려고 몹시 애를 썼다. 그는 웃고 있었고, 손에는 신선한 빨강 장미 다발을 들고 있었다.

그는 헛기침을 하고 나서 엄마를 찾았다.

후아나는 어머니를 바라보았다. 그녀는 침상 위에 꼼짝도 하지 않고 앉아 있었다. 아침 내내 그녀는 아무 말도 하지 않고 거기에 앉아 있었다. 그렇지만 전날 밤, 그녀는 이른 새벽까지 울었다. 낮의 빛이 대나무 가지 틈으로 빗살무늬를 만들어 흘러들기 시작했을 때, 엄마는 마지막 눈물방울을 닦아냈다.

"그가 여기 와 있니?" 엄마는 드디어 고개를 돌려 그녀를 보았다. 후아나는 고개를 끄덕였다.

"좋은 오후요, 루페!" 돈 엘리아스는 웃으며 큰 소리로 말했다. 엄마는 문간으로 가서, 콜로뉴를 뿌렸음에도 불구하고, 또 갓 샤워를 했어도 여전히 땀 냄새를 풍기고 있는 돈 엘리아스를 바라보았다. 그녀는 그에게 아무 말도 하지 않았다. 대신 그녀는 후아나를 보고 나가달라고 부탁했다.

"하지만 엄마……"

"가거라, 후아나. 안토니아네 집으로 가. 점심 먹으러 오라고 널 초대했어. 네가 갈 거라고 말해 놨다."

후아나는 자신의 맨발을 내려다보았다. 그녀는 엄마를 저 사람과 단둘이 두고 떠날 수 없었다. 그녀는 그냥 그럴 수 없었다.

"후아나, 제발." 엄마는 말했다. "내가 시키는 대로 하거라."

돈 엘리아스는 헛기침을 해대며 후아나를 초조하게 바라보았다. 그녀는 문밖으로 나가기 전에 마지막으로 다시 어머니를 바라보았다. 그녀는 강 쪽으로 걸어가기 시작했지만 뭘 어찌해야 할지 몰랐다. 돌아보자 엄마는 그녀가 떠나는 것을 바라보며 여전히 거기에서 있었다. 그녀는 자기가 떠나는 것을 확인하려고 기다리는 것일까?

후아나는 계속해서 걸었지만, 이따금 오두막집을 돌아보곤 했다. 마침내, 오두막의 문이 닫혔다. 그녀는 몸을 숙여 발을 간질이는 민들레를 땄다. "아빠, 제발 우리에게 편지 쓰세요." 그녀는 머리카락을 어지럽히는 바람에 대고 말했다. 그녀는 산을 바라보면서 민들레를 불었다. 그녀는 자신의 말이 바람에 떠다니는 미니어처 낙하산 같은 보송보송한 민들레 씨에 실려 가는 것을 보고 있었다.

후아나는 돌아서서 자신의 오두막집을 바라보았다. 엄마는 그녀의 대모가 점심을 같이 먹으려고 그녀를 기다리고 있다고 했지만, 그녀는 식욕이 나지 않았다. 돈 엘리아스가 엄마와 단둘이 있다는 것을 알면서 어떻게 뭐라도 먹을 수 있겠는가? 그리고 그가 그녀를 해치기라도 하면 어쩌지?

그녀는 오두막으로 달려 돌아가서 숨을 몰아쉬며 문 앞에 섰다. 숨이 겨우 가라앉자 그녀는 문을 열고 들어가려 했지만 문은 열릴 기미를 보이지 않았다. 안에서 잠겨져 있었다. 후아나는 오두막의 측면으로 돌아가 얼굴을 벽에 갖다 댔다. 대나무 가지 사이로 난 틈을 통해 그녀는 혐오감으로 눈이 활짝 떠지는 무언가를 보았다.

도냐 마르티나를 찾아갈 때면 가끔씩, 후아나는 우리에 있는 돼지들에게 먹이 주는 일을 돕곤 했다. 한번은 돼지 먹이를 주러 가다가, 돼지 한 마리가 귀가 아플 정도로 너무 큰 소리로 꽥꽥거리는 소리를 들었다. 그녀는 뭐가 잘못됐나 싶어서 그 돼지에게로 달려갔다. 거기서 그녀는 수퇘지가 꽥꽥거리는 암퇘지를 올라타고 있는 것을 보았다. 암퇘지는 수퇘지를 떼어내려고 기를 쓰고 있었지만 수컷은 암컷을 가게 두지 않고 계속 잡고 있었다. 암퇘지는 있는 힘껏 시끄럽게 꽥꽥거렸지만, 강간당하는 상황에서 벗어나지 못했다.

"수퇘지를 말려줘요, 도냐 마르티나. 멈추게 해 주세요!" 후아나는 소리쳤다.

도냐 마르티나는 후아나를 팔로 감싸고는 말했다. "걱정 마라, 후아나, 쟤들은 사랑을 나누고 있는 거야. 금방 새끼돼지들이 태어날 거란다. 그럼 내가 네게 한 마리 줄게."

그러나 새끼돼지들이 태어났을 때, 엄마 돼지는 그들을 모두 죽여버렸다.

후아나는 어머니의 얼굴이 고통으로 일그러지는 것을 보았다. 엄마는 소리를 지르지 않았고, 신음소리도 내지 않았고, 어떤 소리도 내지 않았다. 그러나 후아나는 귀를 막고 강간당하는 암퇘지의 꽥꽥거리는 소리를 상상했다.

후아나는 저녁에 집으로 돌아왔다. 그녀는 어머니가 어디 있을까 궁금해 하며 어두운 오두막으로 들어갔다. 제단 위의 초들도 탁자 위의 초들도 켜져 있지 않았다. 후아나는 탁자로 가서 안토니아가 엄마에게 가져다 드리라고 준 수프 냄비를 그 위에 내려놓았다. 그녀는 성냥을 켜서 초에 불을 붙였다. 그녀는 불꽃이 오렌지, 빨강, 노랑 그리고 꼭대기에 약간의 푸른빛을 내며 흔들리면서 그녀 앞에서 춤추는 모양을 보고 있었다.

그녀는 촛불이 대나무 벽에 드리우는 기묘한 그림자를 둘러보았다. 그리고 그때, 길고 검은 머리카락을 솔처럼 풀어헤치고 구석에 웅크리고 앉아 있는 엄마를 보았다. 그녀의 주위에는 그녀의 접시와 컵이 다 나와 있었다.

"엄마?" 후아나는 말했다. 그녀는 어머니에게로 걸어가서 그녀를 일으켜 세우려고 애썼다.

"날 만지지 마, 후아나." 엄마는 말했다. "난 청결하지 않아."

"바닥에서 일어나, 엄마, 와서 뭘 좀 먹어."

엄마는 고개를 저었다. 그녀는 팔로 다리를 감싸고 얼굴을 머리카락 속으로 숨기고, 몸을 앞뒤로 움직이기 시작했다. 후아나는 그녀를 거기에 그냥 내버려 두기로 마음먹고는 대신 접시를 주워 올리기 시작했다.

"그냥 거기 둬, 후아나." 엄마는 말했다.

후아나는 깨지지 않게 조심하며 박스 안에 접시 넣는 일을 계속했다.

"그냥 거기 두라니까!" 엄마는 후아나에게서 접시 하나를 홱 잡아챘다. 그녀는 접시를 앞에 들고 말했다. "왜?" 그녀는 접시를 계속해서 흔들었다.

후아나는 엄마에게서 접시를 뺏으려고 했다. 엄마는 그녀에게서 접시를 빼앗아 들더니 나머지 접시와 함께 박스 안으로 던져 넣고는, 박스를 들고 밖으로 달려 나갔다. 후아나는 그 뒤를 따라 달려갔다.

"엄마, 그거 이리 줘. 이리 주라고!"

밖에서 엄마는 바위에 대고 접시를 던지기 시작했다. 접시는 하나씩 날아가 산산이 부서졌다.

"당신이 어떻게 나한테 이럴 수 있어? 어떻게?" 엄마는 이렇게 소리치고는 컵을 던졌다.

후아나는 엄마를 멈추게 하기 위해 달려갔지만, 엄마는 그녀를 밀쳐내고 컵과 받침과 접시를 계속 던져댔다. 후아나는 엄마에게서 마지막 접시를 움켜잡았다. 그녀는 당기고 또 당겼지만 엄마는 접시를 놓으려 하지 않았다.

"그거 나한테 줘. 그거 나한테 줘." 엄마는 말했다. 그러나 후아나는 발뒤꿈치를 땅에 박아 넣고 더 세게 잡아당겼다. 마침내 그녀는 물려받은 것들 중 유일하게 남은 마지막 접시를 들고 엄마 앞에 섰다.

아델리나

아델리나는 복도를 따라 화장실로 걸어가는 그 젊은 남자를 주시했다. 대체 그의 무엇이 그녀의 몸이 고통으로 아프게 만드는 것일까? 그는 고개를 돌려 짧게 그녀를 보았다. 그녀는 눈을 감고 싶었다. 옆으로 살짝 고개를 숙이는 것이라든지, 매부리코 그리고 아래로 처진 눈에는 뭔가가 있었다. 보이지 않는 손이 심장을 꽉 조이기라도 하는 듯 느끼게 만드는 무엇인가.

그녀는 버스가 승객 몇을 내려주기 위해 고속도로를 벗어나는 동안 고개를 돌려 창밖을 보았다. 목적지까지는 두 시간을 더 가야 했다. 버스 밖에서는 한 인디오 여성이 적선을 구하며 손을 내밀고 서 있었다. 그녀는 어린 소년을 포대기에 싸서 업고 있었다. 그녀는 천천히 손을 내민 채 버스 옆을 따라 걷기 시작했다. 승객들은 그녀가 보이지 않는 척 다른 쪽을 보았다.

아델리나는 화장실 문이 열리는 소리를 들었지만 자리로 돌아가는 젊은 남자를 보려고 돌아서지는 않았다. 대신, 그녀는 아버지의 유골함을 가슴에 더 가까이 꼭 끌어안았다.

그녀 자리의 창문을 두드리는 소리가 들려서 돌아보니 손을 내민 여인이 보였다. 아델리나는 소년을 바라보았고, 콧물을 흘리고 있는 것을 보았다. 버스는 앞으로 움직이기 시작했다. 여인은 걸음을 더 빨리 했다. 아델리나는 재빨리 20달러짜리 지폐 두 장을 꺼내 여인에게 건네주었다. 그녀는 아직 달러를 페소로 환전하지 않았다.

"빠라 수 이호." 그녀는 말했다. 당신 아들을 위해 쓰세요. 여인은 지폐를 입으로 옮겨 물고 버스가 고속도로로 다시 진입하려고 하는 동안 내내 아델리나에게 손을 흔들어주었다. 아델리나는 버스가 떠나며 뒤에 남긴 먼지구름 사이로 여인을 바라보았다.

후아나

언덕 꼭대기에 있는 바위에서 후아나는 아래쪽 마을을 볼 수 있었다. 하늘을 가리키는 두 개의 손가락처럼 튀어나와 있는 교회의 탑들, 들판, 그 들판을 둘로 가르고 있는 강과 마을을 둘러싸고 있는 산들을. 그러나 그녀의 주의를 가장 많이 끈 것은 서쪽에 있는 산들이었다. 그것들은 아빠가 그 건너편에 자기가 있을 것이라고 말하며 가리키던 산들이었다.

후아나는 하늘을 가로질러 조금씩 움직이기 시작하는 달을 보았다. 한 달이 흐르는 동안 가느다란 조각이었던 것이 지금의 거의 완전한 원형의 밝고 꽉 찬 모양으로 바뀌었다.

엄마가 바뀐 것도 마찬가지였다. 조금씩. 바람은 동네사람들의 이야기를 거리로 실어 날랐고, 후아나와 엄마에게 와 닿았다.

"저기 돈 엘리아스의 창녀가 가는구만." 그들은 말했다.

"난 미겔이 돌아와서 자기 부인이 저런 상태로 다른 남자의 팔에 안겨 있는 것을 보고 뭐라고 말할지 상상이 안 돼."

"그걸 누군들 좋아하겠어."

아빠가 떠난 지 아홉 달이 지났고, 돈 엘리아스가 매일 집으로 오기 시작한 지는 일곱 달 반이 지났다. 그리고 엄마는 지금 보름달이었다. 둥글어진 배. 그녀 안에서 자라나는 아기.

돈 엘리아스는 수탉처럼 가슴을 부풀린 채로 시내를 걸어 다녔다. 후아나는 그의 아내는 그에게 왜 아이를 낳아주지 않은 건지 궁금했다. 그리고 또 돈 엘리아스의 제물로 전락했던 다른 여인들은 왜 임신하지 않았는지도 궁금했다. 왜 꼭 그게 자기 어머니여야 했을까?

여러 달 전, 엄마는 제단 돌보는 일을 멈춰버렸다. 밤에 촛불을 켜지도 않았고, 기도도 하지 않았다. 더 이상 꽃을 신선한 새 야생화로 갈아주지 않았다. 그것들은 오래전에 시들었고, 이제 꽃병에는 줄기만 남아 있었고, 그 주변엔 마른 꽃잎이 색종이 조각처럼 제단 위로 흩어져 있었다.

엄마의 검은 묵주는 탁자 위에 손도 대지 않은 채로 놓여 있었다. 성인들과 과달루페 성모의 성상들은 벽을 향해 돌려세워져 있었다.

"성인들은 다 귀가 먹어버렸어." 엄마는 후아나에게 말했다.

후아나는 자기에게 그 성상들을 바로 돌려놓을 용기가 있기를 바랐다. 그러나 그녀는 도저히 그렇게 하지 못했다. 그들은 엄마가 그들이 보지 말았으면 하는 것들을 보게 될 거니까.

한밤중에, 후아나는 깨어나 문까지 발끝으로 조심해서 걸어갔다. 그녀는 보름달을 보러 그녀의 바위로 올라가는 중이었다. 그녀는 문의 걸쇠를 풀고 소리를 내지 않으려 애쓰며 천천히 문을 열었다.

"어디 가는 거니, 후아나?"

후아나는 돌아서서 어둠 속을 들여다보았지만, 침상에 누워 있는 엄마가 보이지 않았다. 엄마는 더 이상 그녀와 함께 자지 않았다. 어떤 면에서 후아나는 그게 반가웠다. 그녀는 돈 엘리아스의 아이가 그녀 안에 있다는 것을 알면서 어머니와 함께 자는 것은 더 이상 하고 싶지 않았다.

"소변 누러 변소에 가." 후아나는 거짓말을 했다.

"아윽!"

후아나는 엄마에게로 한 발짝 다가섰다. 엄마에게 무슨 일이 생긴거지? "엄마?"

"아이가 나오고 있어, 후아나. 돈 아구스틴의 집으로 가서 도냐 마르티나에게 와 달라고 하렴."

후아나는 강 아래쪽으로 멀리 떨어져 있는 오두막 촌으로 달려갔다.

그녀는 문을 두드렸다. "도냐 마르티나? 도냐 마르티나?" 그녀는 달을 올려다보았다. 그녀가 옳았다. 달은 오늘이 만월이었다.

"누구세요?" 돈 아구스틴은 오두막 안에서 물어보았다.

"후아나예요. 아이가 나오고 있어요"

도냐 마르티나는 문을 열었다. "때가 된 거니?"

후아나는 고개를 끄덕였다.

그들은 오두막으로 되돌아갔다. 거기에 도착해서, 후아나는 탁자의 촛불을 켰다. 그녀는 제단에서 먼지 낀 초를 다 가져다가 엄마의 침상 주변 바닥에 놓아 도냐 마르티나가 더 잘 볼 수 있도록 했다.

엄마는 스스로를 진정시키려고 작게 숨을 쉬면서 침상에 누워 있었다. 그녀의 얼굴은 땀으로 젖어 있었다.

"양수가 터졌어." 엄마가 말했다.

도냐 마르티나는 고개를 끄덕였다. 그녀는 손을 엄마의 부풀어 오른 배에 올려놓았다. "아이가 방향을 돌렸어. 난산은 아닐 거야."

후아나는 자기 침상에 앉아 촛불로 둘러싸인 엄마의 침상을 바라보았다. 불꽃이 만들어내는 그림자가 벽 위에서 춤을 췄다. 그녀는 도냐 마르티나가 화로의 석탄에 불을 지피고 물을 끓이기 위해 냄비를 올리는 것을 지켜보았다. 그녀는 가방에서 깨끗한 수건을 꺼내 탁자 위에 올렸다. 그리고는 그릇에 물을 채우고 엄마 옆에 앉아 부드럽게 그녀의 얼굴을 닦아주었다.

후아나는 자기도 도울 수 있었으면, 엄마의 얼굴에서 땀을 닦아주는 사람이 자기였으면 하고 바랐지만, 그녀는 차마 일어서지 못했다.

그들은 밤의 남은 시간을 엄마의 신음소리를 들으며 보냈다. 새벽녘이 되어 진통 간격이 짧아지자 도냐 마르티나는 힘 줄 시간이 되었다고 말했다.

"와서 너희 어머니를 도와드리렴, 후아나." 도냐 마르티나는 말했다.

후아나는 주저하며 와서 엄마의 머리 뒤로 베개를 놓아주고 도냐 마르티나가 어머니의 무릎을 굽히고 발을 장딴지 근처로 당기는 것을 도와주었다. 엄마는 무릎을 잡고 거기에 매달려 있었다.

"좋아, 루페, 진통이 오는 것 같으면 최대한 세게 힘을 줘." 도냐 마르티나는 말했다.

엄마는 힘을 주면서 비명을 질렀다. 그녀는 비명을 지르고 힘을 줬다. 그녀는 비명을 지르고 힘을 더 줬다. 후아나도 고통을 느꼈다. 아이가 태어나는 것을 보는 건 이번이 처음이었다. 그녀는 마리아와 아니타가 태어날 때 거기에 없었다. 엄마를 도왔던 사람은 안토니아였다. 그러나 안토니아는 엄마의 옷 아래로 최근 부풀어 오른 배를 알아본 무렵부터 더 이상 놀러오지 않았다.

"머리가 보여, 루페, 계속 힘줘 봐. 거의 나왔어. 거의 다 돼가."

엄마는 긴 비명을 내질렀다. 도냐 마르티나는 아기를 수건으로 받아서 손가락을 그 입 안으로 집어넣어 닦아주었다. 아기는 울음을 터트렸다. 후아나에게는 그게 고양이 우는 소리처럼 들렸다.

"아들이야, 루페. 사랑스럽고 건강한 아들이야." 도냐 마르티나는 아기를 보라색 임신선이 나 있는 엄마의 벗은 배 위에 올려놓았다. 후아나는 탯줄의 맥이 뛰고 있는 것을 보았다.

"아들, 조그마한 아들." 엄마는 울면서 말했다. "내 아들."

후아나는 아기를 내려다보았다. 자기의 남동생. 엄마가 항상 아빠에게 낳아주고 싶어 하던 아들.

돈 엘리아스가 바랬고, 지금 가지게 된 아들.

도냐 마르티나는 엄마를 씻겼지만, 그래도 계속 피가 나고 있었다.

"무슨 일이 생긴 거예요?" 후아나는 물어보았다.

"그녀는 심하게 찢겼어." 도냐 마르티나는 엄마가 듣지 못하도록 속삭였다. "후아나, 빨리, 깨끗한 헝겊과 수건을 가능한 한 많이 찾아오거라."

후아나는 시키는 대로 했다. 도냐 마르티나는 가방에서 약초를 꺼내 찜질약을 만들기 시작했다.

"무슨 일이야?" 엄마는 놀라서 물었다. 후아나는 어머니의 다리 사이에 있는 헝겊이 순식간에 붉어지는 것을 보았다. 그녀는 그 헝겊들을 새것으로 갈아주었다.

"괜찮아, 루페, 내가 알아서 처리할게. 걱정하지 마. 내가 알아서 할게." 도냐 마르티나는 말했다.

"마르티나, 나 추워. 나 너무 추워." 엄마는 말했다. 후아나는 서둘러 자신의 침상으로 가서 거기에 있는 담요를 잡아당겼다. 그녀는 담요를 흔들어 접혀진 곳에 전갈이 숨어있지는 않은가 확인하고 어머니에게로 뛰어 돌아가서는 담요를 그녀와 아기에게 덮어주었다.

"죽고 싶지 않다, 후아나. 죽고 싶지 않아. 아기는 내가 필요해. 넌 내가 필요해, 후아나." 엄마는 말했다.

"쉬, 엄마, 다 괜찮아 질 거야. 다 괜찮아 질 거야." 후아나는 엄마에게 기대어 팔로 그녀를 감싸주었다.

"후아나, 엄마가 계속 깨어 있게 하거라." 도냐 마르티나는 말했다. "잠들게 하지 마. 계속 깨어 있게 해."

돈 엘리아스는 수십 송이의 장미를 가지고 왔다. 그는 엄마의 침대 곁에 있는 바닥에 꽃다발을 내려놓았다. 후아나는 엄마가 자신의 가슴에서 젖을 빨고 있는 아기를 더 세게 안는 것을 알아보았다. 엄마는 아기와 자신에게 담요를 덮어 드러난 가슴을 가렸다.

후아나는 어제 아기가 태어났다는 것을 누가 그에게 말했을까 궁금했다. 분명 도냐 마르티나일 리는 없다. 그녀는 출혈을 멈추게 하려고 그렇게 애를 쓴 후에 떠난 지 몇 시간도 되지 않았다. 그리고, 마침내 출혈이 멈추게 한 후에도 그녀는 쉬지 않았다. 그녀는 엄마의 옆에 머무르며 엄마가 자는 동안 호흡을 살폈다. 그녀는 아기를 스펀지로 씻기고 엄마가 지난 몇 달간 떠놓은 옷을 입혔다.

도냐 마르티나는 정오에 떠나며 엄마가 어떤지 살피러 오겠다고 했었다.

"내 아들, 내 아들을 보게 해 주시오" 돈 엘리아스는 말했다. 엄마는 아기를 더 세게 움켜잡았다.

"아기는 젖을 먹는 중이에요" 그녀는 말했다. 돈 엘리아스는 그녀의 말이 들리지 않은 것처럼 보였다. 그는 엄마에게서 담요를 벗겨내고 아기를 내려다보았다. 후아나는 어머니의 드러난 가슴을 보았다. 그녀는 침상으로 달려가 그녀를 덮어주고 싶었다. 돈 엘리아스는 아이에게 더 가까이 몸을 기울였다. 엄마는 고개를 돌렸고, 후아나는 그녀의 눈에 눈물이 고이는 것을 볼 수 있었다.

"떠나주셔야겠어요" 엄마는 말했다. "아기는 자야 해요"

"자, 루페, 난 어디에도 가지 않을 거야. 난 내 아들이 보고 싶소 그 아이를 안아보고 싶어." 돈 엘리아스는 말했다. "그걸 거부할 수는 없소"

"우리 어머닌 쉬어야 해요" 후아나는 말했다. 저 사람은 얼간이인가? 엄마가 피를 그렇게나 많이 흘려서 지치고 약해져 있다는 것을 왜 그는 이해하지 못하는 거지?

"넌 빠져라, 애야." 돈 엘리아스는 말했다. "이 아기 아니었으면 너흰 오래전에 굶어 죽었을 거다."

후아나는 어머니를 바라보았다. 그가 무슨 의미로 저런 말을 하는 걸까? 엄마는 수치스러워하며 고개를 돌렸다.

"뭐야, 너희 어머니가 가져온 음식이 다 어디서 났는지 네게 이야기해 주지 않았나 보지?" 돈 엘리아스는 물었다.

"그만해요, 엘리아스" 엄마는 말했다.

"저 사람한테 돈 받았지, 그런 거야?" 후아나는 물어보았다. "집에 가지고 온 게 전부 도냐 마르티나나 할머니가 준 게 아니고, 저 사람이 준거지!" 후아나는 돈 엘리아스를 가리키며 말했다. 그녀는 지난 일곱 달 동안 먹은 음식을 전부 토해낼 수 있었으면 싶었다.

"후아나야." 엄마는 말했다. "달리 방법이 없었어. 널 생각해야만 했다. 아기를 생각해야만 했어. 내가 잘 먹지 않으면 아기가 영향을 받을 거란 말이다, 모르겠니?"

"그래, 내 아들이." 돈 엘리아스는 다시 말했다. "이 애는 내 후계자가 될 거야. 이 애는 내 자랑거리가 될 거다. 난 이 애를 잘 키워서……."

"당신은 그렇게 하지 못해요" 엄마는 말했다. "내가 이 애를 좋은 사람으로 키울테니까요. 내가 이 애를 돌보고 남자가 가져야 할 덕목을 가르칠 겁니다. 존중, 정직, 그리고 무엇보다 연민을요"

돈 엘리아스는 헛기침을 했다. 아기는 곤히 잠들어 엄마의 가슴을 놓아주었다. 엄마는 옷 안으로 가슴을 집어넣었다.

"자, 루페, 내 아들의 인생에서 나를 배제시킬 수는 없소 난 그의 아버지요, 그걸 잊지 마시오." 그는 아기를 엄마의 팔에서 데려가 자기의 팔에 안았다. 아기는 잠결에 몸을 뒤척이다 울기 시작했다. 후아나는 돈 엘리아스가 아기를 안는 것을 보았다. 그녀는 아기를 그에게서 확 채 오고 싶은 마음이었다.

"애가 아주 커, 그렇지 않소, 루페?" 돈 엘리아스는 물었다. "일곱 달 반이 아니라 아홉 달 만에 태어났다면 어땠을까 상상을 해보시오."

후아나는 아기를 바라보았다.

"말도 안 되는 말 하지 마세요." 엄마는 말했다. "그 애는 크지 않아요."

돈 엘리아스는 그날 밤 술이 취해서 마주치는 모든 사람들에게 그의 갓 태어난 아들을 본 이야기를 해댔다. 다음 날 아침, 스튜에 쓸 닭다리와 야채를 사러 시장에 가기 위해 버스를 타려고 거리를 걸어가면서, 그녀는 모든 사람들이 그것에 대해 이야기하는 것을 들을 수 있었다. 뻔뻔한 루페. 남편의 아이가 아닌 아들을 낳으면서 부끄럽지도 않은가 보네? 그리고 그게 다가 아냐. 어떻게 유부남의 아들을 낳을 수 있냔 말이지. 그 아내가 자식을 낳을 수 없는 사람의 자식을 말야.

버스를 기다리는 동안, 후아나는 엄마와 아기 생각을 하면서 바닥만 쳐다보았다. 그녀는 아침이 되자마자 일자리를 찾아보겠다고 속으로 맹세했다. 그녀는 거의 열세 살이 되어가고 있었다. 그녀는 곧 젊은 여인이 될 것이다.

그녀는 누군가가 자기를 보고 있다는 것을 느꼈다. 불타듯 그녀를 쏘아보는 두 개의 눈이 있었다. 후아나가 고개를 들어보니, 차들이 움직이길 기다리며 그녀 앞에 택시가 줄 서 있는 것이 보였다. 그녀는 한 택시에 탄 승객을 바라보았다. 돈 엘리아스의 아내가 택시 창문으로 후아나를 빤히 쳐다보고 있었다. 그녀가 너무나 가까이에 있었기 때문에 후아나는 그 여인의 벌에 쏘이기라도 한 듯 붉게 부어오른 눈을 똑똑히 볼 수 있었다.

아델리나

"아델리나? 닥터 루나가 오셨어." 매기는 말했다. "잠시 라우라에게 들러서 어떤지 살펴보고 싶어 하셔."

아델리나가 돌아보니 그가 매기 옆에 서 있었다. 그는 청바지와 파란색 긴팔 셔츠를 입고 있었다. 그의 머리카락은 깔끔하게 뒤로 빗질되어 있었다. 그녀는 숨이 목에 걸려 있는 것 같았다. 그는 어린 학생이 좋아하는 소녀에게 웃어줄 것 같은 그런 방식으로, 수줍고 달콤하게 그녀에게 미소 짓고 있었다.

그녀는 얼굴이 붉어지는 것을 느꼈다.

"네, 물론이죠. 들어오세요, 닥터 루나." 그녀는 말했다.

"좋은 오후예요, 닥터 루나." 라우라는 침대에 일어나 앉으며 말했다. "친절하게도 방문해 주셨군요."

아델리나는 라우라에게 읽어주고 있던 책을 덮고 가려고 일어섰다.

"머무셔도 괜찮아요." 닥터 루나는 말했다. "저는 몇 분만 있을 겁니다. 책 읽기를 방해하고 싶진 않습니다."

아델리나는 책을 침대 옆 탁자에 내려놓고 그의 초록색 눈을 바라보았다. 그녀는 자신과 그 눈들 사이에 거리를 둘 필요가 있었다. 그것은 그의 존재가 느끼게 만드는 것과 같은 방식으로 그녀를 두렵게 만들었다. 그녀는 이 사람이 자신의 인생에 들어오도록 내버려두지 않을 것이다. 스스로를 추스르려고 그토록 열심히 애써온 지금 그럴 수는 없었다. 그녀는 자신의 인생에 어떤 남자도 원하지 않았다. 그녀에겐 충분히 많이 있었다. 그녀가 마음속에 머물도록 허용한 유일한 남자는 그녀의 아버지였다. 비록 그가 오직 기억에 불과할 지라도 말이다.

"원하시는 만큼 계셔도 돼요, 닥터." 아델리나는 말했다. "괜찮으시면, 전 두 분이 말씀 나누시도록 가보겠습니다." 그녀는 가슴이 쿵당거리는 채로 방에서 걸어 나갔다. 그녀는 머물고 싶었지만, 도저히 그렇게 하지 못했다.

후아나

돈 엘리아스가 다시 오두막을 찾았을 때는, 그의 아내가 함께 왔다. 후아나는 그녀가 그의 뒤에 서 있는 것을 보자마자, 문을 쾅 닫으려고 했다. 그녀의 가슴이 빨리 뛰기 시작했다. 도냐 마틸데가 왜 남편과 여기 와 있는 거지?

"비켜라, 애야." 돈 엘리아스는 말했다. 그는 후아나를 옆으로 밀쳐냈고, 그와 그의 아내는 오두막으로 걸어 들어갔다. 엄마는 아기를 팔에 안고 자장가를 불러주며 흔들어주고 있었다. 그녀는 그들이 들어오는 것을 보고 노래를 멈추고 아기를 자기 쪽으로 더 가까이 꼭 안았다.

"뭘 원하시는 거죠?"

"들어봐, 루페, 여기 있는 내 아내가……" 돈 엘리아스가 말을 꺼냈다.

"그 아기를 원해요." 도냐 마틸데는 말했다.

"뭐라고요?" 엄마와 후아나가 동시에 말했다.

"아기를 원한다고 말했어요. 그리고 그 아일 데리고 갈 겁니다." 도냐 마틸데는 반복해 말했다.

엄마는 일어나려고 애를 썼지만, 그녀의 몸은 여전히 출혈 때문에 너무 약했다. 도냐 마르티나는 나을 때까지 한동안은 침대에 누워 있어야 할 것이라고 말했다. 엄마는 고통에 움찔했지만 그래도 발을 아래로 내릴 수는 있었다. 후아나는 어머니에게로 달려가 그녀를 다시 눕히려고 애썼다.

엄마는 머리를 가로저으며 비켜달라고 부탁했다.

"당신이 어떤 악한 게임을 하고 있는지는 모르겠지만요, 부인." 엄마는 도냐 마틸데에게 말했다. "그렇지만 애는 제 아들입니다, 누구도 그를 제게서 뺏어갈 수 없습니다."

"루페, 이성적으로 생각해 보시게." 돈 엘리아스는 말했다. "당신이 살고 있는 곳을 봐. 당신은 돈도 없어. 아무 것도 가진 게 없잖아. 당신은 내 아들을 돌볼 수가 없다구. 나는 그 애에게 모든 것을 주겠소. 모든 걸."

엄마는 계속 머리를 흔들었다. "말했죠, 내게서 그 아일 데려갈 수 없다고!"

"데려갑니다." 도냐 마틸데는 엄마 앞에 다가서면서 말했다. 후아나는 그녀의 흰자위가 작은 붉은 혈관으로 덮인 것을 볼 수 있었다.

그녀의 눈은 여전히 울어서 부어 있었다. "당신은, 부인." 그녀는 말했다. "당신이 내 남편과 자고, 내게서 그의 사랑을 빼앗아 가고, 그의 자식을 낳고, 그러고도 내가 그걸 그냥 내버려 둘 거라고 생각하는 겁니까? 당신이 내게서 모든 것을 뺏는데도 내가 옆에 그냥 서서 당신이 그러도록 내버려둘 거라고 정말로 그렇게 생각했나요?"

엄마는 아기를 더욱 더 꼭 쥐었다. 그녀는 아기 목의 빈 곳에 얼굴을 파묻었다. 아기는 그 모든 성난 목소리 때문에 잠에서 억지로 끌려 나온 터라 칭얼대기 시작했다.

"쉬이, 미겔리토, 쉬." 엄마가 말했다.

"미겔리토? 어찌 감히 당신을 버린 그 멍청이에게서 따온 이름을 지을 수 있단 말이오?" 돈 엘리아스는 고함질렀다.

후아나는 엄마가 실제로 아기에게 아빠의 이름을 지어줬다는 사실에 자신도 놀라서 엄마를 바라보았다.

"내가 내 아들에게 내 남편에게서 따온 이름을 감히 지어줬다면, 그건 이 아기가 그의 아기이기 때문이에요!" 엄마는 소리 질렀다. 그녀는 돈 엘리아스에게 우는 아이를 내밀었다. "아이가 보여요? 보이냐고요? 그는 당신의 아들이 아니어요. 그는 미겔의 아들이에요."

후아나는 자기가 듣고 있는 말을 믿을 수 없었다. 아빠의 아들. 그녀의 남동생. 피가 같은 그녀의 친동생.

"이 거짓말쟁이 년을 봤나." 돈 엘리아스는 말했다. 그는 다가가서 엄마를 때렸다.

"거짓말 지어내지 말아." 도냐 마틸데는 말했다. "댁이 찬성하건 말건 난 이 아기를 데리고 갈 거야. 난 그럴 자격이 있어. 나는 아내라고. 이 아기를 가져야 할 사람은 바로 나야."

그녀의 손이 갑자기 휙 튀어나와 엄마에게서 아기를 홱 잡아채갔다. 엄마는 잠시 깜짝 놀란 채였지만, 곧 도냐 마틸데에게 달려들어 아기를 되찾으려 했다. 후아나도 도냐 마틸데에게 덤벼들었다. 이제 아기의 울음소리는 귀청이 터질 것처럼 커졌다.

돈 엘리아스는 후아나를 들어올려 바닥에 패대기치고 나서 엄마를 잡아 침상 위로 밀어 올렸다. 후아나는 간신히 일어섰지만 발목을 접지르고 말았다. 힘을 줘서 디디자마자 고통이 다리를 쏘는 것 같았다. 그녀는 다시 바닥에 넘어졌다. 그녀는 몸을 끌어서 엄마에게로 갔는데 어머니의 다리 아래로 가는 핏줄기가 흘러내리고 있는 것을 발견했다.

엄마는 피는 알아채지 못한 채 절룩이면서 도냐 마틸데에게로 걸어갔다. "내게 내 아들을 돌려주세요. 제-에-발 그 아이를 내게 주세요." 그녀는 아이를 쥐려고 손을 내밀었지만 도냐 마틸데와 돈 엘리아스는 이미 문을 향해 가고 있었다. 엄마는 바닥에 넘어져서 그들을 향해 몸을 끌며 기어가기 시작했다. 후아나는 침상을 잡고 몸을 일으켰다. 그녀는 돈 엘리아스를 향해 한 발로 뛰어 갔다.

"우리에게 아기를 돌려줘요!" 그녀는 소리쳤다. "걜 돌려줘!"

"내게서 떨어져, 내 아내에게서 떨어져, 그리고 내 아들에게서도 떨어져." 돈 엘리아스는 엄마에게 말했다. "그러지 않으면 당신을 평생 감옥에 집어넣어 버릴 테니까."

돈 엘리아스는 아내를 앞세우고 밖으로 나갔다. 엄마는 문턱까지 몸을 끌어갔다. 후아나는 그녀의 뒤에서 절룩이며 걸었다. 둘은 거기에서 돈 엘리아스와 그의 아내가 아기를 데리고 멀어져 가는 것을 볼 수 있었다.

후아나는 바닥에 누워 있는 어머니를 내려다보았다. 그녀의 옷은 피로 얼룩져 있었다. 그녀의 얼굴은 콧물과 눈물로 범벅이 되어 있었다. 후아나는 손으로 자신의 가슴을 눌렀다. 그녀는 깊고 깊은 증오가 자신의 안에서 물로 채워져 가는 풍선처럼 부풀어 오르기 시작하는 것을 느꼈다.

아델리나

아델리나는 당나귀에 올라탄 농부를 쳐다보았다. 그는 해를 가리려고 밀짚모자를 쓰고 있었다. 버스가 그의 옆을 너무 빨리 지나갔기 때문에 그녀는 그를 제대로 볼 기회조차 얻지 못했지만, 그녀는 그의 옆구리에서 마체테가 흔들리는 것을 볼 수 있었다. 그는 밭으로 가고 있는 걸까?

그를 보고 나니, 자기가 처한 현실이 와 닿았다. 그녀는 멕시코로 돌아와 있었고, 임종을 앞둔 어머니를 보러가는 길이었다.

그녀는 일주일 전에 그 전화를 받았다. 그녀는 처음엔 세바스티안이라고 생각하고 전화를 받지 않았다. 그녀는 자동응답기가 받도록 내버려두었다. 그녀의 일부는 그가 계속 고집을 피워줬으면 하고 바랐지만, 그녀는 결국 자기가 그를 밀어내 버렸다는 것을 알고 있었다.

"너희 엄마 말인데." 응답기에서 들리는 목소리가 말했다. "병이 들어서 의사 선생님 말씀이 그녀가 그리 오래 버티지 못할 거래. 이 메시지 듣는 대로 나한테 전화해 줘. 내가 다시……"

아델리나는 달려가서 수화기를 들어올렸다. "산드라, 저예요. 엄마에게 무슨 일이 생긴 거예요?"

아델리나는 전화선 너머의 여인을 그려보려 애쓰며 눈을 감았다. 그녀는 그녀를 몇 번밖에 보지 못했다. 그러나 여러 해 동안 그녀는 과거와의 유일한 연결고리였다.

"너희 어머니가 많이 아파. 그리고 의사 선생님은 그녀가 버티지 못할 거라고 생각해. 그녀는 너를 찾고 있어. 그리고 꿈속에서도 언제 집에 돌아오실 거냐고 물으면서 너희 아버지를 큰 소리로 찾고 있단다."

"얼마나 사실 수 있어요?"

"몰라. 나이가 드신 데다, 저렇게 입원해 계시니 그것도 좋지 않지. 게다가 그녀는 곡기도 끊었어. 의사 선생님이 말하길 그것 때문에 그녀의 몸이 감염과 싸워 이겨내지 못한대. 그녀는 너무 약해졌어. 마치 스스로 죽고 싶어 하고 있는 것 같아."

"제가 엄마 뵈러 집으로 가고 있다고 말씀드려 주세요." 아델리나는 배 속에 차디찬 구멍을 느끼며 부드럽게 말했다. 그녀는 자신이 그렇게 말하고 있다는 것이 믿기지 않았다. "그리고 제가 아버지를 모시고 갈 거라고. 제가 하는 마지막 일이 될지라도요. 제가 그를 집으로 엄마에게 모시고 갈 거라고요"

"신의 가호가 있길 빈다, 애야." 여인은 말했다.

전화가 끊긴 후에도 아델리나는 수화기를 귀에 대고 있었다.

그녀는 몸 안에서 깊은 고통이 커져가는 것을 느꼈다. 그 전화가
깊은 상처 위로 자라난 딱지를 없애버리기라도 한 것처럼.

후아나

후아나는 문간에 서서 비가 맨발로 튀어대는 것을 느꼈다. 그녀는 어머니의 포대기를 목에 꼭 감싸고 어머니가 어디에 계실까 궁금해 하며 어둠 속을 들여다보았다. 그녀는 문틀에 기대어 깊은 숨을 쉬었다. 여름비가 다시 내리고 있었다. 그녀는 발치에 있는 물웅덩이를 바라보고, 물이 어떻게 조금씩 조금씩 오두막으로 스며들어 오는지를 보았다. 그녀는 올해는 강이 넘치지 않기를 바랐다.

비는 천정에서 말발굽이 따그닥 따그닥 대는 소리처럼 들렸다. 소리는 점점 커졌고, 후아나는 빗속에서 말과 기수의 실루엣을 보고 나서야 소리를 내는 것은 비가 아니라 말이라는 것을 깨달았다. 그녀는 말이 점점 더 가까이 다가오는 것을 보았다. 판초가 가리고 있었고, 머리에는 모자를 쓴 탓에 그녀는 기수를 볼 수가 없었다. 그녀는 숄로 더 꼭 감싸고 기다렸다. 그녀의 아버지일 수도 있을까?

드디어 그가 돌아온 것일까? 그녀는 식탁으로 달려가 초를 들고 문으로 되돌아갔다.

말은 그녀 앞에서 멈췄다. 그녀는 비로부터 보호하기 위해 불꽃 위로 손을 구부려 덮고 초를 들어올렸다. 그 남자는 고개를 기울여 그녀를 보았다. 그녀는 빗방울이 촛불을 꺼버리기 전에 은빛 수염을 보았다.

"안녕, 후아나."

"안녕하세요, 아저씨, 뭘 도와드릴까요?" 후아나는 실망을 숨기려고 애쓰면서 노인의 얼굴을 바라보았다.

"너희 어머니가 너의 도움을 필요로 하는구나, 애야. 그녀는 저 아래쪽 묘지에서 자기가 요로나*인 것처럼 아이들을 소리쳐 부르고 있어."

후아나는 이제 그 사람을 알아보았다. 야경꾼인 돈 호세였다. "이해가 안 돼요. 우리 어머니는 그럴 리가……"

"그녀는 술에 취했어."

그녀는 어머니가 침대 아래에 숨겨두고 있던 빈 맥주병들이 생각났다. 엄마는 술을 끊겠다고 약속했지만, 이제 후아나는 상황이 점점 더 악화되고 있었다는 것을 깨달았다.

"그녀는 네 여동생의 무덤 발치에서 미친 여자처럼 고래고래 소

---

* 스페인 식민시기에 생겨난 멕시코의 신화로, 스페인 출신 남편이 다른 귀족 여성과 혼인을 올리는 모습을 목격하고 절망을 이기지 못해 자기 자식들을 제 손으로 죽여 단두대로 끌려가는 길에 슬픈 비명을 지르며 죽은 후, 죄책감에 밤마다 죽은 자식들을 찾아 울며 떠도는 어머니에 관한 이야기다. 멕시코 문학을 비롯하여 치카나/노 문학과 라티나/노 문학에서 중요한 테마로 다뤄지고 있다.

리를 질러대고 있어. 진정시키려고 했다만, 그녀는 깨진 테킬라 병을 나한테 휘둘러댔단다. 네가 와서 설득할 수 있는지 좀 봐라. 어쩌면 이미 진정돼 있을 수도 있고"

후아나는 고개를 끄덕이고 그의 손을 잡았다. 돈 호세는 그녀를 끌어올려 자기 앞에 앉혔다. 후아나는 비가 눈을 찔러대서 머리 위로 숄을 썼다.

후아나는 여동생의 무덤 앞에 도착해 말에서 내렸다. 그녀는 어머니가 홀딱 젖은 채 나무십자가 옆에 앉아 있는 것을 보았다.

"엄마?" 후아나는 천천히 엄마에게 다가갔다. "엄마?"

"날 내버려 둬, 후아나." 엄마는 말했다.

"엄마, 우리 집에 가야 해. 비 맞으면 안 돼. 감기 걸릴지도 몰라."

"내가 죽든 말든 그게 무슨 상관있겠니?"

"나한텐 상관있어. 이리와 엄마, 집에 가자." 후아나는 어머니의 어깨에 손을 얹고 그녀가 일어나는 것을 도우려고 했다. 엄마는 그녀를 밀어냈다.

"저리 가."

"그치만 엄마……"

"내버려 둬. 내 죽은 딸들에게 기도하고 있다. 이 아이들에게 도와 달라고 빌고 있다고. 이 아이들은 하늘의 천사들이야. 이 아이들은 나를 위해 잘 말해서 하느님이 나를 도울 수 있게, 내 간청을 들으실 수 있게 해 줄 거야."

"부인, 따님 말을 들으세요. 늦은 시간이고, 당신도 집에 가서 쉬셔야 합니다." 돈 호세가 말했다.

엄마는 아니타의 무덤을 가리켰다. "저걸 보세요, 저 비가 우리 아니타 위로 떨어지는 것을 봐요. 그 아이는 춥고 외로울 거예요. 그저 아기에 불과했는데, 그저 어린 아기요."

후아나는 엄마 옆에 쭈그리고 앉았다. "집에 가자, 엄마."

"지금쯤이면 두 살이 되었을 게다. 벌써 걸어 다니고 있었을 거야, 말도 몇 마디 하면서 말이야. 그렇지만 그 아이를 다시는 볼 수가 없겠지. 난 그 아일 잃었다. 그리고 이제 난 내 아들도 잃어버렸어."

"엄마, 우린 그 아일 되찾아 올 거야. 그럴 거야."

엄마는 머리를 가로저었다. "아니타가 아직 살아 있었다면 이런 일은 하나도 일어나지 않았을 거야. 미겔이 떠나지 않았을 테고 그리고 내 아들도 여전히 내 곁에 있었겠지." 엄마는 갑자기 그녀를 돌아보았다. 후아나는 눈에서 비를 닦아내고 진흙자국이 줄줄이 나 있는 어머니의 얼굴을 바라보았다.

"넌 왜 잠이 들었던 거니?"

후아나는 바닥을 내려다보았다. 그녀의 몸은 떨렸고 가만히 있으려고 힘들게 애썼다.

엄마는 그녀의 어깨를 잡았다. "넌 왜 잠에 빠진 거니, 후아나? 내가 그 아이를 돌보라고 너한테 말했잖아. 너한테 말했다고"

후아나는 입술을 깨물었다. 엄마는 그녀의 머리를 잡고 억지로 진흙투성이 무덤을 보게 했다. "네 여동생에게 뭐라고 말해 봐. 뭐라고 말하라고"

돈 호세는 말에서 내려서 그들에게로 걸어갔다. "부인, 진정하세요."

엄마는 그녀를 무덤 위로 밀쳤다. 후아나는 저항하지 않았다. 그녀는 진흙이 입에 들어간 것을 느꼈고, 비가 눈 속으로 튀어드는 것을 느꼈고, 그녀의 머리카락이 엄마의 손가락 사이에서 비틀리는 것을 느꼈다.

"뭐라고 말해 봐! 뭐라고 말하래두, 망할!"

"루페, 걔 놔줘요."

"뭐라고 말해 봐."

후아나는 진흙 속에 손가락을 박고, 고개를 들고 비명을 질렀다.

아델리나

디아나는 침대에 없었다. 아델리나는 자기 침대에서 곤히 잠자고 있는 다른 다섯 여인들을 바라보며, 조용히 방을 걸어 다녔다. 디아나의 침대만 비어있었다.

"나 여기 있어."

아델리나는 돌아보았다. 그녀는 디아나의 목소리를 똑똑히 들었다. 그녀는 창문으로 돌아서서 손 하나가 커튼을 한쪽으로 당기는 것을 보았다.

"놀랐어요." 아델리나는 말했다.

디아나는 아무 말도 하지 않았다. 그녀는 돌아서서 달을 바라보며 이마를 창유리에 기대었다.

"잠이 안 오는 거예요?" 아델리나는 말했다.

"잠이 들고 싶지 않은 거야." 그녀는 말했다. "나는 다시 잠들고 싶지 않아."

아델리나는 달빛이 디아나의 얼굴에 비추는 은빛 연무를 알아보았다. 그녀는 디아나가 떠는 소리를 들었다. "쉬셔야 해요, 디아나. 침대로 와서 담요로 몸을 좀 덮혀 봐요 오늘 밤은 추운 밤이니까."

디아나는 있던 곳에 그대로 머물러 있었다. "나는 달을 보고 싶어." 그녀는 말했다. 그녀의 눈은 눈물로 흐려져 있었다.

"그게 내가 마지막으로 기억하는 거야." 디아나는 말했다. "나는 달을 보고 있었다는 것을 기억해. 얼마나 늦은 시간인지 생각하면서, 그리고 이미 집에 도착해 있는 거면 좋겠다고 바라면서 말이야. 그리고는 잠시 눈을 감았어, 그저 잠시, 그리고 눈을 다시 떴을 때는 차가 이미 언덕 아래로 향하고 있었어. 바위에 부딪치고, 관목을 덮치고, 그리고 차가 홱 뒤집혔을 때 볼 수 있었지, 달이 돌고 돌고……" 디아나는 손으로 얼굴을 덮고 흐느꼈다.

아델리나는 디아나의 어깨에 손을 얹고, 고통이 사라지게 할 수 있는 적당한 말을 할 수 있길 바랐지만, 그녀는 자기가 어떤 말을 하더라도 디아나의 괴로움을 덜어줄 수 없을 거란 걸 알고 있었다. "우리가 여기 있잖아요, 디아나. 당신은 혼자가 아녜요. 난 이해해 ……"

디아나는 아델리나의 손을 밀어냈다. "네가 뭘 이해한다는 거지? 넌 그게 어떤 건지 몰라, 이런 죄책감을 가지고 살아간다는 거. 난 내 아들을 죽였어. 넌 그게 이해가 돼? 내가 운전하면서 잠들어서 내 아들을 죽였다구. 난 내 아들을 죽였어!"

아델리나는 디아나를 자기 가슴 쪽으로 당겨서 그녀가 흐느끼는 동안 그녀를 안아주었다. 보호소에서 있었던 8일 동안, 디아나는 누구에게도, 심지어 상담사에게조차 이런 일이 있었다는 것을 말하지 않았다. 이제 아델리나는 디아나의 침묵과 그녀의 알코올 중독을 이해했다.

"난 왜 잠들었던 걸까? 왜?"

"우리가 이걸 헤쳐 나가도록 도와 줄게요, 디아나, 약속해요" 아델리나는 말했다.

"그게 어떤 건지 넌 몰라." 디아나는 말했다. "너는 몰라……."

후아나

후아나는 무덤에서 엄마를 모셔와 침상에 눕혔다. 엄마가 잠들자마자, 후아나는 아버지의 물통을 채워서 산으로 향했다. 가끔씩 물을 마시고 한숨 돌리기 위해 쉰 것을 빼고, 지금 그녀는 새벽부터 시작해 계속 걷고 있었다. 태양은 그녀의 바로 정면에 있었다. 몇 시간 후면, 앞에 있는 산 쪽으로 기울기 시작할 것이다.

바람을 타고 흐르는 몇 개의 뭉게구름을 제외하고, 하늘은 쾌청했다. 태양은 후아나의 얼굴에 내리쬐었고, 그녀는 손을 들어 눈을 가렸다. 그녀는 빵을 구우려고 오븐 안에 빵을 넣을 때 빵 굽는 사람들이 느끼는 것처럼, 자신이 불꽃 속으로 몸을 기울이고 있는 것처럼 느껴졌다. 그러나 그녀는 더위가 고마웠다. 태양은 이미 오래전에 그녀의 젖은 옷을 말렸고, 그 열기는 몸에 스며든 한기를 더 견딜만하게 만들었다. 그녀는 물을 더 가져왔어야만 했다. 배낭에 담아온 물통은 거의 비었고, 강은 이제 그녀에게서 멀리 떨어진 곳에 있다. 그녀는 얼마나 멀리까지 걸어온 걸까? 산은 그녀가 처음 출발했을 때나 똑같이 작아 보였다. 그녀는 조금도 더 가까워지고 있지 않았다.

그러나 저 산들 건너편에서, 그녀는 아빠를 찾을 것이다. 그리고 그를 찾으면 그녀는 그에게 화를 내지 않을 것이다. 그녀는 그들을 잊었다고 그에게 소리치지도 않을 것이다. 그녀는 설명하라고 울거나 그의 가슴을 주먹으로 치지도 않을 것이다. 그녀는 그에게 단 한 가지만을 물을 것이다. 아직도 우리를 사랑해, 아빠? 그리고 그가 그렇다고 대답하면, 그에게 그의 아들에 관해 다 이야기할 것이다. 돈 엘리아스가 거의 세 달 전에 그들에게서 훔쳐간 그 아기 말이다. 그러나 그녀는 그에게 엄마에 관해서, 그리고 침대 아래에 있는 빈 맥주병에 대해서는 말하지 않을 것이다. 이건, 그에게 말하지 않을 것이다.

후아나는 숨을 돌리려고 멈췄다. 그녀는 태양의 열기 아래서 김이 오르고 있는 젖은 땅을, 주변의 관목들과 선인장들을 바라보았다. 그녀는 오래전에 밭에서 출발했다. 그녀가 서 있는 곳에서, 그녀는 직선으로 자라고 있는 옥수수를 볼 수 있었다.

며칠 후면 그녀의 13살 생일이 오고, 그녀는 이미 생일 소원을 빌어두었다. 그것은 아버지를 찾아서 집에 오도록 설득하는 일이었다.

만약 그가 돌아오면, 그는 경찰서로 가서 돈 엘리아스를 기소할 수 있을 것이다. 그들은 그의 말은 들을 것이다. 그녀와 엄마의 말은 듣지 않으니까. 돈 엘리아스는 아기를 돌려줘야만 할 것이다. 만약 그가 돌아온다면, 엄마는 매일 맥주 한 병 대신에 젖을 먹일 아기가 있을 것이다. 그리고 이제 말라버렸기 때문에 울면서 가슴을 쥐어짜는 것도 그만둘 것이다. 그리고 만약 그가 돌아온다면, 아마도 엄마는 아니타의 죽음에 대해 그녀를 용서해 줄 것이다.

산은 더 가까워지지 않고 있었다. 아니면 그건 그저 그녀의 상상인 걸까? 어젯밤엔 분명, 해가 진 후 모든 것이 어둠 속으로 빠져들기 바로 전엔, 산은 조금 더 가까이 있는 것처럼 보였다. 그러나 지금, 이른 아침 시간에, 그것은 멀리 떨어져 있는 것처럼 보였다.

후아나는 빈 물통을 기울여 그 안으로 혀를 이리저리 움직여 남아있는 한 방울이라도 빨기 위해 기를 썼다. 그러나 거기에는 남은 게 없었다. 그녀는 눈앞의 산에 초점을 맞추고, 걷고 또 걸었다. 그녀는 신발 속에 들어간 자갈조차 꺼내지 않았다. 그녀는 그게 그녀를 아프게 하도록 내버려두었다. 적어도 뒤꿈치의 고통은 그녀가 배 속의 허기로 생긴 고통, 아니면 메마른 목의 고통, 혹은 몸을 떨리게 만드는 오한을 생각하지 않게 해 줄 것이다.

그녀는 숨을 돌리려고 멈춰 서서 바위에 등을 기댔다. 바람이 머리카락으로 그녀의 얼굴을 때려댔다. 비구름이 그녀 위로 모여들고 있었다. 그녀에게는 비가 반가울 것이다. 그녀는 물이 필요했다. 바위 아래에 숨은 작은 빗물웅덩이가 있길래 그녀는 물을 약간 떠서 뜨거운 이마와 목덜미를 적셨다. 그녀는 목으로 몇 방울 흘려 넣고 나서 몸이 떨려 무릎을 가슴 가까이로 그러안았다.

눈을 떴을 때, 후아나는 자기가 어디에 있는지 알지 못했다. 그녀는 자기네 것과 매우 비슷한 오두막 안에 있었다. 그렇지만 이 오두막은 아몬드 기름과 에파소테 차의 냄새가 났다. 부드러운 비둘기의 구구 우는 소리가 들렸다. 사방에 비둘기가 있었다.

자기가 죽은 걸까?

"열이 펄펄 끓어요" 어떤 남자가 말했다.

"낫게 하려고 애는 썼어요" 어느 여인이 말했다. "그렇지만 다친 마음을 고치려면 시간이 오래 걸리죠"

"응, 한참 걸리겠지."

"자, 쉿, 애가 쉬도록 둡시다."

. . .

아빠는 후아나의 뒤에 서서 물 양동이에 레몬을 짜고 있었다. 후아나는 목욕할 차례를 기다리며 빨래터에 앉아 있었다.

"이야기 해 줄래, 아빠?" 그녀는 물어본다. 그는 고개를 끄덕이고

요로나 이야기를 그녀에게 들려준다. 요로나는 우는 여인인데, 절망에 빠져서 자기 아이들을 강으로 데리고 가 물에 빠져 죽게 만들었어. "그렇지만 아빠는 요로나 이야기 싫어하잖아." 그녀는 말했다.

그는 웃고, 웃고, 웃는다. 그는 갑자기 물 한 양동이를 후아나 위로 쏟아 부었다. 눈을 따갑게 만드는 차가운 레몬수다. 그녀는 소리를 지른다.

"자, 자, 후아나." 도냐 마르티나가 젖은 천을 후아나의 이마에 얹어주었다. 그녀는 후아나의 코 아래에 알코올 한 병을 대고 냄새가 후아나의 뇌에 다다라 어둠이 사라질 때까지 몇 초간 그렇게 들고 있었다.

그녀는 후아나에게 미소 지었고, 이 빠진 웃음 덕에 잠시 그녀는 처음 젖니를 잃은 어린 소녀처럼 보였다. 그러나 그녀의 눈은 슬펐고, 눈 주위의 주름 때문에 다시 노파처럼 보였다.

"열이 내렸다." 그녀는 말했다. "나으려면 넌 더 열심히 애써야 해."

"절 어떻게 찾으셨어요?" 후아나는 물었다.

"너희 어머니를 살펴보러 갔는데, 네가 집에 없더구나. 네가 어디 있는지 물어봤지만, 너무 취해서 나한테 아무 얘기도 못 해줬어. 네가 떠났다는 말만 계속 하더구나. 자기가 너도 잃었다고 나는 널 찾으라고 내 남편을 보냈지. 그는 어느 농부들과 마주쳤는데, 그들은 그날 좀 더 이른 시간에 어린 소녀가 자기들이 일하던 밭 옆을 지나 산으로 향하는 것을 봤다더구나."

후아나는 자기가 성공할 수도 있었다고 생각했다. 만약 자기가 물을 더 가지고 갔더라면, 그녀는 성공할 수 있었을 것이다.

"비가 내리기 직전에 그 사람들이 산기슭에서 너를 찾았어. 넌 열이 펄펄 나고 있었단다."

도냐 마르티나는 그녀가 마실 수 있도록 물 한 컵을 들어 올렸지만, 후아나는 고개를 반대쪽으로 돌리며 마시지 않으려고 했다. 그녀는 실패했다. 그녀는 아빠를 찾지 못했다.

"후아나야, 넌 강해져야 해. 너희 어머니에겐 네가 필요해."

"엄만 절 미워해요."

"네가 그녀에게 시간을 좀 줘야해, 후아나. 너희 어머닌 너무나 많은 일을 겪었어. 처음엔 너희 아버지가 떠나서 소식 하나 없었지. 그리고 지금은 자기 자식을 잃었어. 그건 너무나 고통스러운 일이야. 그녀는 이제 너무 많은 자식들을 잃었어."

후아나는 눈물을 삼키려고 애썼다. 그녀는 울지 않을 것이다. 그녀는 그러지 않겠다고 말했다. 그러나 그녀는 무너졌다.

"저는 해내지 못했어요." 그녀는 울면서 말했다. "저는 해내지 못했어요. 저는 해내지 못했어요."

"무슨 말이냐, 후아나?"

"산 말이에요. 아빠를 찾으러 산을 넘어갔어야만 했어요."

"그렇지만 너희 아버지는 산 건너편에 계시지 않아."

후아나는 도냐 마르티나를 올려다보았다.

"얘야, 미국은 아주, 아주 멀리 있단다."

"그렇지만 아빠가 저 산들 바로 건너편에 계실 것이라고 했어요. 그리고 아빠가 필요할 때마다 그 산들을 바라보라고 제게 말씀하신 걸요!"

도냐 마르티나는 잠시 말이 없었다. "아마도 그가 떠나는 것에 대해서 네가 너무 슬퍼하지 말라고 그렇게 말했나보다. 그를 판단해서 그가 거짓말했다고 생각지 말거라. 그는 네가 더 마음 아프길 바라지 않은 것뿐이야."

후아나는 도냐 마르티나를 바라보았다. 아빠는 산 건너편에 계신 게 아니다. 결국 그는 그녀 가까이에 있지 않았던 거다.

도냐 마르티나는 옷장으로 가서 지도를 가지고 왔다. 그녀는 그 것을 침대 위, 후아나 위에 올려놓고는, 그녀에게 그들이 살고 있는 게레로주를 보여주었다. 그녀는 손가락으로 미초아칸주, 할리스코주, 나야릿주, 시날로아주, 소노라주, 바하 칼리포르니아주를 따라 올라갔다……. 그러고 나서 그녀의 손가락은 짙은 검은 선을 넘어 가서 움직이길 멈췄다. 후아나는 도냐 마르티나의 손가락이 가리키는 곳을 보았다. 벼룩 크기만한 작은 검은 글씨들이 그녀에게로 뛰어올랐다. 그것들은 '로스앤젤레스(천사들)'라는 말이었다. 그때서야 후아나는 도냐 마르티나가 하는 말이 사실이라는 것을 알았다. 아빠는 이 산들 건너편에 계시는 것이 아니었다. 그리고 그를 찾기 위

해서는 이 산들만을 넘으면 되는 것이 아니라, 아마도 산을 백 개는
더 넘어야 할 것이었다.

아델리나

돈 에르네스토는 결혼한 적도 자식을 둔 적도 없었다. 그는 아델리나의 과거에 대해 그다지 묻지 않았다. 마치 그는 그녀의 삶이 그녀가 로스앤젤레스에 도착한 순간부터 시작한 것으로 이해하고 있는 것 같았다.

그녀가 스스로에 대해 그에게 이야기한 것이라고는 그녀가 자기 아버지를 찾으러 여기 왔다는 것뿐이었다. 그는 이해하며 고개를 끄덕이고 그녀가 아버지 찾는 일을 도와주겠다고 말했다.

"그렇지만 그 사이에는 뭘 할 거냐?" 그는 물었다.

"무슨 말씀이세요?" 그녀는 그에게 물었다. 그가 무슨 말을 하는 건지 잘 이해가 되지 않았다.

"내 말은 너희 아버지를 찾는 건 엄밀히 말해 일은 아니란 거야. 넌 학교에 갈 필요가 있어, 아델리나. 넌 교육을 받고, 학위를 받아야 한다. 즉, 네가 시간이 날 때, 너희 아버지를 찾지 않을 때 말이야.

아델리나는 그가 그녀를 놀리는 건지 아니면 진지하게 하는 말인지 알 수 없었다. 학교에 가고, 학위를 얻는다는 건 무슨 의미로 하는 말인 걸까?

"미안하다, 애야. 넌 나이든 학교 선생님을 상대하고 있는 거란다. 난 그저 너처럼 젊은 여성이 자기 인생을 위해 아무것도 하지 않는 것을 보는 것이 싫은 것뿐이야. 나는 네가 뭔가 되려고 애써보지 않은 다른 사람들처럼 되길 원치 않아."

"저는 아버지를 찾으러 여기에 왔어요. 학교에 가려고 온 게 아니라고요. 학위를 받으러 온 게 아녜요. 뭔가 되려고 온 것도 아니고요. 보통사람으로 있어도 상관없어요. 그렇지만 저는 아버지를 찾아 집으로 모시고 가는 보통사람이고 싶어요!" 그녀는 주먹으로 탁자를 쾅 내리쳤다.

"만약 그를 찾지 못하면, 그럼 어쩔 거냐? 너도 나처럼 노인이 돼서 가족도 없고 널 사랑해 줄 사람 하나 없이 아직도 이 쓰레기장 같은 곳에 살고 있는 자신을 보는 날이 언젠가 올 테지."

아델리나가 아버지를 찾는 일에는 그다지 운이 따르지 않았다. 그녀는 아버지가 일하고 있을지 모른다는 생각에 여러 공장에서 일자리를 얻었다. 그녀는 녹초가 되어서 집에 돌아오곤 했다. 하루 종일 서 있었기 때문에 그녀는 발이 아팠다. 그녀의 손과 팔은 청바지를 다리고 실을 자르느라 아팠다. 주말에는 로스앤젤레스 시내로 가서 아버지를 얼핏이라도 볼 수 있기를 바라며 여기저기 걸어 다녔지만 마주친 적이 없었다.

돈 에르네스토는 같은 건물에 사는 사람들에게 아델리나의 아버지 찾는 일에 신경 써달라고 부탁해두었다. 그리고 들에서 일하기 위해 북쪽으로 가려고 건물에서 이사 나가는 사람들도 같은 이야기를 듣곤 했다.

찾아다닌 지 여섯 달이 지나고 나서야 아델리나는 돈 에르네스토가 자기를 지역 고등학교로 데리고 가게 허락했다.

"그렇지만 전 학교에 대해서 잘 몰라요, 돈 에르네스토." 그녀는 그에게 말했다.

"걱정마라, 애야. 내가 널 도와주마. 넌 배울 수 있을 거다."

아델리나는 첫 수업을 받으러 복도를 따라 안내받아 가기 전에 돈 에르네스토의 주름진 뺨에 키스해 주었다.

후아나

　"그럼, 도냐 마르티나가 널 보냈단 말이지?" 도냐 호세피나는 케사디야를 뒤집으며 그녀에게 질문했다. 후아나는 도냐 호세피나에게서 눈을 떼지 않으려 애쓰면서 고개를 끄덕였다. 달궈진 구이판에서 지글거리는 치킨 케사디야를 보고 있자니 입에 군침이 돌기 시작했다.

　"한번은 그녀가 내 손자를 고쳐준 적이 있어, 그거 아니?" 도냐 호세피나는 말했다. "녀석이 한밤에 계속 깨서 우는 바람에 우리 딸이 쉬질 못했는데, 낮에도 가만히 있지 않았어. 그때 도냐 마르티나가 와서 정화를 시켜줬지. 그녀가 계란을 깨서 그걸 물에 넣었을 때 우리는 계란노른자 위로 작은 눈 모양을 볼 수 있었어. 그 녀석한테 무슨 일이 있었던 건지 아니?"

　"악마의 눈이었죠." 후아나는 도냐 마르티나가 자기 언니 마리아를 정화시켜주었던 때를 기억하고 이렇게 대답했다.

"똑똑한 애네." 도냐 호세피나는 말했다. "일도 열심히 잘할 것 같은데. 내 밑에서 일하게 되면 기쁘겠구나."

후아나는 출발을 알리는 기차의 기적소리를 들었다. 벤치에서 기다리고 있던 사람들은 앞다퉈 일어서서 여행 가방을 끌며 기차를 타러 움직이기 시작했다.

그녀는 안도의 한숨을 쉬었다. "고맙습니다, 아주머니."

그날의 남은 시간을 후아나는 토르티야를 굽는 판 위에 토르티야를 구웠다. 토르티야를 뒤집다가 이따금 손가락을 데기도 했다. 기차가 역으로 들어올 때마다 그녀는 쟁반을 들고 창문에서 창문을 오가며 아직 기차에 타고 있는 승객들에게 케사디야를 팔려고 내밀었다. 다른 음식 판매대에서 온 여자들도 있었기 때문에 그녀는 발을 재게 움직이려고 애썼다. 그녀는 특히 돈 엘리아스가 시켰다고 엄마를 해고시킨 도냐 로사네 판매대에서 일하는 여자들을 이기고 싶었다.

기적소리가 울리면 후아나는 기차에서 떨어져 기차가 떠나가는 것을 바라보았다. 때때로 그녀는 다채로운 색으로 뭉개져 보이는 멀어져 가는 승객들을 향해 손을 흔들었다.

"안녕, 토마스 댁이 곧 **저 건너편**으로 돌아간다는 말을 들었어요." 도냐 호세피나는 창구에서 막 표를 산 남자에게 손을 흔들었다. 그는 공중에 표를 든 손을 흔들며 음식 판매대로 왔다.

"제대로 들은 거 맞아요, 호세피나. 이틀 후면 로스앤젤레스로 돌아가고, 우리 아들도 데리고 갑니다."

후아나는 뒤집고 있던 케사디야에서 눈을 들어 위를 올려다보았다. 그가 로스앤젤레스에서 왔다고? 아마도 그가 아빠를 알지도 몰라!

"우리 아버지를 아세요?" 그녀는 불쑥 말했다.

"너희 아버지?"

"그는 로스앤젤레스에 살아요. 그의 이름은 미겔 가르시아예요." 그녀는 심장이 심하게 뛰는 것을 진정시키려고 가슴에 한손을 얹고 입으로 숨을 쉬었다.

"도냐 엘레나의 아들 미겔 가르시아라고?"

후아나는 재빨리 고개를 끄덕였다.

"그가 거기에 있는지 몰랐다. 미안하구나, 그렇지만 그를 본 적이 없어."

"애야, 너 지금 내 케사디야를 태우고 있어!" 도냐 호세피나는 말했다.

후아나는 번철 위의 케사디야를 뒤집다가 손을 데었다. 그녀는 덴 손가락을 입 안에 넣고 다른 손으로 뒤집으려 했다. 그녀의 눈은 눈물로 흐려져 있었다. 그녀는 데인 손가락이 아파서 우는 것이 아니란 것을 알고 있었다.

"그 케사디야 맛있는 냄새가 나는데." 돈 토마스가 말했다. 후아나는 뒤에 있는 탁자로 돌아서서 반죽을 주무르는 일에 매달리기 시작했다. 손가락을 그 안으로 집어넣으니 아빠를 위해 진흙 토르티야를 만들던 때가 기억났다.

"자, 정말 고마워요, 호세피나. 다시 돌아오면 언제 또 보길 바래요."

"좋아요, 토마스 마이라에게 내 안부 좀 전해줘요. 댁이 가고 나면 내가 꼭 그녀에게 들러보도록 할 테니. 남편과 아들이 떠나는 것을 보는 것이 그녀에겐 분명 힘들 거야."

후아나는 돌아서서 자기 아버지를 못 보는 것이 어떻게 가능한지 의아해하며 그가 걸어가는 모습을 바라보았다. 로스앤젤레스는 아주 큰 것일까? 그녀는 그녀와 엄마가 그를 찾으러 가면 그를 찾아낼 수 있을 것인지 생각했다.

"실례해요, 도냐 호세피나." 후아나는 돈 토마스를 따라잡으려고 달려갔다. "아저씨, 제발, 아저씨!"

돈 토마스는 돌아서서 그녀를 보았다.

"저…저는 아저씨께서 **저 건너편**으로 가는 방법을 제게 가르쳐 주실 수 있을까 싶어서요."

그는 껄껄 웃으며 그녀의 어깨를 기차표로 톡톡 쳤다.

"왜, 그리로 가려고 생각 중이냐?" 그는 다시 웃었다.

후아나는 뺨이 달아오르는 것을 느꼈다. "아…아뇨 그냥 저희 아버지가 어떻게 여행하신 건지 알고 싶어서요, 그…그게 다예요."

돈 토마스는 잠시 생각하고는 말했다. "좋아, 말해 주지. 우선, 쿠에르나바카로 가는 기차를 타고 나서 멕시코시티로 가는 버스를 타거나, 아니면 여기서 멕시코시티로 바로 가는 버스를 탈 수 있어. 그리고는 티후아나로 한 번에 데려다 주는 버스로 갈아타는 거야. 한 이틀이면 국경에 도착할 수 있을 거다. 그러면 코요테를 찾아야 하는데, 그러면 그가 이리저리 해서 저 건너편으로 널 데려다 줄 거야."

"그건 어렵나요?"

"네가 운이 좋은가에 달렸어." 그는 말했다. "난 그걸 벌써 세 번이나 해봤는데, 항상 잘 해냈거든. 많이 걸어야 하지만, 그래도 많이 걸어서 죽은 사람은 없는 법이란다." 그는 그녀의 어깨를 토닥이고 기차를 타려고 서두르는 사람들의 무리 너머로 사라졌다.

후아나는 표 파는 창구로 걸어가서 물었다. "실례지만, 쿠에르나바카로 가는 표는 얼마예요?"

집에 도착했을 때, 후아나는 어머니가 뭔가의 위로 몸을 구부리고 있는 것을 보았다. 더 가까이 다가갔을 때 그녀는 일종의 별채처럼 만들어진 커다란 판지 상자를 보았는데, 그 안에는 개 한 마리가 놓여 있었다. 임신한 개. 엄마는 물을 머금은 토르티야를 개에게 먹이고 있었다.

"무슨 일이야?" 후아나는 물었다.

다시 엄마는 머리를 빗지도 않고 옷을 갈아입지도 않고 지내고 있었다. 그녀는 지금까지 사일 동안 같은 옷을 입은 채였다. 후아나는 그녀가 마지막으로 목욕한 것이 언제인지도 기억나지 않았다.

"갈 데 없이 길거리를 헤매고 있는 것을 발견했어." 엄마는 말했다. "보렴, 불쌍한 것 같으니라고, 지금은 뼈밖에 없구나. 그리고 쟨 임신했어, 후아나. 누군가 돌봐줄 사람이 필요해." 엄마의 숨결에서는 알코올 냄새가 풍겨 나왔다. 후아나는 어머니에게 자기들 먹을 음식 찾는 것도 어렵다고 이야기하고 싶지 않았다. 그들은 또 다른 먹일 입을 감당해낼 수 없었다. 그녀는 도냐 호세피나가 준 케사디야 접시를 내려다보았다. 적어도 오늘 밤, 그들은 괜찮은 음식을 먹을 것이다.

"이리 와, 엄마, 우리 목욕하고 옷 빨러 강으로 가자. 그리고 돌아와서 멋진 저녁을 먹을 수 있어."

엄마는 고개를 저었다. "아냐, 아냐, 아냐, 후아나, 난 프린세사를 돌봐야해. 언제 강아지를 낳을지 몰라." 그녀는 후아나가 들고 있는 접시를 바라보았다. "그 안에 있는 게 뭐니?"

"케사디야를 가져왔어. 기차역에서 일자리를 얻었거든."

"후아나야, 도냐 로사에게 일자릴 부탁한 건 아니지, 그랬니? 날 잘라낸 뒤엔 절대 그래선 안 돼지. 그것도 저 개새……"

"아냐, 엄마, 다른 사람 밑에서 일하는 거야."

갑자기 엄마의 몸이 옆으로 기울었다. 후아나는 그녀를 잡으려고 했다. 그녀는 엄마가 술이 취했다는 것을 알아채지 못했다.

"난 괜찮아." 엄마는 몸을 일으켜 세우며 말했다. 그녀는 후아나가 든 접시에 눈길을 주었다. "프린세사에게 케사디야를 몇 개 줘도 될까?"

"당연히 안 돼지!" 후아나는 말했다. "옷 준비하러 집에 들어가자. 우리 씻으러 가야 해."

"그렇지만 후아나, 프린세사는 임신했어. 잘 먹지 못하면 강아지들이……"

"자, 엄마, 집 안으로 들어와. 프린세사는 괜찮을 거야." 후아나는 엄마의 팔을 잡고 부드럽게 안으로 들였다.

. . .

그 주에만 백 번째, 엄마는 강으로 가서 목욕하는 것을 거부했다. 후아나는 마침내 간신히 그녀를 앉히고 머리를 빗겨줄 수 있었다. 그녀는 솜씨 좋게 엄마의 머리를 땋아 리본으로 묶었다. 그녀는 헝겊을 들고, 그걸 물에 적셔서는 어머니의 얼굴에 있는 때를 닦아주었다. 그녀는 재스민 향이 나는 에이본 향수를 엄마에게 약간 뿌렸다.

후아나는 곧 그녀의 아름다운 엄마를 다시 보고 있었다.

엄마는 잠시 그녀를 바라보았고, 후아나는 그녀의 눈이 약간 부어있는 것을 알아챘다. 그녀는 다시 울며 지내고 있었다.

"오늘 그 아일 봤다." 엄마는 부드럽게 말했다.

"누구?"

"미겔리토, 내 아들."

"엄마, 그리 가는 거 그만둬야 해. 돈 엘리아스가 엄말 자기 집 근처에서 보면 엄말 감옥에 보낼 거야."

"난 그 아일 봐야 했어. 그 아이는 너무 빨리 자라고 있어. 그 아인 매일 점점 더 네 아버지를 닮아가고 있어."

후아나는 어머니의 얼굴을 손으로 쓰다듬었다. "언젠가 우린 그 아이를 되찾아 올 거야, 두고 봐."

엄마는 얼굴을 덮고 더 슬피 울었다. 후아나는 브래지어 안에 넣어두었던 몇 페소를 꺼냈다. 그것들은 따뜻해져 있었다. 그녀가 얼마나 더 열심히 일해야 하는지는 중요하지 않다. 이제 곧, 그녀와 엄마는 아버지를 찾아 이곳을 떠날 것이다. 그리고 그들 모두 돌아와서 미겔리토를 그들의 아이라고 요구할 것이다.

아델리나

디아나는 쓰레기통에서 찾아낸 캔 뚜껑으로 손목을 그었다. 아델리나는 그때 비번이었다. 그녀는 보호소의 사회복지사들 중 한 명인 젠에게서 전화를 받았다. 아델리나는 병원으로 급히 달려가 디아나에 관한 소식을 기다렸다. 의사는 그녀가 피를 많이 잃었다고 말했다.

세바스티안은 그날 밤 디아나를 치료한 의사가 아니었다. 그는 다음 날 일찍 일하러 왔다. 아델리나는 바깥 대기실에서 기다리는 동안 의자에 몸을 웅크리고 앉아 있었다. 그녀는 잠이 들었으면 했지만, 수면제를 깜박 잊고 나와 버렸고, 그게 없으면 잠들지 못할 것이다.

그녀는 누군가 자신을 쳐다보고 있는 것을 느꼈다. 그녀는 눈을 뜨면서 자신이 두 개의 초록색 풀장에서 익사하고 있는 것처럼 느껴졌다.

"안녕하세요, 미즈 벨라스케스 무슨 일이 있나요?"

아델리나는 그의 이마에 난 주름과 눈가의 잔주름을 보았다.

"디아나예요. 자살을 시도했어요." 그녀는 눈을 비볐다. 그녀는 울어서 눈이 붓고 빨개져 있다는 것을 알고 있었다. 그녀는 디아나를 잃을까봐 너무나 두려웠다.

닥터 루나는 그녀의 옆에 앉았다.

"그 소식을 듣게 되어 유감입니다. 상담하러 오는 것이 도움이 되었길 바랐어요. 그렇지만 그녀는 어깨에 무거운 짐을 지고 다니는 것처럼 보입니다. 그녀의 이야기를 제게 해 주실 수 있겠습니까?"

아델리나는 잠시 생각해 보았다. 그녀는 법적으로나, 혹은 자신의 명예규범으로나 보호소에 살고 있는 누구에 대한 정보라도 자신이 발설하지 않으리라는 것을 알고 있었다. 그것은 신뢰를 저버리는 행위였다. 비록 그들의 이야기를 알지는 못했지만, 닥터 루나는 보호소에 있는 대부분의 여인들을 알고 있었고, 그녀는 왠지 그에게 이야기해도 좋을 것 같은 느낌을 받았다. 그녀는 그에게 이야기하고 싶었다.

"그녀와 그녀의 아들은 몇 년 전에 교통사고를 당했어요. 야심한 시간이었고, 디아나는 운전을 하다 잠이 들었어요. 아들이 죽었고, 그녀는 살아남았죠."

"그럼 지금 그녀는 살아남은 것에 죄책감을 느끼나요?" 그는 물었다.

그녀는 고개를 끄덕였다. "죄책감과 외로움을 느끼고 있어요. 그는 그녀의 유일한 가족이었어요."

"그리고 자식을 잃는 일은 극도로 고통스럽죠." 닥터 루나는 말했다.

아델리나는 그가 경험에서 우러나 그렇게 말하는 것일까 궁금해하며 그를 바라보았다. 그의 이마에 걱정 선을 새겨지게 만든 것은 무엇이었을까?

"당신에게도 비슷한 일이 일어났었나요?" 그녀는 질문했다.

"제겐 아니어요, 정확히는. 저는 자식이 없고 결혼하지 않았어요. 그건 제 고모에게 일어난 일이에요. 몇 년 전에 제 사촌이 가출을 했는데, 다시는 그녀의 소식을 듣지 못했습니다."

"유감이에요." 그녀는 말했다.

"미즈 벨라스케스?" 닥터 쉐퍼가 복도로 걸어와서 아델리나 앞에 섰다.

아델리나는 일어섰다. "네, 선생님?"

"미즈 파커가 잘 견뎠어요. 간신히 안정시켜서, 의식이 돌아왔습니다. 안에 들어가서 그녀를 만나도 됩니다."

"고맙습니다, 선생님." 아델리나는 닥터 루나에게로 돌아섰다. "다시 이야기 나눌 수 있어서 기뻤어요, 닥터 루나."

"아마도 제가 보호소로 내려가면 당신을 뵐 수 있을지도 모르겠네요."

아델리나는 닥터 쉐퍼를 흘깃 보고는 자신의 얼굴이 달아오르는 것을 느꼈다.

"저희는 당신의 방문을 기다리고 있겠습니다." 그녀는 닥터 루나에게 말하고 돌아서서 복도를 걸어갔다.

후아나

후아나는 밤새도록 강아지들이 낑낑대는 소리를 들을 수 있었다. 우는 소리가 커졌을 때, 엄마는 깨서 밖으로 나가 그들을 살펴보곤 했다.

"잠자리로 돌아가." 후아나는 그녀에게 말했다. "프린세사가 개들을 돌보고 있어."

"그렇지만 쟤들이 추우면 어쩌니, 후아나. 우리, 쟤들을 안으로 들여오지 않으런? 쟤들은 너무나 작고 약해."

"우리 내일 그러자, 엄마, 지금은 얼른 자러 가."

후아나는 다음 날 아침 일하러 가기 전에 강아지들을 살펴보았다. 강아지들은 울고 또 울었다. 그들은 서로의 냄새를 맡아가며 엉금엉금 기어 다녔다. 어미는 거기에 없었고 그들은 어미를 찾고 있었다. 후아나는 한 번 더 강아지들을 보고 나서 기차역으로 떠났다.

후아나가 일을 마치고 돌아왔을 때, 강아지들은 전부 죽어있었다. 후아나는 엄마가 자기가 전날 가져온 빈 할라페뇨 깡통을 들고 있는 것을 보았다.

"엄마, 강아지한테 무슨 일이 생긴 거야?"

엄마는 몸을 앞뒤로 흔들었다. 그녀의 머리카락은 헝클어져 있었고, 그녀의 얼굴은 때로 얼룩져 있었으며, 그녀의 옷은 온통 구멍투성이가 되어 있었다. 심한 술 냄새는 영구적으로 그녀의 땀구멍 속에 스며들어버린 것처럼 보였다.

이제 엘레나 할머니가 그녀를 거지라고 불러도 뭐라고 할 수 없을 것 같았다. 엄마는 이 사람 저 사람에게 맥주나 테킬라 살 돈을 얻으러 다니고 있었다.

"프린세사는 돌아오지 않았다." 엄마는 말했다. "내가 그 녀석을 찾으러 갔었는데, 못 찾았어. 어떤 부모가 자기 자식을 버린다니?"

"아마도 그 녀석한테 무슨 일이 생겼나 보지." 후아나는 말했다.

"글쎄, 내가 집에 왔을 때는 강아지들이 전부 울고 또 울고 있었어. 개들이 너무 많이 울더라, 후아나. 그 가엾은 것들이 굶주리고 있었는데, 집 안에는 먹을 것이 하나도 없었어. 이 캔밖에는 아무것도" 엄마는 빈 캔을 들어서 그걸 그녀에게 보여주었다. 후아나는 코를 쏘는 식초 냄새를 맡았다.

"넌 개들이 할라페뇨를 빠는 모습을 봤어야 해. 개들은 너무 굶주려 있었어." 엄마는 다리를 몸에 더 가까이 끌어안고 앞뒤로 흔들었다. "가엾은 어린 강아지들. 가엾은 어린 강아지들. 가엾은 어린 강아지들. 그렇게도 배고프고 사랑도 못 받고"

일한 지 팔 일째 되던 날, 후아나는 한 시간 더 일찍 집을 나섰다. 그녀는 양동이 하나와 끝에 갈고리를 묶은 대나무 가지를 들고 갔다. 기차역으로 걸어가면서 그녀는 강을 따라 자라고 있는 과무칠 나무의 열매를 땄다. 그녀가 역에 도착할 무렵에는 한 양동이 가득 과무칠 열매가 있었다. 여행을 하려면 돈을 더 많이 벌어야 했다.

"저건 뭐냐?" 후아나가 거기 도착했을 때 도냐 호세피나가 물었다. 그녀는 반죽 묻은 손가락으로 양동이를 가리켰다.

"과무칠을 팔려고요." 후아나는 말했다. "그래도 괜찮으시면 좋겠어요, 도냐 호세피나."

잠시 후에 도냐 호세피나가 물었다. "내가 너한테 주는 돈으로는 뭘하니, 후아나?"

후아나는 자기가 월급을 너무 적게 받는다고 여기는 걸로 도냐 호세피나가 생각하지 않기를 바랐다.

"저와 저희 어머니의 음식을 사요. 최근에 그녀가 몸이 좋지 않아서 좀 도와드리려는 거예요."

"알겠다. 그럼, 그렇담 괜찮아, 가서 너의 과무칠을 팔아라. 사람들이 볼 수 있도록 그걸 저기 탁자 옆에 둬도 돼."

"고맙습니다, 도냐 호세피나."

"후아나야, 넌 너희 어머니를 알코올중독자 갱생회에 들여보낼 생각 해봤니?"

후아나는 바닥을 내려다보았다. 마을의 모든 사람들이 엄마를 보라차, 술꾼이라고 부르기 시작했다. 그녀는 더 이상 도냐 루페나 혹은 가르시아 부인이 아니었다. 이제 그녀는 라 보라차였다. 마을의 술꾼이었다.

"우리 엄마는 괜찮아 질 거예요." 후아나는 여행을 위해 페소로 채우기 시작한 커피 캔을 생각하면서 말했다. 엄마를 마을에서 데리고 나갈 수 있게 되자마자, 어머니는 괜찮아지리라는 것을 그녀는 알고 있었다.

"미안하다, 후아나, 네 사생활을 들여다볼 생각은 아니었어, 그냥 널 걱정해서 그런 것뿐이다. 너희 어머니는 많은 일을 겪었어. 너희 아버지가 떠난 후로……"

"우리 아버지는 우릴 버리지 않았어요." 후아나는 말했지만, 이번엔 그녀의 말속에 확신이 담겨 있지 않았다. 그녀는 아버지 편을 드는 일에 지쳐 있었다.

...

일이 끝나고 후아나가 집에 와보니, 오두막은 비어있었다. 그녀는 엄마를 찾으러 나가려고 생각해봤지만, 옷을 세탁하고, 저녁을 짓고, 비질을 해야 할 쓰레기가 있어서, 그녀는 엄마가 스스로 집에 돌아올 지 그녀를 조금 더 기다려보기로 했다.

그녀는 더러운 옷들을 모아 자신의 담요 위에 얹었다. 보퉁이를 만들기 위해 가장자리끼리 묶고 그 보퉁이를 머리에 이고 강으로 길을 나섰다. 그녀는 아이들이 축구를 하며 놀고 있는 공터 옆을 지나면서 그들의 속삭임과 휘파람 소리를 듣지 않으려고 애썼다. "저기 보라차의 딸이 가네." 그들은 말하고 웃었다.

갑자기 공이 그녀가 가는 길로 날아와 그녀의 발 근처에서 멈췄다. 소년들 중 하나가 와서 공을 찾으려고 그녀를 향해 달려오기 시작했지만, 후아나는 발을 들어 공을 찼다. 공은 완벽한 곡선을 그리며 공중으로 떠올랐다. 그것은 아이들의 머리 위로 날아올라 골대 근처에 떨어졌다.

"와, 멀리도 갔네!" 아이들 중 하나가 소리쳤다. 후아나는 계속해서 강으로 걸어갔고 뒤돌아보지 않았다.

강은 비어있었다. 대부분의 여인들은 아침에 빨래를 하러 왔다. 후아나는 납작한 빨랫돌을 자기 혼자 차지할 수 있어서 기뻤다.

수위는 낮았고 물의 흐름은 비가 내릴 때 흔히 그런 것처럼, 누군가에게서 도망치기라도 하듯 급하지는 않았다. 후아나는 수위가 높을 때 강 속에 들어가는 것을 좋아하지 않았다.

그녀는 물속에 들어가 꾸러미의 내용물을 빨래터에 쏟아냈다. 그녀는 손가락 마디가 다 까지도록 엄마의 옷에 있는 때를 열심히 비벼 빨았다. 엄마의 옷은 대부분이 찢어져 있어서 그녀는 잠자리에 들기 전에 그것들을 수선하겠다고 유념해두었다. 그녀의 다리는 너무 오래 서 있다 보니 곧 아프기 시작했고, 고개를 숙이고 있어서 목도 아프기 시작했다.

공터에서는 더 이상 소음이 들려오지 않았고, 그녀는 축구가 끝나서 아이들이 아마도 장난을 치러 다른 곳으로 가버렸으리라는 것을 알았다.

그녀는 물에 담궈 한 번 더 옷을 헹궈서는 그것들을 짜고, 그리고 옷을 담요 안에 다시 다 담았다.

그녀가 집에 도착했을 때에도 엄마는 아직 거기에 없었다. 후아나는 말리려고 옷을 집안에 널고, 초를 켜고 나서 불을 지폈다. 그녀는 콩을 씻어 그걸 물과 함께 진흙 냄비에 담아서는 화로에 얹고 데웠다. 그녀는 청소를 하면서 먼지가 일어나지 말라고 바닥에 물을 뿌렸다. 그리고 여전히 어머니는 돌아오지 않았다.

후아나는 엄마의 숄 중 하나를 들어 머리에 썼다. 그녀는 촛불을 끄고 어머니를 찾아 오두막을 나섰다.

그녀는 거리거리를 걸어 다녔지만, 자기들의 콘크리트집 앞에서 사방치기 놀이를 하고 있는 아이들이나, 밖에 나와 이웃들과 이야기를 나누며 냅킨에 수를 놓는 여인들이나, 혹은 인도에 앉아서 친구들과 도미노나 카드놀이를 하고 있는 남자들을 바라보지 않았다. 그녀는 자신이 지금 그 옆을 지나가고 있는 집 안에서 거리로 흘러 나오는 텔레비전의 소리나, 한껏 크게 틀어 놓은 메렝게 리듬을 듣지 않으려고 애썼다.

그녀는 모든 곳을 찾아보았지만, 어머니의 흔적은 어디에도 없었다. 그녀는 더 부유한 사람들이 사는 마을의 다른 쪽으로 발길을 옮겼다. 돈 엘리아스와 그의 아내가 사는 곳으로.

거리에는 아무도 없었다. 후아나는 숨을 돌리기 위해 걷기를 멈추고 하카란다 나무 아래 커다란 바위 위에 앉았다. 그녀는 샌들을 벗고 발바닥을 주물렀다. 바로 그때 그녀로부터 몇 미터 정도 떨어진 땅바닥에 누워 있는 한 여인을 보았다. 그녀 주위로 파리들이 춤추고 있었다. 그녀의 얼굴은 얽히고설켜, 제대로 된 빗질이 절실히 필요한 상태의 길고 더러운 머리카락으로 덮여 있었다. 그녀는 여기저기 구멍이 난 긴 치마를 입고 있었고, 찢어진 몇 군데는 옷핀으로 고정되어 있었다.

그녀는 움직이지 않았다.

후아나는 여인에게로 걸어가 그녀의 손을 잡기 위해 다가갔다. 그녀는 비명을 질렀다.

"맥주 한 병 더 줘." 그 여인은 후아나의 팔을 잡으면서 말했다. "맥주 한 병 더 달라고."

"애야, 그 여자한테서 물러나라." 누군가가 후아나의 뒤에서 말했다. 그녀는 자신의 뒤에 서 있는 한 쌍을 보기 위해 고개를 돌렸다. 남자는 그녀를 보고 말했다. "저 미친 여자는 항상 여기로 와. 내가 경찰보고 와서 보라고 해야겠다."

그 남자의 아내는 고개를 끄덕이고 후아나에게 집으로 가라고 말했다. 후아나는 아무 말도 하지 않았고, 그 커플은 매일 자기네 동네에 오는 술꾼에 대해 불평하면서 곧 다시 걸어가기 시작했다. "잡아가야 한다니까." 남자는 말했다.

후아나는 바닥에 있는 여인을 내려다보고, 몸을 숙여 그녀를 돌렸다. 그녀는 여인의 옷 앞쪽에 난 커다란 젖은 얼룩을 보고 구토의 악취 속에서 숨을 쉬지 않으려고 애를 썼다.

"집에 가자, 엄마." 그녀는 말했다. 그녀는 자신의 팔을 어머니의 허리에 감고 그녀를 들어올렸다.

아델리나

그녀는 디아나를 작년 크리스마스이브에 만났다. 아델리나는 거리를 서둘러 걸어가고 있었다. 그녀는 지금쯤 보호소에 도착해 있어야 했지만, 그 대신 막바지에 선물을 살 수 있게 상점들이 아직 열려있기를 바라면서 시내에 있는 골목으로 갔다. 오늘 밤 보호소의 직원들은 저녁식사를 준비하고 선물을 나눠주고 있었다. 그들은 심지어 보호소에 머물고 있는 여인들에게 보여주려고 <멋진 인생>까지 빌려두었다.

대부분의 상점들은 이미 닫혀 있었지만, 한 의상점이 열려 있었고, 그녀는 블라우스 몇 벌을 샀다. 그리고 나서는 머리 장신구 가게에 들어가서 괜찮은 빗, 막대형 핀, 그리고 위에 작은 보석이 박힌 머리핀을 구입했다. 그녀는 또 다른 상점에 들어가 양말과 속옷을 샀다.

마침내 주차장으로 돌아가고 있을 때, 그녀는 시계를 흘깃 바라보았다. 이미 여섯 시였다. 그녀는 원래대로면 음식 준비를 돕고 있어야 했다.

그녀는 다음 거리에 있는 주차장으로 난 골목으로 질러가려고 마음먹었다. 골목은 조용하고 어두웠다. 그녀는 양쪽에 있는 건물들에 자신의 구두 굽 소리가 되울리는 것을 들으며 뛰기 시작했다. 그녀는 얕은 숨을 쉬었다. 그 장소 전체에서 오줌지린내가 진동하고 있었다. 마침내 그녀는 앞에서 골목이 끝나는 것을 볼 수 있었다.

쇼핑백 중 하나를 손에서 놓쳐서 그녀는 집어 올리러 되돌아가야만 했다.

"이봐요, 아가씨. 잔돈 좀 나눠줄 수 있겠수?"

아델리나가 돌아보니 한 여인이 벽에 기댄 채 바닥에 앉아 있었다. 그녀는 쇼핑백을 들어 올리고는, 넝마를 걸친 채 빈 맥주병을 들고 있던 여인을 향해 천천히 걸어갔다. 아델리나는 숨을 죽였다. 여인은 오줌과 알코올 냄새를 풍겼다.

"잔돈 좀 나눠 줄라우?" 여인은 다시 물었다.

"이름이 뭐예요?" 아델리나는 물었다.

그 여인은 대답하지 않았다. 그녀는 무릎을 몸 가까이 끌어안고 추위에 몸을 떨었다.

"당신의 이름은 뭐죠?"

"디아나예요." 여인은 속삭였다.

아델리나는 그녀 앞에서 몸을 굽혔다. 디아나는 몸을 피하려고 했지만, 아델리나는 그녀의 팔을 잡고는 그대로 있었다.

"괜찮아요, 디아나. 당신을 해치지 않을 거예요. 저랑 같이 가요. 멋진 크리스마스 만찬을 먹고 따뜻한 음료를 마실 수 있는 곳으로 데려가 드릴게요"

디아나는 머리를 가로저었다. "그냥 잔돈만 약간 주고 가요, 아가씨. 크리스마스 만찬은 필요 없어요. 여기 혼자 있고 싶어요"

아델리나는 골목 반대편에서 오는 소음을 들었다. 어둠 속에서, 그녀는 뭔가에 대해 웃으면서 그녀 쪽으로 걸어오는 세 명의 남자들을 간신히 볼 수 있었다. 그녀는 디아나의 팔을 잡았다. 그녀는 거기서 나가야만 했다.

"저와 같이 가요, 디아나. 오늘 밤만요. 원한다면 내일 다시 이리로 데려다 줄게요

디아나는 그녀의 빈 맥주병을 바라보았다. "좋아요" 그녀는 말했다. "오늘 밤만이에요"

아델리나는 디아나가 일어나는 것을 도와 그녀를 부축하고 골목을 빠져나왔다.

후아나

후아나는 성인들과 과달루페 성모가 자신들을 위해 곁에 있어주었던 오래전을 기억했다. 그러나 지금, 모든 성상들은 먼지에 덮였고, 꽃잎들은 시든지 오래다.

"그들은 우리의 기도를 들어준 적이 없어, 후아나." 엄마는 말했다. "우리가 야생화나 향초를 충분히 바치지 않았는지도 모르지." 엄마는 돌보길 그만둔 지 오래된 제단으로 걸어가 그녀의 검은 묵주를 들어올렸다. 그녀는 옷자락으로 먼지를 닦아냈다.

"그분들은 나의 죄를 용서하지 않으셨어. 그래서 날 이토록 벌주시는 거다, 내 아들을 내게서 빼앗아가는 벌을. 너무나 가혹한 벌이구나, 후아나."

엄마는 과달루페 성모상을 들고 바라보았다. "기도나 눈물보다 더 강한 뭔가를 바쳐야 하는 건가봐. 그렇지만 내가 그분들에게 뭘 바칠 수 있겠니, 후아나, 그분들이 날 용서하고 내 아들을 되찾아올 수 있도록 도와주게 하려면?"

후아나는 대답하지 않았다. 어머니가 죄사함을 받기 위해 뭘 할 수 있을 것인가?

"몇 주 후면 성주간이지, 후아나?" 엄마는 말했다.

이미 3월 중순이었다. 올해, 성주간은 4월 초순에 열릴 것이다.

"응, 곧 성주간이야." 후아나는 말했다.

해마다 성주간 동안, 마을 사람들은 그리스도의 십자형, 그의 죽음, 그리고 그의 부활로 이어지는 사건들을 재현했다. 가장 중요한 행사는 마을의 중앙에 있는 교회에서 열리는 행렬이었다. 후아나는 딱 한 번 행렬을 본 적이 있다. 아빠는 그걸 보는 일을 즐기지 않았다. 그는 대신 집에 머물며 화로에 땅콩 굽는 것을 더 좋아했다. 그렇지만 삼 년 전에는 후아나가 축제를 보러 가자고 부탁했다. 그녀는 그해에 특히 관심이 생겼는데, 교리문답 수업시간에 신부님이 그리스도의 수난에 관한 이야기를 하고 또 했기 때문이다.

"난 네가 그런 것들을 보지 않았으면 싶다만." 아빠는 말했었다. "그렇지만 스스로 결정할 수 있도록 널 데려가주마."

행렬은 예수 그리스도가 십자가형을 받기 위해 십자가를 지고 간 날을 재현하는 것이었다. 몇 명의 마을사람들이 예수, 성모 마리아, 나사렛 사람들, 경비병들, 제자들 그리고 본디오 빌라도로 분장을 했다. 그러나 후아나의 마음에 남은 것은 채찍질하는 고행자들, 즉, 끝에 금속조각이 달린 채찍으로 스스로에게 채찍질을 하는 남자들과 여자들의 모습이었다. 이들은 참회자들인데, 스스로에게 고통을 가하는 것으로 그들의 믿음이나 참회를 보여주는 사람들이다. 피투성이가 된 그들의 등은 후아나의 기억 속에 계속 머물러 있었다. 그녀는 차라리 행렬을 본 적이 없었으면 싶었다. 그 이후 여러 달 동안, 그녀는 반복해서 고행자들에 관한 악몽을 꾸었다. 그녀는 공중에서 위아래로 휘둘러져 사람의 살을 파고드는 채찍을 볼 수 있었다.

• • •

엄마는 거리에서 구걸하는 일을 그만두었다. 그녀는 도냐 마르티나에게로 가서 술 마시고 싶은 욕구를 몰아내는 약초를 청했고, 다시 목욕을 하기 시작했다. 밤에는 촛불에 둘러싸여, 후아나에게 못 보게 하고 무언가를 만들며 늦은 시간까지 깨어 있었다.

"내 마지막 청원이야." 그녀는 후아나에게 말하곤 했다. "나의 마지막 사죄 청원이야."

그리고 지금, 후아나는 그녀를 거의 보지 못했다. 가끔씩 엄마는 도냐 마르티나와 밤새 기도를 하고 있었다고 하면서 다음날까지 집에 돌아오지 않곤 했다.

행렬의 날에 엄마는 아침 일찍 집을 나갔다. "착하게 굴어야 한다, 후아나, 그리고 집안일을 좀 돌보고 있어라. 오늘 밤 늦게 돌아올게. 난 성모 마리아상 아래에서 기도할 거야. 그분도 자식 잃는 고통을 당하신 분이니, 분명 내 자식을 되찾게 도와주실 거야."

후아나는 고개를 끄덕이고 어머니가 떠나는 모습을 보았다. 그녀는 때 묻은 옷을 씻으러 강으로 갔고, 과무칠 나무 가지에 있던 이구아나를 몰래 살펴보고 있다가 잡으려고 애쓰며 아침시간의 대부분을 보냈다. 엄마는 칠레 구아히오 소스를 듬뿍 바른 튀긴 이구아나를 무척 좋아했다. 후아나는 그걸 잡는데 성공하지 못했다. 그녀는 돌을 던져서 이구아나를 바닥에 떨어지게 하는 데까지는 간신히 성공했지만, 그놈은 기어서 관목 아래로 숨어들었다.

후아나는 오두막으로 돌아가 열심히 청소를 시작했다. 그녀는 어머니가 문간에 남기고 간 샌들을 들어 엄마의 침상 아래로 옮겨놓다가, 그 아래에서 작은 종이가방을 발견하고 놀랐다. 거기에는 작은 금속 못이 있었다. 엄마에게 못이 무엇 때문에 필요한 건지 도대체 알 수 없었다.

그때 바깥에서 발굽소리가 들려왔다. 그녀가 내다보니 도냐 돌로레스가 있었다. 그녀의 두 아들은 당나귀에 올라타 있었고, 도냐 돌로레스는 그 옆에서 걸었다. 그녀는 우물에서 마실 물을 가져온 것이다. 물은 당나귀 양쪽에 매달린 금속 용기 안에서 찰랑이고 있었다.

"안녕, 후아나." 도냐 돌로레스는 오두막 바로 앞에 와서 멈추며 말했다.

"안녕하세요." 후아나는 도냐 돌로레스가 와서 기뻤다. 물을 담아 두는 흙단지는 거의 비어 있었고, 후아나는 마을 공용 우물에 가서 양동이에 물을 담아 오두막까지 나르는 일을 싫어했다. 보통 양동이의 물은 대부분 집에 오는 길에 쏟아지고 반만 남아있기 일쑤였다.

"여기가 마지막이다." 도냐 돌로레스는 말했다. "이젠 집에 가서 빨리 애들 밥을 지어야 해. 오늘은 조금 늦어지는구나. 그리고 행렬 시간도 거의 다 됐고"

후아나는 예의 바르게 듣고 있었지만, 대답하지 않고 조용히 있었다.

"아버지 소식은 들었니?" 도냐 돌로레스는 물었다.

후아나는 고개를 저었다.

"미안하다, 후아나." 도냐 돌로레스는 말했다. 어색한 침묵이 흐르고 난 후 그녀는 덧붙여 말했다. "사람들 하는 말에 신경 쓰지 마, 너희 아버지가 너를 버렸네 하는 소리 말이다. 나는 미겔과 잘 알고 지냈어. 훌륭한 사람이었다. 그리고 어쩌면 이런 말은 하면 안 되겠지만 다른 가능성도 생각해 봐야 한다."

"어떤 가능성요?" 후아나는 물어보았다.

"건너편으로 가려고 하다가 많은 사람이 죽었단다, 후아나. 며칠 전에 뉴스에 나왔던 사람들처럼 말이야. 그 소식 들은 적 있어?"

"아뇨."

"글쎄, 강을 건너려다가 두 남자가 익사했단다. 그 바보들이 수영을 할 줄 몰랐다는구나. 그 사람들이 왜 그리로 길을 건너려고 마음 먹었는지 이해가 안 되는구나."

"우리 아버진 수영할 줄 아세요."

"그래, 나도 안다. 그렇지만 내 말은 때때로 그런 일이 일어난다는 거고, 글쎄, 어쩌면 너와 너희 엄마도 단념해야……"

"물 가져다 주셔서 고마워요, 도냐 돌로레스, 그렇지만 빨래하러 돌아가 봐야 해요." 후아나는 동전지갑에서 돈을 꺼내 도냐 돌로레스에게 주었다.

"그래, 그래, 나도 집에 가야 돼. 행렬이 시작하기 전에 우리 남편도 봐야 하고." 도냐 돌로레스는 잠시 눈을 감았고, 후아나는 그녀 얼굴에 비친 고통스런 표정을 볼 수 있었다. "그 사람이 어떻게 그런 일을 할 수 있는지 난 그저 이해가 안 되는구나."

"그런 일이라니, 뭘요?" 후아나는 궁금해서 물어보았다.

"스스로에게 채찍질하는 것 말이다. 지금까지 5년째 그걸 하고 있어."

"왜 그렇게 하시는 건데요?"

"용서를 청하기 위해서란다, 후아나."

후아나는 거리에 몰려 있는 군중 사이로 밀어 제치거나 팔꿈치로 밀어내면서 앞으로 나아갔다. 그녀의 가슴은 빠르게 뛰고 있었다. 그녀는 한 손을 가슴에 얹었다. 그녀는 작은 재봉틀이 그녀의 심장을 찌르고 지나가는 것처럼 가슴 안이 따끔따끔 아픈 것을 느꼈다. 그녀는 엄마의 침상 아래서 찾은 못이 든 종이가방을 들고 있었다.

그녀는 교회에 도착해 앞쪽으로 밀고 나아갔다. 그녀의 마음속에서는 어머니가 한 번 한 적이 있는 말이 계속 되울리고 있었다. 기도나 눈물보다 더 강한 뭔가를 바치려고 해봐야만 할까봐. 그렇지만 내가 그분들에게 뭘 바칠 수 있겠니, 후아나, 그분들이 날 용서하고 내 아들을 되찾아올 수 있도록 도와주시게 하려면?

그녀는 참회자들을 찾아 행렬의 길을 따라 계속 밀고 나아갔다. 마침내 그녀는 발목을 묶은 채 무거운 체인을 끌며 구부린 자세로 걷는 남성과 여성들인 웅크린 사람들이 있는 곳에 도달했다. 그리고는 고행자들을 보았다. 그들은 검은색 긴 옷을 입고 허리에는 벨트를 단단히 매고 있었다. 남자들은 허리 위로 맨살을 노출시키고 있었다. 여자들은 등의 맨살을 드러낸 채였다. 그들은 맨발로 행렬의 길을 걸었고, 머리는 검은 후드로 가리고 있었다. 그리고 그들 모두의 등은 피범벅이 되어 있었다.

"너희 엄마가 너에게 오지 말라고 했잖니, 후아나." 도냐 마르티나는 말했다.

"엄마가 뭘 하는지 알아요."

도냐 마르티나는 못마땅해하며 고개를 가로저었다.

"누가 엄마예요?"

도냐 마르티나는 대답하지 않았다. 후아나는 그녀의 팔을 잡았다.

"누가 엄마예요?"

도냐 마르티나는 돌아서서 그녀를 보았다. "다섯 번째 줄, 한가운데야."

후아나는 어머니의 맨등에 붉게 그어진 핏자국을 보았다. 그녀는 한 발 앞으로 나아갔지만, 도냐 마르티나가 그녀를 말렸다.

"끝내게 내버려 둬라, 후아나. 혹시 죄사함을 받을지도 모르잖니. 그게 그녀의 구원이자, 너의 구원일 수도 있어."

아델리나

아델리나는 세바스티안을 기다리면서 어시장에 있는 식당 탁자에 앉아 있었다. 바람이 불어 머리카락이 날렸고, 등에는 햇살이 내려앉았다. 그는 새우를 먹으러 산페드로로 그녀를 데리고 갔다. 아델리나는 거기에 가본 적이 없었다. 그녀는 많은 곳에 가봤다. 아버지가 들에서 일하기 위해 북쪽으로 갔을 수도 있다고 생각해서 심지어 왓슨빌까지도 가본 적이 있었다.

"마음껏 드세요" 세바스티안은 소스가 듬뿍 뿌려진 감자, 초록 피망, 양파에 섞인 새우로 가득한 쟁반을 가져오며 말했다.

그냥 보는 것만으로도 아델리나의 입에는 군침이 고였다. 그는 새우 하나를 들고 껍질을 벗겨 입 안에 쏙 넣었다. 그녀는 마늘빵 한 조각을 찢어서 조금씩 천천히 베어 먹었다.

"캘리포니아 주립대 로스앤젤레스 분교에 입학했다고 했죠?" 그는 물었다.

아델리나는 고개를 끄덕였다. 그 대학이 드라큘라의 성에서 가장 가까운 곳이었다. 그녀는 거기서 멀리 떨어진 곳으로 가는 것은 생각조차 하지 않았을 것이다. 돈 에르네스토가 그러라고 했어도 말이다.

"당신은 어느 대학에 갔어요?" 그녀는 그에게 물었다.

"UCLA."

"평생 로스앤젤레스에서만 살았어요?"

"전 산베르나르디노 출신이에요. UCLA에 다니기 시작하면서 이리로 이사 왔고, 그대로 머물게 됐죠."

아델리나는 그가 또 한 마리의 새우를 맛있게 씹어 먹는 것을 보았다. 그녀는 먹던 빵을 옆으로 밀어두고 마침내 포크를 들었다. 그는 웃었다.

"부모님은 아직 산베르나르디노에 사시나요?" 아델리나는 물었다.

세바스티안은 고개를 끄덕였다. "우리 가족 대부분이 거기 살아요. 우리 형은 샌디에이고에 살고, 누나는 최근에 학교에 다니려고 버클리로 이사했어요."

아델리나는 감자를 찾았다. 음식은 맛있었다. 그리고 둘이 같은 쟁반의 음식을 먹고 있다는 것에는 무언가 특별한 것이 있었다.

"왜 의사가 되려고 결심했나요?" 아델리나는 물었다.

"제가 여덟 살이었을 때, 할아버지가 심장마비를 겪으셨어요. 어머니가 도와 달라고 소리치시는 것을 들은 기억이 있어요. 저는 무엇을 해야 좋을지, 할아버지를 어떻게 도와야 할지 모른 채 거기에 서 있었죠. 그분은 돌아가셨어요. 전 그때 결심했죠, 사람들 도우는 방법을 배우겠다고요."

"안타깝네요."

"이제 당신에 대해 이야기해도 될까요?" 세바스티안은 물었다.

"별로 이야기할 만한 것이 없어요." 아델리나는 말했다.

그는 고개를 끄덕이고는, 돌아서서 부두에 줄지어 있는 보트를 보았다.

"저거 아름답지 않아요?" 그는 물었다.

아델리나는 깊이 숨을 쉬고 바다의 짠 냄새를 들이마셨다. 그녀는 세바스티안이 가리키는 보트를 보았다. 그저 바다로 나가는 여행만을 기다리는 작은 보트. 바닷물은 그 하얀 표면 위로 일렁이고 있었다.

후아나

아기가 우는 소리에 그녀는 그들을 보게 되었다. 옷가게 안에 있는 돈 엘리아스, 도냐 마틸데, 그리고 그녀의 어린 동생을. 후아나는 문 뒤로 숨어서 안을 엿보았다.

"난 이게 좋아요." 도냐 마틸데가 말했다.

"응, 응, 우리 아들이 입으면 잘 어울리겠군." 돈 엘리아스가 말했다.

"아기 세례명은 무엇으로 지으실 건가요?" 여점원이 물어보았다.

"아기 이름은 호세 알베르토 디아스예요." 도냐 마틸데가 말했다. "우리 아버지 성함에서 따온 거라우."

"오, 정말 사랑스런 이름이군요." 여점원은 말했다.

그의 이름은 미겔 가르시아야. 후아나는 생각했다. 미겔 가르시아. 미겔리토 가르시아. 내 동생.

후아나는 엄마가 다가오는 세례식에 대해 알고 있을지 궁금했다. 그녀는 미겔리토에 대해 그다지 이야기하지 않았다. 지금 그녀가 하는 일이라곤 예전에 그랬던 것과 똑같이 하루 종일 기도하는 것밖에 없었다. 지금이 오히려 더 많이 하는 게 아니라면 말이다. 그녀는 아직도 그녀의 피가 묻은 채찍을 과달루페 성모상의 발치에 놓아두었다. 성모님이 엄마의 탄원을 잊지 않도록 말이다.

세례식 날, 후아나는 보통 때처럼 일하러 갔다. 그녀는 오늘이 돈 엘리아스가 어머니에게 승리한 날로 기록될 것이라는 쓰라린 생각을 하지 않으려고 애쓰며 특별히 더 열심히 일했다. 그녀는 도냐 마르티나와 엄마가 분만을 도우려고 간 아기가 드디어 태어났을까 궁금했다. 후아나는 도냐 마르티나에게 어머니와 하루 종일 같이 있어 달라고 부탁했다. 바쁘게 만들어 달라고 저 교회로부터 떼어놓아 달라고.

세 시에 도냐 호세피나는 후아나에게 가도 좋다고 말했다. 후아나는 보통 때 받는 만큼의 케사디야를 들고 집으로 걸어갔다.

오두막은 비어 있었다. 그녀는 도냐 마르티나와 엄마가 몇 시에 집에 돌아올까 생각했다. 그녀는 커피 캔에 모아두고 있던 페소를 열심히 세면서 여행을 하려면 돈이 얼마나 더 필요할지 생각해 보았다. 그녀와 엄마는 곧 떠나야 했다.

문을 두드리는 소리가 들렸다. 후아나가 문을 여니 도냐 마르티나가 혼자 와 있었다. 그녀는 동요하고 있었고, 스스로를 진정시키려고 숨을 깊이 들이쉬었다. 그녀는 여기까지 달려온 것이다.

"엄마는 어디 있어요?" 후아나가 물었다.

도냐 마르티나는 고개를 가로저었다. "모르겠다, 후아나. 우리는 훌리아네 집에서 아기가 태어나길 기다리고 있었어. 너희 어머니는 계속해서 밖을 살피고 있었고, 그러더니 변소에 가겠다고 말하고는 떠나버렸다. 그녀는 결국 돌아오지 않았어. 난 그녈 찾으러 갈 수가 없었다, 후아나, 아기가 언제 나올지 알 수 없어서. 훌리아가 애를 낳고 별고 없을 거란 걸 알자마자 이리로 온 거야, 루페가 너와 함께 있길 빌면서."

후아나는 도냐 마르티나에게 물 한 잔을 가져다주었다.

도냐 마르티나는 물을 마셨다. "찾으러 가자, 후아나. 느낌이 좋지 않구나."

후아나는 고개를 끄덕였다. 그녀는 어머니가 어디로 갔을지 알고 있었다. 그러나 그녀가 무슨 일을 했을지는 알지 못했다.

교회로 가는 동안 두 대의 경찰차가 그들 옆을 지나갔다. 사이렌 소리 때문에 후아나는 귀가 멍했다. 그녀는 도냐 마르티나가 아니라 자기가 노파인 것처럼 도냐 마르티나의 팔에 의지하고 있었다.

교회 밖에는 군중이 몰려 있었는데, 어떤 사람들은 울고, 어떤 사람들은 성호를 그으며 머리를 흔들고 있었다. 후아나는 그들이 무슨 말을 하고 있는지 들을 수 없었다. 그녀는 도냐 마틸데가 팔에 자신의 한 살짜리 남동생을 안고 울고 있는 것을 보았다. 세 명의 경찰관이 그녀 옆에 서서 질문을 하고 있었다.

"그녀가 갑자기 나타나서 내 아들을 뺏어가려고 했어요." 도냐 마틸데는 그들에게 말했다.

"당신은 이 여성을 압니까?" 경찰관들 중 한 명이 물었다.

도냐 마틸데는 고개를 젓고 울며 말했다. "그녀는 취해 있었어요. 그녀는 횡설수설하고 있었어요. 그리고는 난데없이 칼을 빼내 들었어요."

교회문이 꽥 열리고, 수갑을 차고 옷은 온통 피범벅이 된 채로 엄마가 밖으로 나왔다. 그녀 옆에서 세 명의 경찰관이 그녀를 경찰차로 끌고 가고 있었다.

후아나는 울며 달려갔다. "엄마? 엄마? 무슨 일을 한 거야, 엄마? 무슨 일을 한 거냐구?"

경찰 한 명이 손을 들어 그녀를 제지했다. 후아나는 달려가서 엄마를 잡았다.

경찰은 그녀의 손을 때려서 밀쳐냈다. "내가 물러나라고 했지!"

후아나는 자기 손에 묻은 피를 내려다보았다.

"그분들은 내 기도를 들어주지 않았다, 후아나." 엄마는 경찰관들에게 끌려가며 말했다. "난 그에게 내 아들을 돌려달라고 사정했어.

그가 나를 때리고는 나를 내쫓으려고 했다."

경찰관들은 엄마를 차 안으로 밀어 넣으려고 했지만, 엄마는 저항하며 후아나에게 계속 말했다. "내가 달리 뭘 어쩔 수 있었겠니? 그는 이미 내게 한 짓보다 더한 짓은 할 수도 없어."

경찰관들은 엄마를 차 안으로 밀어 넣고 문을 쾅하고 닫았다.

"우리 어머니를 놔 줘요! 놔 주라구!"

아기가 울었다. 후아나는 몸을 돌렸고 도냐 마틸데가 그녀 뒤에 서서 엄마를 쳐다보고 있는 것을 보았다.

"저 살인자를 데려가 버려!" 도냐 마틸데는 소리쳤다. "감옥에서 썩으라 그래!"

후아나는 태아처럼 몸을 웅크리고 침상에 누워 울고 있었다. 그녀는 마치 멍에를 쓰고 있는 것처럼 마음이 아팠다. 그녀의 아름다운 어머니가 감옥에 있다. 그녀의 몸은 전율했다.

엄마는 왜 그를 죽인거지? 왜?

그녀는 어제 엄마 곁에 있었어야만 했다. 그녀는 일을 하러 가지 않고 머물렀어야 했다. 그랬으면 엄마는 결코 그런 일을 하지 않았을 것이다. 결코 그리고 바로 지금 그들은 함께 집에 있었을 텐데.

그녀는 제단으로 걸어가 성모상의 발치에 있는 채찍을 바라보았다. 그녀는 옷을 벗어 바닥에 던졌다. 그녀는 속옷만 입은 채로 무릎을 꿇었다. 대나무 가지 사이로 바람이 불어 들어와 그녀의 맨 등에 와 닿았다. 그녀는 몸을 떨었다.

성인들은 그녀의 피도 원하는 것이다. 그러고 나면 그분들이 마침내 그녀의 기도를 들어줄 지도 모른다.

후아나는 어머니의 피로 얼룩진 채찍을 들었다. 그녀는 자기 위로 채찍을 높이 들어 올렸다가 등을 힘껏 내리쳤다.

2주가 지난 후, 일단 등에 났던 상처가 아물자 후아나는 기차역으로 갔다. 선로 위를 걷는 그녀의 발아래에서는 자갈이 서걱거리는 소리를 냈다. 아침의 태양은 밝게 빛나며 선로 옆에 자라난 야생화의 이파리에 매달려 있던 마지막 이슬방울들을 말렸다.

그녀는 케사디야와 타코를 팔며 객실 안에서 얼마나 많은 시간을 보냈던가? 그러나 기적이 울리면 그녀는 항상 뛰어서 돌아 나와야 했다. 그녀는 기차에 올라탄 사람들이 작별을 위해 창가에서 가족들을 향해 손을 흔드는 것을 많이 보았다. 모든 사람들이 언제나 어딘가로 가고, 언제나 이별을 고했다. 그리고 지금, 후아나의 차례가 왔다. 생전 처음 그녀는 기차를 탈 것이다.

역은 장사와 인파로 북적였다. 후아나는 승무원에게 차표를 보여주고 안으로 들어갔다. 그녀는 몇 벌의 옷과 페소로 가득 찬 커피 캔을 넣어 두툼해진 가방을 메고 있었다. 그녀는 삼등석 칸으로 가서 앉았다.

누군가가 그녀의 창문을 두드렸다. 도냐 마르티나와 그녀의 손녀였다. 후아나는 재빨리 일어서서 창문을 내렸다.

"네게 이걸 주려고 왔단다." 도냐 마르티나는 말했다. 그녀는 발끝으로 서서 지도 한 장을 건네주었다. 그것은 그녀가 후아나에게 **저 건너편**이 어디에 있는지 가르쳐 줄 때 보여줬던 그 지도였다. "너 길 잃지 말라고, 후아나." 그녀는 말했다.

"감사해요, 아주머니."

"우리 손녀와 그 남편이 내일 너희 오두막으로 이사 들어갈 거야. 내가 오두막 돌보는 것을 그녀가 도와줄 거다."

후아나는 고개를 끄덕였다.

"너희 엄마 걱정은 말거라, 후아나." 도냐 마르티나가 말했다. "내가 그녀를 돌볼 테니까. 넌 그저 몸조심하고 정신 똑바로 차리렴. 가는 길이 위험하니까." 그녀는 후아나에게 손수건을 싸서 만든 작은 꾸러미를 내밀었다. 후아나는 그게 뭔지 궁금해 하며 손을 내밀었다. 그 안에서 뭔가가 딸랑거렸다. 잔돈이다. 그녀는 도냐 마르티나에게 되내밀었다.

"돈을 받을 수는 없어요, 아주머니." 후아나는 말했다.

도냐 마르티나는 고개를 저었다. "그게 필요할 게다, 후아나. 내 걱정은 말아라. 하나님이 주실테니." 그녀는 후아나에게 종이 한 장을 주었다. "이 전화번호를 기억해라. 돈 마테오의 가게야. 네가 남기는 메시지는 그가 내게 다 전해 줄 거야."

열차의 기적이 울렸다. 도냐 마르티나는 공중에 성호를 긋고 후아나를 축복해 주었다. "신의 가호가 있기를 빈다, 후아나." 도냐 마르티나의 목소리는 비둘기의 구구소리처럼 부드러웠다.

후아나는 그녀의 손을 잡기 위해 손을 내뻗으며 이것이 마지막으로 만져보는 도냐 마르티나의 굳은살 박인 손이고, 마지막으로 맡아보는 그녀를 감싸는 익숙한 약초의 향일까 생각했다.

쿠에르나바카로 가는 길에, 후아나는 한때 그랬던 것처럼 생기와 믿음이 넘치던 아름답던 어머니를 기억해 내보려고 애썼다.

그녀는 눈을 감고 잠들려고 애썼지만 잠이 오지 않았다. 그녀는 생각도, 갈망도, 혹은 걱정도 존재하지 않는 어둠 속에 빠져들고 싶었다. 그녀는 입 안에서 구리의 맛이 느껴졌다. 두려움은 그런 맛이 난다.

쿠에르나바카에서, 그녀는 택시운전사에게 버스정류장으로 가달라고 말했다. 그녀는 이곳이 그녀의 고향과 너무나 닮아 보여 놀랐다. 도로의 자갈, 노점상인들, 미친 듯이 서로 남보다 앞서 가려고 애쓰는 운전자들.

한 시간을 기다리고 나서, 승객들은 버스에 올라탔다. 후아나는 무릎에 아들을 앉힌 어느 부인의 옆에 앉았다. 그녀는 아이의 이마에서 반짝이는 땀방울을 보았다. 아이는 그리움과 체념을 동반한 눈빛으로 계속 창밖을 내다보고 있었다. 그는 다섯 살도 채 되지 않았지만 그 눈은 나이 들어 보였다.

그 여인은 후아나에게 미소 지으려고 애썼지만 그게 너무 힘든 일인 것처럼 보였고, 그녀도 대신 고개를 돌려 창문 밖을 내다보았다. 그녀는 슬픔과 두려움이 가득한 눈을 하고 있었다. 후아나는 그녀가 뭘 두려워하는 것일까 생각했다.

후아나는 배낭을 무릎에 얹었다. 그녀의 커피 캔은 이미 약간 더 가벼워진 것 같았다. 그녀는 돈이 오래 남아있기를 진정으로 바랐다. 버스는 역을 빠져나와 천천히 대로로 접어들었다. 통로 건너편에는 어느 남자가 신문을 열심히 읽고 있었다. 그녀의 앞에는 한 남자와 어린 소녀가 앉았다.

"**저 건너편**은 멀어, 아빠?" 후아나는 소녀의 말을 듣고 주의를 기울였다.

"국경 건너편에 있어, 딸아." 아버지는 말했다. "우리가 티후아나에 도착하면, 코요테가 국경 넘는 것을 도와줄 거야."

"국경이 뭐야, 아빠?"

"얕은 산이야." 그녀의 아버지는 속삭였다. "얕은 산과 숲이야, 그게 다지. 그렇지만 우린 걸어서 그걸 넘어야 해."

"아빠, 그게 그냥 땅이라면, 왜 그냥 버스를 타고 계속 갈 수 없는 거야? 우리는 왜 걸어서 건너야 하는 거야?"

"우리한테 서류가 없어서 그래, 카르멘. 그리고 그저 땅일 뿐이더라도 그건 벽을 상징해. 우리는 도둑처럼 가야만 한단다."

후아나는 아이의 아버지에게 그게 무슨 의민지 물어볼 수 있었으면 싶었다. 얕은 산과 숲, 국경은 그런 거였다. 얼마나 이상한지.

어머니의 무릎에 앉아 있던 소년은 빨리 달리고 난 후 숨고르기라도 하는 듯이 깊은 숨을 쉬었다.

"거의 다 왔다, 우리 아들, 거의 다 왔어." 그 어머니가 말했다.

후아나는 여인을 바라보았고, 처음으로 여인의 이마와 눈 주위에 새겨진 깊은 걱정의 주름을 알아보았다. 여인은 고개를 돌려 그녀를 보았지만 아무 말도 하지 않았다. 소년은 어머니의 무릎에서 내려와 잠시 서 있었다. 그러다가 다시 그녀의 무릎에 올라앉아 길게 숨을 쉬었다. 비록 그의 어머니와 그의 앞좌석 사이에 공간이 별로 없었지만, 그는 다시 일어섰다.

그는 유리병 속에 갇힌 작은 도마뱀처럼 후아나를 바라보았다. "거의 다 왔어." 그 어머니는 다시 말했는데, 후아나는 목소리에 담긴 위급함을 느끼고 놀랐다. 통로 건너편에 앉은 남자는 기침을 하더니 신문을 한쪽으로 치우고 그들을 보았다. 그는 잠시 소년을 바라보았는데, 그 어린 소년의 갈색 눈 속을 깊이 유심히 살펴보는 것이었다. 후아나는 소년의 동공이 확장되어 있다는 것을 알아챘다.

그 어머니는 소년을 들어 올려 다시 자기 무릎 위에 앉혔다. 그녀는 아들을 꼭 부여잡은 채로 좌석에 기대어 눈을 감았다. 버스가 부드럽게 굴러가는 소리가 자장가가 되어 그녀가 잠들 수 있기를 바라면서, 후아나도 눈을 감았다.

꿈 없는 잠에서 그녀가 깨어났을 때, 어린 소년은 눈을 감고, 그의 어머니에게 기대어 있었다. 후아나는 그가 마침내 잠이 들어 기뻤다. 그는 너무나 안절부절못하고 있었다. 어머니는 창밖을 바라보고 있었다. 후아나는 그녀가 너무나 조용히 있었기 때문에 잠이 들었다고 생각했지만, 그녀는 완전히 눈을 뜬 상태였다. 사람들은 눈을 뜨고 자는 걸까? 버스가 한쪽으로 기울었다. 어린 소년은 후아나 쪽으로 기울었고, 그녀는 부드럽게 그를 들어서 밀었다. 그의 머리가 앞으로 기울었다. 그는 잠조차 깨지 않았다.

"아르투리토, 우리 아들, 우리 거의 다 도착했어." 여인은 다시 말했다. 그러나 소년은 계속 눈을 꼭 감은 채 움직이지 않았다. 여인은 손을 그의 가슴에 얹었고, 후아나는 그녀가 자기의 옆에서 떠는 것을 느꼈다.

"아르투리토, 우리 아들, 거의 다 도착했다." 그녀는 다시 부드럽게 말했는데, 너무나도 부드럽게 말해서 후아나에게는 그 목소리가 거의 들리지 않았다.

후아나의 건너편에 있던 남자는 신문을 내려놓고 그들에게 더 가까이 몸을 기울였다. 그의 숨결에서는 민트향이 나서, 그녀는 자기 입에서 나는 시큼한 맛을 없애게 사탕 하나를 달라고 부탁할 수 있었으면 싶었다.

"당신은 강한 분이신가 보군요, 부인. 당신이 울어서 소란스럽게 만들면 소동이 일 테고, 그러면 운전수는 어딘지 모를 곳에 차를 세우고 당신을 밖으로 쫓아낼 수밖에 없을 테니 말입니다."

여인은 고개를 돌려 그를 바라보았다. 그가 무슨 말을 하는 거지? 후아나는 영문을 몰라 했다.

"사람들이 어떤지 아시잖아요." 그는 속삭였다. "그들은 죽은 사람을 무서워하니까요."

여인은 고개를 끄덕이고 머리를 돌렸다. 열린 창문을 통해 들어오는 바람에 그녀의 머리카락이 날렸다. 그녀는 숄 한 자락을 입에 물고 그걸 씹었다. 그녀는 씹고 또 씹었고, 후아나는 그녀가 배가 고픈 걸까 생각했다.

왜 저 남자는 죽은 사람에 대해 얘기하는 걸까?

버스가 다시 기울었고, 소년은 다시 후아나에게 기대왔다. 그녀는 손을 들어 그의 뺨을 만졌다.

"창문을 올리셔야 할 것 같아요." 그녀는 여인에게 말했다. "아드님 몸이 차네요."

"이젠 어떤 것도 이 아이를 아프게 할 수 없단다." 여인은 이렇게 말하고는 숄을 입 안에 더 많이 집어넣었다.

후아나는 그의 가슴이 더 이상 오르내리지 않는다는 것을 알아챘다.

여인의 눈빛은 후아나에게 조용히 있어달라고 호소했다.

· · ·

버스가 멕시코시티로 들어섰을 때, 후아나는 앞에 앉은 부녀에게 자기도 동행해도 괜찮은지 물어보기로 마음먹었다. 그들은 티후아나로 향하고 있었고, 그들도 **저 건너편**으로 건너갈 계획이었다.

멕시코시티는 질주하는 차들로 가득하고 넓은 거리를 서둘러 움직이는 사람들로 어지러웠다. 건물들은 그 높이와 넓이를 경쟁하고 있었다. 모퉁이와 보도에는 쓰레기가 다채롭게 줄지어 늘어서 있었다. 사람들은 자기들이 길을 막고 있음에도 아랑곳하지 않은 채, 판지 상자 아래에서 잠을 잤고, 행인들은 어쩔 수 없이 그들을 피해 돌아갔다.

차들이 신호를 받아 설 때마다 거리공연을 하는 사람들이 도로로 뛰어들었다. 얼굴을 광대처럼 보이도록 칠을 하고, 어떤 사람들은 입에서 불을 뿜었고, 어떤 사람들은 공이나 핀으로 저글링을 했다. 후아나는 그들이 자신의 진짜 얼굴을 숨겨 부끄러움을 느끼지 않으려고 그러는 걸까 생각했다. 아이들은 거리에서 껌 박스나 신문을 팔고 다녔다. 다른 이들은 양동이와 헝겊을 가지고 다니다가, 차가 멈추자마자 그리로 달려가서 차창 문을 닦기 위해 차 위로 올랐다.

이 장소에서 생존하기는 얼마나 힘든 일인가, 후아나는 생각했다.

버스는 정류장에 들어섰고, 버스가 멈췄을 때 후아나는 여인이 죽은 아들의 몸 위로 담요 덮는 일을 도왔다. 그녀는 버스에서 내릴 때까지 여인의 팔을 잡아주면서도, 떠나려고 준비하며 배낭을 메던 부녀에게서 눈을 떼지 않았다.

"내 가방 좀 집어줄 수 있겠니?" 여인은 버스 승무원이 짐칸에서 꺼내고 있던 초록색 책가방을 가리키며 물었다. 후아나는 재빨리 그것을 집어서 어깨에 메었다.

"로비까지 모셔다 드릴게요." 후아나는 말했다. 여인은 고개를 끄덕이고 그녀를 따라왔다. 후아나는 여인이 무엇을 할 것인지 궁금했다. 그들이 그곳에 도착했을 때, 그녀는 부녀가 티후아나행 버스표를 사고 있다는 것을 알게 되었다. 그녀는 그들과 함께 있을 수 있게 그들에게로 달려가 같은 버스표를 사고 싶었다. 그러나 그렇게 하는 대신, 그녀는 돌아서서 죽은 아들을 팔에 안은 채, 자기가 거기서 뭘 하고 있는지 모르겠는 듯 역 주변을 바라보고 있는 여인을 보았다.

부녀는 사람들이 버스를 타고 있는 역의 뒤편으로 갔다.

"누군가 마중 나올 사람이 있나요?" 후아나는 여인에게 물었다. 그녀는 고개를 가로저었다.

"내가 한 달에 한 번 아르투리토를 데리고 의사를 찾아갈 수 있도록 자기 아들의 의료보험을 빌려주는 사촌이 여기 있어. 그렇지만 그녀는 도시 저쪽 편에 살고 있고, 내가 이렇게 빨리 돌아오는지는 몰라. 더 이상 내게 그 의료보험이 필요할 것 같지가 않구나."

"이제 어떻게 하실 건가요?" 후아나는 탑승구를 계속 쳐다보고 있었다.

"모르겠다. 나…난 돈이 없어. 보통 내 사촌이 쿠에르나바카로 돌아가는 돈을 내게 빌려주는데."

두 사람은 더 이상 무슨 말을 해야 할지 몰라 하며 계속 바닥을 보며 서 있었다. 여인의 목에서 신음소리가 쏟아져 나왔고, 그녀의 몸이 후들후들 떨리기 시작했다. 버스에서 흘리지 못한 눈물이 갑자기 그녀의 눈에서 쏟아져 나왔고 뺨을 타고 줄줄 흘러내렸다. "이 아이를 집에 데리고 가야 돼. 이 아일 집에 데리고 가야 돼. 애가 너무나 차구나. 우리 어린 아들이, 너무, 너무 차구나."

그녀는 손가락으로 소년의 머리카락을 빗겨 준 다음 그가 잠을 자고 있기라도 한 것처럼 팔에 안고 흔들어 주었다.

"여기서 기다리세요." 후아나는 말했다. 그녀는 마지막으로 탑승구를 바라보고는 돌아서서 매표구로 걸어갔다. "쿠에르나바카행 차표 한 장 주세요."

"6번 탑승구입니다." 그 남자는 말했다. "삼십 분 뒤에 떠납니다."

후아나는 커피 캔을 꺼내서 페소 한 주먹을 쥐었다. 그녀는 그것을 카운터에 올려놓고 세기 시작했다. 그녀는 남자를 바라보고 그가 웃음을 참으려 하고 있다는 것을 알았다.

"여기 있어요." 그녀는 말했다.

"네 돼지저금통을 깨야만 하다니 유감이구나." 그 남자는 말하고 머리를 뒤로 젖히고 웃었다.

후아나는 벽에 기대고 마치 백 킬로는 되는 것처럼 아들의 무게와 싸우고 있던 여인에게로 뛰어 돌아갔다. 후아나는 슬픔이 그녀의 힘을 앗아갔다는 것을 알았다.

"저랑 같이 가요." 후아나는 말했다. 그녀는 여인을 로비에 있는 의자로 데리고 갔다.

"화장실에 가야겠구나." 몇 분 후 여인이 말했다. 후아나는 갑자기 어찌 해야 할지 몰랐다. 그녀는 여인이 소년을 데리고 화장실에 들어갈 수는 없다는 것을 알았다. 그녀는 침을 꿀꺽 삼켰다.

"그 아이를 제게 주세요. 대신 안고 있을게요." 그녀는 팔을 내밀어 소년을 받았다. 그녀는 그를 따뜻하게 해 주려고 가까이 당겨 안았다. 그는 너무나 평화로워 보였고, 그녀는 그의 입가가 미소를 띠고 있는 것을 보았다.

후아나는 여인에게 손을 흔들어 작별인사를 하고 버스가 모퉁이를 도는 것을 보았다. 이제 그녀의 가방은 더 가벼워졌고, 커피 캔은 거의 비었다. 그녀는 티후아나로 가는 표를 사고 나서 커피 캔을 버렸다. 그녀는 캔 안에 남아 있던 동전더미를 지폐로 바꾼 다음 돌돌 말아 브래지어 안에 집어넣었다.

티후아나로 가는 여행은 3일이 걸릴 것이다. 매표소에 있던 남자가 후아나에게 해 준 말이었다. 부녀는 그녀를 두고 떠나버렸고, 이제 그녀는 낯선 사람으로 가득한 버스를 타고 혼자 여행해야 했다. 그녀는 여인이 아들을 잘 데리고 가고 있는지 궁금했다. 후아나는 자기가 옳은 일을 했다는 것을 알았지만, 그래도 자신이 돈을 다 가지고 있어서 **저 건너편**으로 가는 부녀와 같은 버스를 타고 가는 것이었으면 하고 바랐다.

해가 지고, 곧 후아나를 제외한 모든 사람들이 잠들었다. 그들이 밤새 여행하는 동안 계속되는 버스의 흔들림은 그녀의 잠을 계속해서 쫓아내고 있었다.

후아나는 과달라하라에서 버스를 내린 첫 번째 손님이었다. 등을 펴려고 벽에 기대자, 다리에서 수천 마리의 개미가 기어 다니는 것처럼 느껴졌다. 그녀는 음식을 찾으러 가면서 사라진 다리의 감각을 되찾았다. 그녀는 지금까지 거의 하루 동안 아무것도 먹지 못했다. 그녀의 위는 계속 꾸르륵거리며 시끄럽게 불만을 표시했다.

그녀는 석쇠에서 구워지며 퍼지는 육포의 향을 따라 역으로 들어섰다. 그녀는 줄이 제일 짧은 음식 판매대를 택해 순서를 기다렸다. 그녀는 줄이 좀 더 빨리 움직이기를 바라면서 한 발을 다른 발 위에 얹었다. 그녀는 깊이 숨을 들이 쉬어 구워지고 있는 고추의 매운 냄새를 음미했다.

네 명만 더 기다리면 그녀 차례가 될 것이다.

"한 푼만 도와 주실라우?" 한 늙은 장님이 깡통을 그녀 얼굴 가까이에 대고 기다리고 있었다.

"잔돈이 없어요." 그녀는 그에게 말했다. 그러나 그는 그냥 깡통을 더 가까이 들이밀어서 그걸로 그녀의 뺨을 거의 칠 뻔했다. 그녀의 앞에서 흔들리고 있는 주름투성이 손을 보니 후아나는 도냐 마르티나의 손이 떠올랐다. 그녀는 가장 진하게 피부 위로 튀어나와 있는 혈관이 팔까지 올라가 그의 낡은 셔츠 아래로 사라지는 것을 살펴보았다. 그녀는 그것이 다시 그의 목 아래쪽에서 뛰고 있는 것을 보았다. 그녀는 잠시 그것을 보고, 그리고는 그의 얼굴을, 그의 빈 눈을 보았다. 그 눈은 그녀의 옆을 공허하게 바라보고 있었다.

후아나는 남아 있는 몇 장의 지폐를 생각하고는 고개를 저었다. "죄송해요. 정말 드릴 동전이 하나도 없어요."

이제 세 명이 남았다.

늙은 장님은 막대기를 두드리며 역으로 걸어갔다. 길 저 멀리에서는 등에 숄로 아이를 맨 한 여인이 모든 행인에게 손을 내밀고 있었다.

"한 푼만 주세요. 한 푼만."

두 명 남았다.

시간이 얼마 남았지? 후아나는 버스를 놓치느니 배고픈 것이 차라리 나았다. 그녀가 막 돌아서서 가려고 할 때 앞의 사람이 마침내 떠나고 그녀 차례가 되었다.

"뭘 드릴까요?"

"타코 세 개하고 타마린드 음료 주세요."

아주머니는 너무나도 천천히 토르티야를 들어 올려 거기에 고기를 채워 넣었다. 그녀는 너무나 오래 물통을 흔들었다. 그녀는 후아나의 컵을 한 번에 한 국자씩 채웠다.

서둘러요, 서둘러.

"자 여기 있다, 애야."

후아나는 봉지와 컵을 홱 채서 역으로 서둘러 돌아갔다. 시간이 얼마나 더 남았지?

"이봐, 조심해!"

그녀 앞에 있던 여행 가방이 거의 넘어질 뻔했다. 그녀의 음료수가 쏟아져 타마린드 음료가 그녀의 옷에 스며들었다.

"바보 같은 애 같으니라고, 잘 보고 다녀."

남자는 여행 가방을 앞으로 밀었다. 후아나는 다시 달렸고, 어느 소년이 짐수레를 그녀 앞으로 밀었을 때, 그녀는 그걸 피하기 위해 왼쪽으로 몸을 꺾었다.

"우리는 저 버스를 잡아타야 한다, 애야."

후아나가 몸을 돌리니 같은 버스의 승객들 중 한 사람이 보였다. 그는 크고 뚱뚱했기 때문에 쉽게 사람들을 옆으로 밀쳐낼 수 있었다. 그녀는 지퍼가 열리듯 사람들이 그에게 내준 공간에서 달릴 수 있을 정도로 그에게 가까이 붙어서 그를 따라갔다. 그의 앞으로 여행 가방을 산처럼 쌓아올린 짐수레가 밀쳐졌고, 그는 오른쪽으로 몸을 피하다가 늙은 걸인과 부딪쳐서 그의 손에서 깡통이 떨어졌다. 리놀륨 바닥에 동전이 비처럼 쏟아졌다. 동전은 사방으로 굴러다녔다.

"내 컵 어딨소? 내 컵 어딨소?" 노인은 손을 뻗어 후아나의 팔을 잡았다.

"죄송해요." 그녀는 말했다.

그는 바닥에 엎드리고 지팡이를 옆에 놓았다. 그는 동전을 찾으려고 손가락으로 바닥을 훑었다. 뚱뚱한 남자는 후아나를 보고, 그러고 나서는 탑승구를 보았다. 그녀는 시간이 얼마 없다는 것을 알고 있었다.

"자, 애야. 우리 이러다가 버스 놓치겠다." 그는 말했다.

"길에서 비켜, 이 노인아." 누군가가 바닥에 낮게 웅크려서 미친 듯이 동전을 찾으려 하고 있던 늙은 걸인에 걸려 거의 넘어질 뻔했다. 하루치 구걸이 그에게서 굴러 멀어지고 있었다. 그리고 이제 그는 식사를 못할 것이다. 후아나는 바닥에 엎드려, 사람들이 서둘러 걸어가면서 차대고 있던 동전들을 움켜쥐었다.

그녀가 고개를 들어보니 뚱뚱한 남자는 떠난 후였다. 그녀는 깡통을 찾아서 그 안에 동전 몇 개를 더 넣었다. 동전이 더 이상 보이지 않자 그녀는 노인이 일어나는 것을 도와주고 달리기 시작했다.

제발 거기 있어 줘. 제발 거기 있어 줘. 제발 거기 있어 줘.

"이봐, 표 어딨니?"

후아나는 탑승구에 서 있던 경비를 지나 달려가며, 그가 자기를 쫓아오고 있는지 보려고 돌아보지도 않았다. 9번 승강장은 비어 있었다. 어딘가로 옮겨갔을지도 몰라. 그녀는 멕시코시티행 10번 승강장으로 갔다. 테픽행 11번 승강장. 에르모시요행 12번 승강장.

"아저씨, 저기요, 아저씨. 티후아나 가는 버스는 어디에 있나요?" 후아나는 숨을 헐떡이며 경비의 팔을 움켜쥐었다.

"티후아나? 오, 그건 일 분 전쯤 막 떠났는데."

후아나는 그의 팔을 놓고 주차장에서 달려 나갔다. 타코 봉지가 그녀의 손에서 빠져나갔지만 그걸 주워들 시간은 없었다. 그녀는 사람들을 밀쳤고, 그들이 뭐라고 소릴 질러대든 신경 쓰지 않았다. 그녀는 거리를 따라 길 옆에 북적대고 있는 보행자들을 치지 않으려고 조심하며 천천히 나아가고 있던 버스를 볼 수 있었다.

인도는 작고 붐볐기 때문에 후아나는 자신에게 경적을 울려대는 차들을 무시하고 차도로 달려갔다. 그녀는 더 빨리 달렸다.

"차에 치이고 싶어!" 누군가가 소리쳤다.

거의 다 왔다. 거의 다 왔어. 버스는 이제 더 가까워 보였다. 그녀가 교차로에 도착했을 때, 길 한가운데에 있던 교통경찰이 흰 장갑 낀 손을 그녀 쪽 도로를 향해 들어 올리고 다른 쪽의 차들이 지나가도록 했다. 그리고 장갑 낀 손이 내려갈 때까지 서서 기다리는 동안 버스는 점점 더 작아졌다.

그녀는 차도로 뛰어들었다. 차들은 그녀를 치지 않기 위해 오른

쪽 왼쪽으로 그녀를 피해갔다.

"뭐 하는 짓이야?"

"도로에서 비켜!"

버스는 점점 더 작아져갔다.

"기다려, 제발, 기다려!"

마침내 버스는 간선도로로 진입했다. 그리고 그 지점에서 그녀는 달리기를 멈췄다. 그녀는 벽에 기대어 자신의 고통스럽게 쿵쾅거리고 있던 가슴께를 꽉 움켜쥐었다.

밤, 버스역은 교회처럼 조용했다. 몇 사람이 로비에 흩어져 앉아서 고개를 옆으로 기울이고 불편한 잠을 자고 있었다. 다른 사람들은 흩어져서 바닥에 납작하게 펴서 간 판지 상자 위에 앉아 있었다. 그들은 신문을 담요로, 팔을 베개로 썼다.

후아나는 어디가 잠자기에 가장 좋을지 생각했다. 의자에서 자면 내일 목이 엄청 아플 거란 걸 알고 있었다. 그리고 바닥에서 자면, 딱딱하고 찬 바닥에 눕는 탓에 등이 아프게 될 것이다. 그녀는 옷가방과 그 안에 든 스웨터를 생각했다. 그녀 없이 버스에 실려 있으니 이제 그걸 누가 가지게 되는 걸까?

바닥에서 자는 사람들은 남자들이었다. 그리고 의자에서 자고 있는 사람들 중에서 단 한 사람만이 여자였다. 그녀는 검은 숄을 쓴 나이든 여인이었다. 땋은 길고 검은 머리는 그녀의 목께에서 거의 스카프처럼 둥글게 감겨 있었다. 후아나는 그녀 쪽으로 가서 의자 몇 개 건너편에 앉았다.

티후아나로 가는 다음 버스는 아침 6시에 도착할 것이다. 7시간을 기다려야 한다.

후아나는 역 입구에 서 있는 경비를 힐끗 보고, 안전하다는 느낌을 받았다. 그녀는 발을 의자 위에 올리고 옷의 치마가 그걸 아래로 가능한 한 많이 덮게 하고는 다리를 껴안았다. 그녀는 머리를 팔에 얹고 눈을 감았다.

벽에 부딪쳐 울리는 발소리의 되울림, 타이어가 끼이익 거리는 소리, 살아서 으르렁대는 듯한 엔진 소리, 누군가의 걷잡을 수 없는 기침소리, 코 고는 소리들의 세레나데, 여행 가방이 리놀륨 바닥에 끌리는 소리……

그러한 것들이 후아나가 밤새 버스역에서 들은 소리들이었다. 그녀는 잘 수 없었다. 그녀는 깨서 그녀의 버스가 다시 그녀를 두고 떠난 것을 보게 될까봐 두려웠다.

경비원은 역 안을 걸어 다녔다. 그녀는 그가 몇 시간 전에 본 사람과 다르다는 것을 알았다. 전의 사람은 수염이 있고 나이가 더 든 친절한 눈을 가진 사람이었다. 이 사람은 젊었고, 바닥에서 자고 있는 사람들을 발로 차며 일어나라고 말하고 있었다.

"여긴 호텔이 아니라구." 그는 말했다. "일어나, 일어나."

후아나는 접수창구 위에 걸린 시계를 보고 새벽 2시라는 것을 알았다. 네 시간을 더 기다려야 한다.

"제발요." 한 남자가 경비에게 말했다. "늦은 시간이에요. 난 피곤해요."

"의자에 앉든지 아니면 역에서 나가." 경비는 말했다. 남자는 자기가 담요처럼 사용한 신문을 모아서는 후아나의 맞은편에 가서 앉았다. 경비원이 역에서 깨우고 다니는 일을 마쳤을 때에는 바닥에서 자는 사람은 아무도 없었다. 모든 사람들이 이제는 꾸벅꾸벅 졸거나 지친 몸을 늘어뜨린 채로 의자에 앉아 있었다. 후아나는 추위로 몸을 떨었다. 그녀는 손을 비비거나 손에 대고 입김을 호호 불었다. 그 남자는 신문지 몇 장을 쥐어서 그녀에게 주었다.

"고맙습니다." 신문지로 몸을 감싸며 그녀는 말했다. 그는 잠이 들었다. 그의 코 고는 소리는 노래처럼, 엄마가 좋아하던 볼레로 중 하나처럼 들렸다. 그녀는 그 소리를 들으며 노래를 따라하고 싶었지만, 가사가 생각나지 않았다.

아델리나

아델리나는 돈 에르네스토의 침대 옆에 앉아서 그가 자는 것을 지켜보았다. 그들은 이틀 전에 그의 83세 생신을 축하했다. 지금은 너무나 약해져 있어서 아델리나는 그에게 같이 와서 함께 살자고 청했지만, 그는 자신의 동물들을 돌봐야 한다고 우기며 드라큘라의 성에 그대로 남아 있었다.

그녀는 거의 매일 그를 방문했고, 특히 지금은 더 그랬다.

돈 에르네스토는 몸을 뒤척이며 일어나 그녀를 보고 미소 지었다. 그는 손을 들어 올려 그녀의 뺨을 만졌다. 아델리나는 눈을 감고 자신의 손을 그의 손 위에 얹었다. 그녀는 머리를 그의 가슴에 올리고 돈 에르네스토가 그녀의 머리를 어루만질 수 있게 했다.

"무슨 일이냐, 얘야? 넌 최근 몇 주간 너무나 골똘히 생각에 잠겨 있구나. 아직도 그 청년과 관계 맺기가 꺼려지는 거니?"

아델리나는 미소 지었다. 돈 에르네스토가 그녀의 마음을 너무나 잘 읽어내는 것이 그녀에게는 언제나 놀라웠다. 그녀는 일어나 앉아서 그를 바라보았다.

"난 너를 14년이나 알고 지냈다, 아델리나. 그리고 그 시간을 통틀어서 네가 젊은 남자들에 대해 이야기하는 것을 들어본 적이 없어. 누구와도 데이트한 적이 없고, 친구가 된 적도 없⋯⋯"

"친구 사귈 시간이 없었어요, 돈 에르네스토. 시간이 나면 학교에 있을 때가 아니라면 아버지를 찾아다니며 보냈으니까요."

"아델리나, 사랑을 위해서조차도 아버지 찾기를 그만둘 수 없는 거냐?"

"사랑을 위해서도요."

"사랑은 찾기 힘들어. 그걸 놓쳐서는 안 된다. 네 젊음을 유령을 찾느라 허비하지 말아라."

"저희 아버진 유령이 아니어요. 저는 그를 찾을 거예요."

"그래서 아버질 찾으면, 그럼 그 다음엔? 그 잃어버린 시간을 다 보상받을 수 있니? 너를 기다리고 있었길 바라면서 너의 젊은이에게 되돌아 갈 수 있니?"

아델리나는 잠시 조용히 있었다. "전 그 누구도 절 기다리길 기대하지 않아요, 돈 에르네스토." 그녀는 말했다. "제가 한 일들이 있어요. 제가 잊을 수 없는 일들요. 제 과거에 남자들이 있었고, 그들에 대한 기억이 저를 결코 내버려 두지 않을 거예요."

돈 에르네스토는 손을 내밀어 그녀의 손을 잡았다. "이 젊은이와 행복해질 기회를 너 자신에게 주겠다고 내게 약속해다오."

"그렇지만 돈 에르네스토……"

"쉿, 애야. 난 노인이고, 난 이 세상에 그리 오래 더 있지 못할 거야. 내가 유일하게 바라는 게 있다면 그건 네가 홀로 남게 되지 않는 일이야. 이 노인의 기분을 좀 맞춰 주렴."

"좋아요, 돈 에르네스토. 약속드릴게요. 노력하겠다고 약속드릴게요."

후아나

버스는 고속도로를 벗어나 작은 마을로 들어갔다. 버스의 전조등이 고르지 못한 흙길 위에서 위아래로 흔들렸다. 그들 주위로 어둠 속에서 빛이 반짝이고 있었고, 그것을 보자 후아나는 집 근처 강가에 있는 관목 사이로 춤추던 반딧불이 떠올랐다.

"우리가 있는 곳이 어디예요?" 후아나는 그녀 옆에 앉은 남자에게 물었다. 그들은 지금까지 거의 이틀을 여행하는 중이었고, 그녀는 대체 언제 티후아나에 도착하게 되는 건지 궁금했다.

"우리는 지금 과이마스 외곽에 있어." 그 남자는 말했다. "소노라 주에 있는 도시야."

"고맙습니다." 그녀는 말했다. 어떤 사람들은 뒤척이며 조용한 목소리로 이야기를 나누기 시작했다. 몇몇은 일어서서 위에서 가방과 짐 가방을 내렸다.

후아나는 어느 휴게소에서 사뒀던 지도를 꺼냈다. 그녀는 이제 티후아나에서 몇 센티미터 정도밖에 떨어져 있지 않았다. 그렇지만 그녀의 아버지에게서는 몇 킬로미터나 떨어져 있는 것일까?

. . .

조금 더 나아가 검문소에서 군인들이 버스를 멈춰 세웠다. 후아나는 그들이 버스에 오를 때 버스 내부의 어둠을 뚫으며 그들의 손전등이 흔들리는 것을 보았다.

"좋은 아침입니다, 여러분, 우리는 이민국에서 왔습니다. 통상적인 검문을 수행중이니 여러분의 협조를 부탁드립니다. 신분증을 준비해 주십시오"

사람들은 숨을 죽이고 웅성거렸다. 지퍼를 열고, 서류를 뒤적였다. 후아나는 두려움에 숨을 죽이는 소리를 들었다.

그러나 눈에 손전등을 비추는 이 사람들을 두려워하고 있는 사람은 누구지?

바로 그녀였다.

어느 주에서 왔지? 너는 어디 살지? 어디로 가는 거니? 군인들은 통로를 따라 나아가면서 질문을 던졌다.

그녀 옆에 앉은 남자는 가방을 열고 신분증명서와 출생증명서를 꺼냈다. 그는 고개를 돌려 그녀를 보고 물었다. "너는 서류가 없니?"

후아나는 고개를 가로저었다. "이리로 오는 길에 잃었어요. 제가 누군지 알려줄 수 있는 것이 아무것도 없어요. 저 사람들이 왜 이러는 거예요?" 그녀가 뒤쪽을 돌아보니 한 여인이 울고 있었다.

"그들은 중미에서 온 불법이주자를 찾고 있는 거야. 엘살바도르 사람들, 과테말라 사람들. 멕시코인이 아닌 사람 아무나."

한 군인이 마침내 그들 앞에 서서 손전등을 그들에게 비췄다. 그는 그들에게 서류를 요구했다.

남자는 자기 서류를 군인에게 건넸다.

"소녀는 어떤 관계죠?" 군인이 질문했다.

"제발 부탁입니다." 남자는 말했다. "이 아이는 제 딸인데, 화재로 이 아이의 서류를 잃었습니다."

군인은 후아나를 보고 그녀의 이름과 출신지를 물었다. 그녀는 주의 깊게 남자의 서류에서 봤던 것과 같은 정보를 말했다. 군인은 고개를 끄덕이고 계속 나아갔다.

그녀는 안도의 숨을 내쉬었다. 남자는 그녀의 어깨를 다독여주며 미소 지었다. "너는 진짜 멕시코 사람처럼 말하는구나, 애야, 그게 널 구했다."

후아나는 뒤돌아서 군인이 어느 여인에게 질문하는 것을 보았는데, 그녀는 울음을 멈추지 못했다. 군인은 우는 여인을 끌어당겨 일으켜 버스 앞쪽으로 밀어냈다. 거의 문에 도달했을 때, 그녀는 무릎을 꿇고 그에게 가게 해달라고 빌었다.

"제발요. 이젠 너무 멀리 왔어요. 너무 많은 돈을 냈다고요 제발, 거의 다 왔는데. 거의·다. 아메리카에!"

군인은 고개를 젓고는 그녀를 다시 일으켜 세웠다. 그는 그녀를 문 쪽으로 밀었다.

버스가 다시 고속도로로 들어설 때는, 눈물로 얼룩진 여섯 명의 사람들이 군인들에 둘러싸인 채 뒤에 남겨졌다.

티후아나 시내의 거리들은 상인들과 사람들로 붐볐다. 인도에는 너무나 많은 사람들이 서로를 밀치고 있었다. 버스가 역으로 들어섰을 때, 후아나는 모든 사람들이 그녀보다 먼저 가게 했다. 그들 대부분이 어딘가 갈 곳이 있거나, 함께 있을 누군가가 있어 보였다. 또 다른 사람들은 그녀처럼 길 잃은 듯한 표정으로 뒤에 머물러 있었다.

자리에서 일어나며 그녀는 척추를 타고 날카로운 통증을 느꼈다. 사흘간을 버스에 앉아 있었다. 그녀의 다리는 걷는 방법을 잊어버리기라도 한 것처럼 거의 풀려있었다.

그녀는 이제 뭘 해야 하나 생각했다. 그녀는 한 끼니를 때울 정도의 돈밖에 없었다. 오늘은 역에서 자야만 할 것이다.

그녀는 코요테를 찾으려면 어떻게 해야 하는 건지 생각하며 거리로 나섰다. 그들은 여행사에서 일하는 것일까? 그냥 그들에게 걸어가서 그들이 그녀의 아버지를 본 적 있는지 물어도 되는 걸까?

그리고 아버지를 그들에게 어떻게 묘사해야 하는 걸까? 그녀는 아버지가 어떻게 생겼는지 기억하려고 애쓰면서, 이것에 대해 열심히 생각했다.

그렇지만 그에 대한 그녀의 기억은 연기처럼 희미했다.

아델리나

오랫동안 아델리나는 돈 에르네스토가 그녀에게 남긴 유산(6천 달러에 가까운)을 건드리지 않으려 했다. 그녀는 그가 정말로 떠나버렸다는 것을 받아들이고 싶지 않았다. 그녀는 그를 위해 여러 밤을 울었다.

아델리나는 결국 돈 에르네스토의 돈으로 퇴직한 경찰 출신의 탐정을 고용했다. 처음에 그 탐정은 잘못된 정보를 찾아냈다. 그러나 11월의 어느 날, 그는 전화를 걸어 그녀가 듣고 싶어하던 소식을 전해 주었다.

"그를 찾은 것 같습니다." 브라이언 곤살레스 탐정이 말했다. "그는 왓슨빌에서 밭일을 하며 지내고 있습니다."

"확실한가요?" 아델리나는 언젠가 북쪽으로 살리나스, 캐스트로빌, 그리고 왓슨빌에 일일이 들러 가며 했던 여행을 떠올리며 물었다.

"제가 그를 봤습니다." 곤살레스 탐정은 말했다. "그는 당신 아버지와 같은 이름을 가지고 있고, 그와 비슷한 시기에 미국에 왔습니다."

"그와 이야기를 나눠 봤나요? 그에게 저와 제 어머니에 관해 물어보셨나요?"

"아, 문제가 하나 있어요, 아델리나."

"무슨 일이에요?"

"그는 아무것도 기억하지 못합니다. 오래전에 뺑소니 사고를 당하고는 기억을 잃고 회복하지 못했습니다. 그는 어느 여인, 어린 소녀의 이미지 같은 것이 불현듯 머리에 떠오른다고 합니다."

"그렇지만 그들이 누군지는 모르는 건가요?"

"모릅니다. 그는 누군가가 와서 자기를 찾기를 기다리고 있었답니다. 자기가 어느 가족의 일원이었다는 것에 대해서는 확신하고 있었지만, 어디서 찾아야 할지 모른다는군요. 사고가 났을 때, 왓슨빌에 이틀 동안만 있었대요. 그리고 이웃들이 그에 대해 유일하게 알게 된 것이 그의 이름이랍니다."

"오늘 밤에 그레이하운드 버스를 타겠어요." 그녀는 말했다.

"역으로 마중을 나가겠습니다." 곤살레스 탐정은 말했다.

아델리나는 수화기를 원래 자리에 부드럽게 되돌려 놓았다.

그래서 아버지가 집에 못 오셨던 건가, 자신이 어디서 왔는지 기억하지 못해서?

그녀는 대체 그레이하운드 버스를 몇 번이나 탔던가? 일일이 세기에는 너무 많았다. 근무가 없는 날에는 항상 아버지를 찾아 어딘가로 가곤 했다. 샌디에이고, 산 클레멘테, 산 루이스 오비스포, 산타 바바라. 너무나 많은 성인들의 이름이다. 그러나 그들 중 그 누구 하나 아버지를 찾게 도와주지 않았다.

아델리나는 두 개의 수면제를 입에 던져 넣고 좌석에 기대었다. 잠이 오길 기다리는 동안에 그녀는 아버지가 어떻게 생겼는가 기억하려고 애써 보았다. 그녀는 눈물 모양으로 생긴 항상 처져 있던 그의 눈을 희미하게 기억했다. 미소 지을 때조차 그는 슬퍼보였다.

아델리나는 창밖의 어둠을 바라보았다. 멀리 있는 산의 실루엣이 간신히 보였다.

• • •

곤살레스 탐정은 왓슨빌의 작은 버스역에서 그녀를 기다리고 있었다. 그는 쉬면서 점심을 먹고 싶은지 물었다. 아델리나는 오래 차를 타고 왔다는 것을 알고 있었고, 몸도 쑤셨다. 그래도 그녀는 고개를 저었다.

"저는 그를 만나보고 싶어요"

곤살레스 탐정은 고개를 끄덕이고 그녀를 차로 안내했다. 그는 그녀를 태우고 고속도로에서 떨어진 굽잇길로 운전해갔다. 아델리나는 멀리서 딸기가 줄줄이 자라고 있는 것을 보았다. 그들은 나무들에 둘러싸여 트레일러 집들이 몰려있는 곳에 도착했다. 아이들이 밖에서 놀고 있었다. 한 여인이 자신의 트레일러에서 나무까지 연결해 둔 빨랫줄에 빨래를 널고 있었다.

그 여인은 아델리나와 곤살레스 탐정을 주시했다. 아델리나는 낯선 사람들에 대한 그녀의 두려움을 느꼈다. 그녀는 이곳 들에서 일하는 사람들은 항상 이민국에서 덮칠까봐 두려워 한다는 것을 알고 있었다.

"좋은 아침이에요, 부인." 곤살레스 탐정은 말했다. 여인은 고개를 끄덕이고 빨래가 있는 곳으로 몸을 돌렸다.

"그녀는 입이 무거워요." 곤살레스 탐정은 말했다. "저의 어떤 질문에도 대답하지 않을 겁니다."

그들은 한 곳의 문을 두드리고 기다렸다. 아델리나는 깊은 숨을 들이쉬며 스스로 평정을 유지하고자 했다. 아마도 그녀의 아버지가 문 저 건너편에 있을 것이다.

어느 중년의 여인이 문을 열었다. 그녀는 옷 위로 앞치마를 걸치고 있었고, 아델리나는 냄비에서 끓고 있는 콩냄새를 맡았다.

"곤살레스 탐정님." 여인은 키친 타올에 손을 닦으며 말했다.

"좋은 아침입니다, 글로리아 부인. 미즈 아델리나 바스케스를 소개해 드리겠습니다."

아델리나는 손을 내밀어 여인과 악수했다.

여인은 곤혹스러워 보였지만 고개를 끄덕이고 그들을 작은 거실로 안내했다. 그녀는 그들에게 소파에 앉으라고 손짓했다. 아델리나는 시키는 대로 낡아서 아래로 쑥 가라앉는 쿠션에 앉았다. 그녀는 손으로 팔걸이를 잡고 다시 몸을 일으켰다.

"그는 머리를 자르러 갔어요." 글로리아는 말했다. "이제 곧 돌아올 겁니다. 그저 당신이 왔을 때 최고의 모습으로 있고 싶었던 거예요."

아델리나는 자기 아버지이길 바라는 남자에 대해 그녀가 어떻게 말하는지 들으며 그녀를 바라보았다. 너무나 친숙하게 말하고 있었다. 친밀함을 가지고

"함께 사시나요?" 그녀는 글로리아에게 물었다.

"네, 여기서 살고 있어요." 글로리아는 손에 든 키친타올을 초조하게 비틀면서 대답했다.

"제 말씀은, 당신은 그의 동반자이신가요?" 아델리나는 '나의 아버지' 혹은 '아내'라는 말을 사용하지 않으려고 하면서 말했다.

"네, 아가씨. 저는 그의 동반자예요."

아델리나는 돌아서서 곤살레스 탐정을 바라보았다. 그는 왜 그녀에게 이 이야기를 하지 않은 거지?

"들어보세요, 아가씨." 글로리아는 말했다. "그는 과거에 관해 아

무엇도 기억 못해요 우리는 그가 결혼해서 자식이 있었는지 몰랐어요 언젠가 누군가가 곧 그를 찾으러 나타날 거라고 생각하면서 여러 해 동안 우리는 친구로 지냈어요 그렇지만 아무도 나타나지 않았어요 우리는 나이 들었고 혼자예요 몇 년 전에 우리는 우리에게 행복해질 기회를 줘봐야겠다고 마음먹었어요."

아델리나는 글로리아가 손에 든 타올을 닭의 목을 비틀 듯 비트는 것을 보았다.

"전 이 순간이 올까봐 너무나 두려웠답니다." 이렇게 말하고 글로리아는 양해를 구하고는 부엌으로 달려 들어가 숨었다.

아델리나는 어떻게 생각해야 할지 몰랐다. 그녀는 온통 번민으로 가득한 글로리아의 얼굴을 봤다. 언젠가는 과거가 덮쳐올 거라는 걸 알면서 누군가와 관계를 유지하는 것은 힘든 일임에 틀림없을 것이다.

그녀는 밖에서 휘파람 소리가 나는 것을 듣고 자세를 바로 했다. 그녀의 눈은 문에 고정되어 있었다. 문의 손잡이가 천천히 돌아갔다. 아델리나는 기도라도 하듯이 두 손을 꼭 모아 쥐었다. 제발 그가 우리 아버지이게 해 주세요. 제발.

문이 열리고 안으로 그녀가 기다리던 남자가 들어왔다. 그는 문에 기대어서 아델리나를 응시했다.

그녀는 그에게 뭐라고 말해야 할지 몰라 하며 일어섰다. 그녀는 아래턱이 떨려서 입 안에서 이를 악물었다.

"안녕하세요." 그는 그녀에게 손을 내밀며 말했다. "저는 미겔 가르시아입니다."

후아나

어두웠다. 멀리에서 마리아치가 '라 말라게냐'를 연주하고 있었다. 후아나는 사람들에게 들리지 않도록 조심하며 숨을 죽이고 노래를 했다. 그녀는 온기를 유지하려고 무릎을 더 가까이 당겨 안았다.

그녀는 콩과 살사를 얹은 고기를 먹으면서 어머니와 함께 있었으면, 혹은 침상에서 어머니의 몸의 온기가 그녀에게 스미는 것을 느끼며 그녀 옆에 누워 있는 것이었으면 하고 바랐다.

그러는 대신, 그녀는 집에서 너무나 멀리 떨어져 춥고 배고픈 채 공원 벤치에 앉아 있었다. 그녀는 버스역에 머물러 있으려 했지만 밤이 되자 역이 문을 닫아서 쫓겨났다. 그녀는 어디로 가야할지 몰라 거리를 헤매고 다녔다. 그녀에게는 더 이상 남은 돈이 없었고, 아직 아버지를 찾는 일도 시작하지 못했다.

바람이 불어 그녀 주변의 나뭇잎이 바스락거렸다. 그녀는 얼굴을 무릎에 묻고 머리카락이 숄처럼 아래로 흘러내리게 두었다.

그녀는 달려가는 발걸음 소리에 놀라 고개를 들었다. 그녀는 자기 옆을 지나 나무를 향해 돌진하는 소녀의 모습을 간신히 일별할 수 있었다. 그러고 나서 목소리가 그녀 쪽으로 흘러왔다. 크고 화난 목소리들. 남성의 목소리들이다.

"이쪽으로 온 거 맞아!"

"내 지갑 가지고 도망치기 전에 저년을 잡아!"

후아나는 허둥지둥 일어섰다. 그녀는 오른쪽을 바라보았고, 그림자가 움직이는 것을 보았다. 그들의 발자국 소리는 훨씬 더 가까이에서 들렸다. 손전등의 불빛이 어둠을 가르고 그녀의 얼굴에 와 닿았다.

"저기 있다!"

후아나는 돌아서서 달려서 도망쳤다. 그녀는 그들이 그녀를 쫓아오는 소리를 듣고 공원에서 달려 나와 교차로에서 멈췄다. 그녀는 길을 건너 그들에게서 벗어나야만 했다. 그녀는 차들 속으로 뛰어들어 지그재그로 나아갔다. 차들은 그녀를 치지 않으려고 이리저리 피했다.

"길에서 꺼져!"

후아나는 숨을 고르려고 멈춰 서서 돌아보았다. 두 명의 경찰과 다른 한 명의 남자가 그녀를 쫓아오고 있었다. 그들은 왜 그녀를 쫓아오고 있는 거지?

"멈춰라, 도둑아! 멈춰!" 남자가 소리쳤다.

그들이 도로를 건너 달려오는 동안 경찰관들 중 한 명이 휘슬을 불었다. 두 번 생각할 것 없이 후아나는 인도를 걸어가는 사람들과 부딪혀가며 달리기 시작했다. 그녀는 돌아서 골목길로 들어가 계속 달렸다. 그녀는 그들이 뒤따라오는 소리를 들었다. 그들은 이제 너무나 가까이 다가와 있었다.

무거운 팔이 그녀를 둘러쌌고 그녀는 바닥에 내팽겨쳐졌다.

"너 잡았다, 요것아. 널 잡았어."

그녀의 팔은 뒤로 당겨져서 팔목에 수갑이 채워졌다.

"실수하시는 거예요." 후아나는 소리쳤다. "실수하시는 거라고요."

후아나는 유치장의 독방 구석에 웅크리고 있었다. 그녀는 눈물이 눈에서 스며 나오려는 것을 느꼈지만, 그냥 흘러나오게 내버려두지 않을 거였다. 그녀는 그들에게 말하고 또 말했다. 그들은 실수를 했다고. 그녀는 공원 벤치에서 잠을 자려고 한 것밖에는 아무 잘못도 한 게 없다고 그게 범죄라도 되는 건가? 그러나 그 남자는 계속 우겼고, 계속해서 그녀에게 지갑을 내놓으라고 했다.

경찰은 그녀를 뒤졌고, 그녀의 가장 은밀한 곳까지 만졌다. 그녀는 말하고 또 말했다. "저는 아무것도 훔치지 않았어요." 그 남자는 그녀가 자기 지갑을 가져갔다고 계속 우겼다. 그들은 그녀가 그것을 어딘가에 숨겨 두었을 것이라고 말했다.

심문이 끝나고 그들은 그녀를 다른 세 명의 여자 죄수들과 함께 감방에 던져 넣었다. 그들 중 둘은 삼십 대로 보였고 나머지 한 명은 어렸다. 후아나보다 그리 나이가 많아 보이지 않았다. 모든 여자들은 얼굴에 진한 화장을 하고 있었다. 그들의 밝은 빨간색 립스틱은 번져 있었다. 그들의 뺨은 마스카라로 얼룩져 있었다.

소녀는 반짝이는 소재로 된 짧은 검정 치마와 가느다란 어깨끈이 달린 빨간 탑을 입고 있었다. 다른 두 여자는 짧은 원피스를 타이트하게 입고 있었다. 이들은 거리의 여인들, 창녀들이었다. 후아나는 전에 이런 여자들을 본 적이 있었다.

후아나가 자신들을 쳐다보는 것을 보고 가장 어린 소녀가 그녀가 앉아 있던 구석으로 왔다. 그녀가 자기 바로 앞에서 허리를 굽혔을 때, 후아나는 그녀의 팔 위쪽에 난 깊고 푸른 멍을 볼 수 있었다. 누군가가 세게 잡고 흔들기라도 한 것 같았다.

"네 이름이 뭐야?" 소녀는 물었다.

"내 이름은 후아나 가르시아야." 소녀의 눈은 후아나에게 고향의 강과 푸른 들판을, 산들바람에 물결치는 푸른 목초를 생각나게 하는 깊은 초록색이었다.

"그럼 네 이름은 뭐야?" 후아나는 물었다.

"아델리나. 아델리나 바스케스야."

아델리나

미겔 가르시아는 아델리나에게서 눈을 떼지 않았고, 아델리나는 그에게서 눈을 떼지 않았다. 그녀는 그의 얼굴을 구석구석 살펴보았다. 그의 길고 뾰족한 코, 아몬드 모양의 눈, 활처럼 휘는 입, 입가와 이마에 진하게 패인 주름, 짧은 회색 머리카락.

"앉으시죠." 그는 말했다. 아델리나는 고개를 끄덕이고 낡은 소파에 다시 가라앉았다. 그녀는 자기가 점점 더 가라앉고 있는 것처럼 느꼈다. 소파가 그녀를 빨아들이는 블랙홀로 변하기라도 한 듯한 느낌이었다.

"이 순간을 위해 오랫동안 기도했습니다." 미겔은 의자에 앉으면서 말했다. "그 모든 시간을 저는 마치 어둠 속에서 살고 있는 것처럼 느꼈습니다."

"너무나 힘드셨겠어요." 아델리나는 말했다. "자기가 누군지, 어디서 왔는지, 당신이 사랑하는 사람들과 당신을 사랑하는 사람들이 누군지 모른 채로 사신다는 게요"

"그게 가장 어려운 점이었어요. 뒤에 누굴 남기고 왔는지 모른다는 거요. 누가 절 의지하고 있었는지 말입니다."

"이미지 같은 것들이 떠오르신다고 곤살레스 탐정이 말씀하시던데요. 아마도 기억의 단편들 같은 건가요?" 아델리나는 말했다.

미겔은 고개를 끄덕였다. "그건 주로 제가 잠들었을 때 일어납니다. 제게 말하며 길고 검은 머리를 빗는 여인이 보여요, 그렇지만 그녀가 무슨 말을 하는지는 들리지 않습니다. 제 무릎에 앉아서 이야기를 해달라고 조르는 어린 소녀가 보여요. 작은 산들과 푸른 들이 보입니다. 때로 저는 강에서 목욕을 하고 있어요. 때때로는 한 나이든 여인이 보입니다. 그렇지만 그들은 그저 꿈처럼 느껴져요"

아델리나는 마음속에서 본 것이 상상의 산물인지 아니면 실제 있었던 일인지 항상 궁금해 하며 살아야 하는 일이 얼마나 힘들까 생각하면서 조용히 있었다.

"당신은 제 딸입니까?" 그가 갑자기 물었다. 아델리나는 그의 손을 바라보았다. 그는 의자 팔걸이를 너무나 꼭 쥐고 있었기 때문에 그의 손가락 마디뼈 부분이 하얘져 있었다. 글로리아는 그의 옆에 와 서서 미겔만큼이나 열심히 아델리나를 바라보았다.

아델리나는 미겔 가르시아가 그녀에게 뭘 원하는지 알았다. 그는 자신의 정체성을 되찾고 싶어 했다. 그는 그 모든 잊혀진 해들을 돌려받고 싶어 했다. 그는 기억하고 싶어 했다. 거울을 들여다볼 수 있게 되길 원했고, 자기의 뿌리가 어디에 있는지 알고 싶어 했다.

그리고 그녀는 그에게 자기가 뭘 원하는지 알고 있었다. 그녀는 자유를 원했다.

"죄송해요" 아델리나는 말했다. 목이 메어 말이 잘 나오지 않았고, 그녀의 눈은 눈물로 가득했다. 실망으로 가득한 쓰라린 눈물이었다. "당신은 제 아버지가 아니에요"

그녀의 입에서 신음소리는 나오지 않았다. 그러나 신음소리가 나온 것처럼 느꼈다. 미겔 가르시아는 손으로 얼굴을 덮었다. 그녀는 그의 몸이 떨리고, 그의 희망이 흩어지고, 부서진 조각들을 하나로 모으려고 애쓰는 것처럼 글로리아가 그를 팔로 감싸는 것을 보았다.

아델리나는 눈을 감았고 자신이 오래된 소파로 가라앉게 내버려 두었고, 그가 우는 소리를 들었다.

후아나

"그러니까, 저 사람들이 네가 무언가를 훔쳤다고 생각해서 널 여기 집어넣었다고?" 아델리나는 후아나에게 물었다.

후아나는 고개를 끄덕였다.

"제길. 저 개자식들은 항상 일을 그런 식으로 해. 죄가 있든 없든 아무라도 감옥에 집어넣는다니까."

"넌 왜 여기 있는 거야?" 후아나는 물었다.

"난, 어, 말야, 난 일하고 있었어."

후아나는 당황해서 바닥을 내려다보았다.

"넌 여기 출신 아니지, 그렇지?" 아델리나는 물었다.

"응. 난 오늘 아침에 막 여기 도착했어.

"난 삼 년 전에 왔는데." 아델리나는 말했다. "넌 여기 티후아나에서 뭘 하는 거야?"

후아나는 아버지에 대해 생각하며 자신의 손을 내려다보았다. 그녀는 자기 목에 뭐가 걸린 것처럼 느꼈다. 눈물이 눈에서 쏟아져 나오려고 했다.

"난 아버지를 찾으러 여기 왔어. 이 년 전에 집을 떠나셨어. **저 건너편**으로 건너가려고 이리로 오셨어. 그렇지만 우린 그의 소식을 다시는 듣지 못했고"

아델리나는 손을 뻗어 후아나의 머리카락을 쓰다듬어 주었다. 후아나는 본능적으로 몸을 뺐다. 누군가의 손이 그렇게 다정하게 자기를 만지는 느낌이 그녀에게는 충격이었다. 그녀는 아니타가 죽기 이전 사이가 좋던 시절에 엄마가 그녀를 그렇게 만져주곤 하던 것이 기억났다.

"넌 그분을 찾을 거야, 두고 봐." 아델리나는 말했다.

후아나는 고개를 끄덕였다.

후아나는 아델리나보다 하루 더 감옥에 머물렀다. 그러나 그녀에 대한 고발이 취하되고 오명이 씻기고 나자 그녀는 가도 좋다는 이야기를 들었다. 아델리나는 약속했던 대로 경찰서 입구에서 그녀를 기다리고 있었다.

"나랑 같이 있자." 아델리나는 말했다. "도냐 루신다가 방세만 받을 수 있으면 자기는 상관 않는다고 했어."

"도냐 루신다가 누구야?" 후아나는 물었다.

"내가 사는 곳의 주인이야."

"난 돈이 하나도 없어, 아델리나, 그렇지만 곧 일을 찾아서 널 돕겠다고 약속할게."

"네가 그럴 거란 거 알아."

그들은 거리를 가로질러 걸어가 버스정류장에서 기다렸다. 후아나는 차들이 속도를 내며 지나가는 것을 보았다. 그녀는 저 모든 높은 빌딩에 둘러싸이고 그토록 많은 사람들로 넘쳐나는 이 장소에서 자신이 너무나 왜소하게 느껴졌다.

"아델리나, 넌 왜 날 돕는 거야?"

아델리나는 자기들 쪽으로 오는 버스를 보고 있었다. "내가 할 용기가 없는 일을 넌 하고 있기 때문이야."

"그게 뭐야?"

"우리 부모님을 찾으러 가는 거." 아델리나는 버스요금을 꺼냈다. 버스가 그들 앞에 와서 멈췄다.

"그게 무슨 말이야?" 후아나는 버스를 타면서 물어보았다.

그들은 통로로 걸어가서 사람이 덜 붐비는 버스 뒤쪽으로 가서 앉았다.

"난 삼 년 전에 집에서 도망 나왔어. 내가 열세 살 때였어. 난 네가 그렇게 부르는 **저 건너편**에서 왔어. 집으로 돌아갈 수 있었으면 하고 바랐던 적이 많았지. 그렇지만 지금 와서 어떻게 돌아갈 수 있겠니? 내 꼴을 봐." 아델리나는 눈길을 돌렸지만, 그러기 전에 후아나는 그녀의 눈이 눈물로 반짝이는 것을 볼 수 있었다. 그녀는 아델리나가 얼굴에 화장을 덧발라 숨기려고 했던 갓 생긴 멍을 바라보았다. 저 멍이 다 어디서 생긴 거지?

"넌 왜 도망친거야?" 아델리나의 삶을 들여다볼 수 있을까 생각하며 후아나는 물었다. 그러나 아델리나의 짙은 초록색 눈을 들여다 봤을 때, 그녀는 낯선 사람의 눈을 들여다보는 것처럼 느껴지지 않았다.

"사랑에 빠졌어." 아델리나는 말했다. "그렇지만 그는 나보다 훨씬 나이가 많았고, 우리 아버지는 내가 그를 떠나지 않는다면 할아버지, 할머니와 함께 살라고 보내버리겠다며 겁을 줬어. 그래서 우리는 여기 티후아나로 도망 온 거야."

"그는 어디 있어?"

"가끔씩 나를 보러 찾아와. 자기 몫을 챙기려고."

아델리나는 시내에서 그리 멀지 않은 낡은 아파트에서 살고 있었다. 파란색 페인트는 마른 나무껍질처럼 벗겨지고 있었고 풀은 제멋대로 자라고 있었다. 아델리나는 건물에 12개의 방이 있고 거기 사는 사람들은 대부분 소녀들이라고 말했다. 그녀와 같은 소녀들. 아델리나와 함께 방을 쓰던 소녀는 손님과 결혼해서 떠났다.

"걔 참 운 좋지 않니, 후아나?" 아델리나는 복도로 걸어가면서 그녀에게 물었다.

그들이 옆을 지나가는 닫힌 방문들 너머에서는 소음이 들려왔다. 투덜거리는 소리, 침대가 삐걱거리는 소리. 후아나는 누군가가 웃는 소리를 들었다. 또 다른 사람의 우는 소리도 들렸다.

한 여인이 문밖에서 담배를 피우며 서 있었다. 그녀에게 다가가면서 후아나는 그녀가 자기와 함께 감방에 갇혀 있던 여인들 중 한 명이라는 것을 알아보았다.

"헤이, 베로니카." 아델리나는 말했다. "후아나 기억해?"

베로니카는 담배연기를 뱉어내 자기 앞에서 둥글게 말리는 것을 바라보며 고개를 끄덕였다. "그럼, 너도 우리 쪽에 끼기로 한 거야?" 그녀는 물었다.

후아나는 그녀의 말이 뭘 의미하는지 몰랐다. 그러나 그녀는 질문의 어감이 좋게 들리지 않았다.

"처녀지, 응? 오, 이리 와 봐, 겁내지 말고" 베로니카는 말했다. "너무 마른 편이지만, 넌 어리고 예뻐. 그렇지만 마른 것도 너한테 유리할 것 같아. 너는 너무 작고 연약해 보여." 그녀는 후아나의 뺨을 어루만지며 말했다. "대부분의 남자들은 그걸 매력적이라고 생각할 거야."

"이봐, 베로니카, 애 겁먹잖아." 아델리나는 후아나의 손을 잡고 윗층에 있는 자기 방으로 데려갔다. 담배 냄새가 그들의 뒤를 따라왔다. 아델리나는 자신의 화장대로 가서 향에 불을 붙였다. 후아나는 공중에 떠다니는 재스민의 냄새를 들이 맡았다. 그건 엄마 같은 냄새가 났다.

아델리나는 방 건너편의 트윈사이즈 침대를 가리켰다. "저게 네 거야." 그녀는 말했다.

후아나는 고개를 끄덕였다. 그녀는 이제 자기 것이 된 침대에 앉아 위아래로 몸을 움직여 보았다. 매트리스는 낡았고 침대는 앉을 때 삐걱댔지만, 그녀가 두고 온 침상보다는 나은 것이었다.

아델리나는 옷장으로 걸어가서 밝은 빨간색 미니스커트를 꺼냈다.

"나갈 거야?" 후아나는 물었다.

아델리나는 고개를 끄덕였다. "응, 일해야 돼." 그녀는 영어로 말했다. 그녀는 후아나를 돌아보고 웃었다. "일하러 가야 해. 있지, 내가 너에게 영어 하는 거 가르쳐 줄게."

후아나는 이전에 영어를 들어본 적이 없었다. 그 말들은 너무 낯설었다. 그렇지만 그녀는 배우고 싶었다. 아버지는 이미 영어로 말하는 것을 배웠을지도 모른다. 그렇다면 그녀가 마침내 그를 찾았을 때, 자기 딸도 그 외국말을 할 수 있는 것을 알면 놀라지 않겠는가?

"너는 하는 일이 마음에 들어?" 후아나는 물었다.

"아니, 그렇지만 할 줄 아는 다른 게 없는 걸. 일단 익숙해지면 그리 나쁘진 않아."

아델리나가 옷을 벗었을 때 후아나는 다른 곳을 보려고 애썼다.

그녀는 이전에 옷 벗은 여자를 본 적이 없다. 심지어 어머니조차도 그러나 후아나는 참지 못하고 돌아서 아델리나의 날씬한 몸을 보았다. 그녀는 몇 년 후면 자기도 저렇게 보이게 될까 궁금했다.

"넌 이 일 한 지 얼마나 된 거야?"

"거의 삼 년. 내 남자친구가 나한테 이 일을 하게 만들었어. 우리는 한 푼도 없이 돈이 바닥났었고, 그는 일을 찾지 못했어. 그러다 어느 날 그가 그냥 친구들을 데려 오고, 그렇게 일이 이렇게 저렇게 굴러가고, 그들이 나에 대한 대가로 남자친구 손에 돈을 집어 주고 있게 되고, 그렇게 된 거야."

아델리나가 돌아섰을 때, 후아나는 그녀의 등에 길게 나있는 많은 상처를 보았다.

"자, 빨리 가봐야 해." 막 새롭게 화장을 끝내며 아델리나가 말했다.

"나는 나가보고 싶어. 아버지 찾는 일을 시작해야 해."

"좀 늦었어, 후아나. 내일 시작해야 해."

"아니, 더 빨리 시작할수록 더 나을 것 같아." 후아나는 일어섰다. "코요테를 어디서 찾을 수 있는지 말해 줄 수 있어?"

아델리나는 휘파람을 불었다. "응, 그 사람들 중 몇은 내 고객이야. 그렇지만 내가 경고하는데, 후아나, 그 사람들은 상당히 입이 무거워. 그 사람들이 입을 열게 할 수 있는 유일한 방법은 같이 자는 거야. 그렇지만 어쨌거나 나랑 같이 가자. 내가 그 사람들이 누군지 알려 줄게."

아델리나는 후아나에게 스웨터를 건네주었지만 자기는 입지 않았다.

"춥지 않겠어?"

"나는 내가 파는 것을 보여줘야 해, 후아나. 나는 추위는 상관 안해. 내가 진짜 신경 쓰는 건 배고프고 땡전 한 푼 없이 되는 거야."

그들이 바에 도착했을 때, 후아나는 어쩔 수 없이 스웨터를 자기몸에 더 꼭 감싸고 있었다. 그녀는 자신을 바라보는 눈길을 느꼈다. 너무나 많은 눈들이 마치 그녀의 옷을 벗기려고 하는 것처럼 그녀를 뚫어져라 쳐다보았다. 그들이 바로 걸어 들어가자 남자들은 휘파람을 불어댔다. 아델리나는 높은 의자에 앉아서 맨 다리를 꼬았고, 그 때문에 빨간 천이 허벅지 위로 더 올라가 버렸다.

그녀는 후아나에게 자기 옆에 앉으라고 손짓했다. 남자들이 곧그들에게로 와서 음료수를 사주겠다고 했다.

"이봐, 아델리나, 우리에게 어린 양을 데려온 거야?" 남자들 중한 명이 말했다.

아델리나는 고개를 저었다. "미안 아저씨들, 쟤는 이쪽 일 안 해. 사실 다른 일이 있어서 이리로 왔어."

"그게 뭔데?" 또 다른 남자가 아델리나와 후아나에게 맥주를 건네주며 물었다. 아델리나는 자기 맥주에 손을 뻗었지만, 후아나는 싫다고 고개를 저었다.

"저는 저희 아버지를 찾고 있어요" 후아나는 남자들이 음악소리 너머로 자기 목소리를 들을 수 있을까 궁금해 하며 부드럽게 말했다.

"누굴 찾는다고?" 그들 중 한 명이 물었다.

"저희 아버지요. 국경을 넘으려고 이 년 전에 이리로 왔는데, 그때 이후로 소식이 없어요"

남자들은 고개를 저었다. "미안하다, 애야, 그렇지만 그건 도와줄수 없을 것 같구나." 그들 중 몇이 후아나에게서 등을 돌렸고, 몇명은 떠나버렸다. 아델리나는 그녀를 보고 어깨를 으쓱했다.

"그 사람들이 말하게 만들기는 좀 어려울 거야, 후아나." 그녀는 말했다.

후아나는 엄마에 대해, 그녀가 돈 엘리아스와 한 일에 대해, 사람들이 그녀에 대해 말하곤 하던 일들, 엄마의 등을 너무나 무겁게 짓누르던 죄에 대해 생각했다. 그녀의 엄마는 해야 할 일을 했을 뿐이었다.

후아나도 같은 일을 해야 할 것이다.

아델리나

아델리나는 낮은 산 정상에서 깃봉에 매달린 깃발이 흔들리는 것을 보았다. 그녀는 그게 언제 내걸린 걸까 생각했다. 그녀가 17년 전 이곳을 떠날 때에는 거기에 없었다.

버스는 천천히 산을 내려가 마을이 있는 골짜기 아래로 향했다. 아델리나는 버스가 커브를 돌자 어지러웠다.

그녀는 대체 얼마나 많이 바뀐 건지 생각하며, 자신의 아래쪽으로 불규칙하게 뻗어나가고 있는 마을에서 눈길을 떼지 않았다. 어디로 가야 할지 알 수 있을까? 아니면 전엔 이곳에 한 번도 와본 적이 없는 것처럼 느껴질까? 그녀는 길을 잃게 될까?

커브가 이내 끝나고 운전사는 마을로 들어서면서 속도를 늦췄다. 사람들이 들썩이기 시작했다. 몇 사람은 일어서서 머리 위 짐칸에서 자기 물건들을 내리기 시작했다. 아델리나는 움직이지 않은 채

좌석에 그대로 머물러 있었다.

건물 위로 솟아난 교회 탑, 포장된 도로, 흙길, 상인으로 넘쳐나는 시장을 쫓으며, 그녀의 눈만이 움직였다. 그녀는 손님을 태우려고 서로 경쟁하는 택시운전사들, 모퉁이에서 추로를 파는 남자, 길 건너편에서 과일을 파는 여인, 구두를 닦는 어린 소년, 구걸을 하며 손을 내밀고 있는 노파를 보았다.

마을은 그녀가 생각했던 만큼 많이 변한 것은 아닌 건지도 몰랐다.

몇몇 새 건물, 지금은 포장된 몇 개의 도로, 한때는 공터였던 공간을 차지하고 있는 몇 채의 새 집들을 제외하면 아델리나는 마치 어제 떠나기라도 한 것처럼 느껴졌다. 단지 지금은 열네 살이 아니고 서른한 살이라는 것이 달랐다.

"자, 드디어 여기 도착했네요." 버스가 역으로 들어서자 그녀 옆에 앉아 있던 남자가 말했다.

아델리나는 고개를 끄덕였다.

"잘 머물다 가시길 바랍니다." 그 남자는 일어서면서 말하고는 버스를 내리는 사람들의 대열에 섰다. 아델리나도 마음먹고 일어서서 밖으로 나섰다.

사람들은 한 명씩 자신들의 박스, 가방 혹은 짐 가방을 짐칸에서 꺼냈다. 그들을 도와줄 승무원은 거기에 없었다. 아델리나는 자신의 녹색 짐 가방을 찾다가 얼핏 그것을 보았다. 그것은 불거져 나온 더

플백 아래에 깔려 있었다. 그녀는 그것이 누구의 것일까 생각하면서 주변을 둘러보았다. 그녀는 그걸 옆으로 옮기고 싶었지만 한 손에는 나무상자를 들고 있어서, 자기 짐 가방 위에서 그 가방을 밀어내려면 두 손을 사용해야 할 거란 걸 알았다.

"실례합니다." 누군가가 그녀의 뒤에서 말했다.

아델리나가 돌아보니 자기 뒤에 처진 눈을 한 젊은 남자가 서 있었다. 그녀는 웃고 있어도 슬퍼 보이는 그의 눈을 보았다. 그녀는 위가 조여 오는 듯한 느낌을 받았다.

"고맙습니다." 그녀는 그가 더플백을 꺼낼 수 있도록 한쪽으로 비켜서며 말했다. 그는 그녀의 짐 가방을 들어서 그녀에게 건네주었다.

"천만에요" 그는 말했다. 그는 가방을 들고 걸어가기 시작했다.

"당신 가방인지 몰랐어요" 아델리나는 그를 따라잡고서는 말했다. "무거워 보이네요"

"사실, 그리 무겁지는 않아요. 박제동물로 가득 차 있어요, 그래서 이렇게 툭 튀어나와 있는 겁니다."

아델리나는 불안하게 웃었다. 그녀는 왜 그런 느낌을 받고 있는 걸까?

"왜 박제동물이 가득한 더플백을 가지고 있는 거예요?" 그녀는 물었다.

"저희 어머니가 좋아하셔서요. 뵈러올 때마다 가능한 한 많이 가

저오려고 하고 있어요. 그러면 제가 없는 동안 어머니의 벗이 되어
줄 수 있으니까요."

그들은 대합실로 향했다. 그녀는 그가 누군가를 찾으려는 듯 주
변을 둘러보는 것을 보았다.

그녀는 그만을 바라보았다. 아무도 그녀를 기다리고 있지 않았다.
그리고 누군가가 기다리고 있었다 할지라도 그녀는 여전히 이 젊은
남자에게서 눈을 떼지 못했을 것이다.

"여기 사세요?" 젊은 남자는 가방을 내려놓기 위해 멈추며 그녀
에게 물었다.

아델리나는 고개를 저었다. "저도 엄마를 보러 왔어요, 당신처럼
요."

"어디 사시는데요?" 그는 물었다.

"로스앤젤레스에요, 당신은요?"

아델리나는 바쁘게 움직이는 대합실 주변을 살피는 그의 눈을 바
라보았다. 너무나 많은 사람들이 오갔다. 그는 그를 기다릴 사람을
너무나 간절히 찾으려는 것처럼 보였다.

"저는 멕시코시티에 살아요. 우남(UNAM)*에 다녀요. 학교가 끝
나자마자 여기로 되돌아와서 어머니와 함께 있어요."

"그녀가 당신 쪽으로 가서 함께 살아도 되지 않아요?"

"큰 도시에서 사는 것을 싫어하세요. 게다가 학교를 마칠 때까지

---

* 멕시코국립자치대학.

만 도시에 있을 거고, 그러고 나면 전 돌아와서 그녀와 함께 있을 거예요. 보세요, 지금 여기 오시네요.”

아델리나는 돌아서서 그가 가리키는 방향을 바라보았다. 그녀는 그녀의 발 아래로 땅이 꺼져 들어가는 것처럼 느껴졌다. 그는 그녀가 몸을 가눌 수 있게 그녀의 어깨를 잡아주었다.

“괜찮으세요?” 그는 물었다.

아델리나는 고개를 끄덕이고 재빨리 그에게서 물러났다.

“엄마!” 그는 말하고 나서, 지팡이에 의지한 채 그들에게로 천천히 걸어오고 있는 나이든 여인에게로 달려가서 포옹했다.

아델리나는 여인의 얼굴을 보았다. 그것은 온통 주름져 있었다. 머리카락은 옅은 회색으로 거의 백발이었다. 그녀의 몸은 아래 바닥을 향하여 휘어있었다.

그러나 그 여인이 누구인지 모를 수는 없었다. 이제 아델리나는 그 젊은 남자가 왜 그토록 친숙해 보였는지 알았다.

후아나

"너 정말 이걸 하고 싶은 거 확실해?" 아델리나는 후아나에게 물었다.

그녀는 고개를 끄덕였다. 아델리나는 후아나의 눈꺼풀에 푸른색 아이섀도를 바르기 시작했다.

후아나는 거울 속을 들여다보며, 자신이 낯선 사람으로 변해가는 모습을 바라보았다. 그녀는 몸에 너무 꼭 끼는 번쩍이는 검은 치마를 입고 있어서 자기의 피부가 어디에서 끝나고 옷이 어디에서 시작되는지 알 수 없었다.

그녀는 거울 속에 있는 자신의 모습에서 눈을 돌리고, 대신 아델리나의 초록색 눈을 바라보았다. 그녀는 집 근처에 있던 강을 생각했다. 깊고 푸른 물. 그녀는 거기서 엄마와 함께 옷을 빨곤 하던 때를 기억해냈다. 혹은 아빠와 함께 낚시하러 가곤 하던 때를 기억했다.

그녀는 멀리서 흔들리던 옥수숫대를 생각했고, 언덕에 서서 아래쪽의 들을 내려다보며 그날 옥수수를 얼마만큼 수확했는지 그녀에게 이야기해 주던 아빠의 목소리가 거의 들리는 것만 같았다.

그래, 그녀는 옳은 일을 하는 거였다.

아델리나는 그녀에게 미소 지었다. "자, 봐. 아름다워."

후아나는 돌아보았고, 그녀를 마주 보고 있는 젊은 여성을 알아보지 못했다.

"후아나, 정말이지 너 이거 꼭 할 필요는 없어." 아델리나는 팔로 그녀를 두르면서 말했다.

"이제 4주가 지났는데, 내가 처음 여기 왔을 때보다 아버지 찾는 일에 진전이 없어. 달리 방법이 없어. 저 사람들은 이야기를 해 줄 거야. 나는 그들이 아는 것을 내게 이야기하게 만들거야."

후아나는 침을 크게 꿀꺽 삼켰다. 그녀는 눈물이 쏟아져 나오려는 것을 느꼈지만, 멈추게 해 볼 여지도 없이 뺨을 타고 흘러내리기 시작했다.

"헤이, 헤이, 괜찮아." 아델리나는 말했다. "괜찮을 거야."

후아나는 더 크게 울었다.

"자, 그만 울어, 후아나, 이러다 화장 망가지겠다."

그들은 거울 속에 있는 서로를 바라보았다. 후아나는 미소 지었지만, 이내 다시 울음을 터트렸다.

그녀의 첫 손님이 빌린 작은 호텔 방은 담배 연기, 땀, 썩은 물, 그리고 더러운 발 냄새가 났다. 한쪽 구석에 풀사이즈 침대가 있었는데 검은 점들로 얼룩진 시트가 깔려 있었다. 리놀륨 바닥은 구멍이 숭숭 나 있었고, 한쪽은 마치 임신이라도 한 듯 부풀어 올라 있었다. 바퀴벌레들이 벽을 타고 허둥지둥 달아났다.

잠깐이면 될 거야. 후아나는 스스로에게 말했다. 문을 닫자마자 남자는 후아나에게 팔을 감았다. 아델리나는 그가 이 지역에서 가장 이름난 코요테들 중 하나라고 말했다. 시작하기엔 그가 최고야, 그녀는 말했다. 후아나는 그의 포옹에 이끌려가도록 스스로를 맡겼다. 그의 입술이 와 닿는 것을 느끼고 그녀의 입은 꼭 닫혀버렸다 그러나 그는 혀로 탐색해 들어왔고, 그녀는 입술을 열어 그를 받아들이는 수밖에 다른 선택의 여지가 없었다. 그에게는 맥주 맛이 났고, 후아나는 속이 뒤틀리는 것 같았다. 그녀는 계속해서 눈을 뜨고 있었고, 그가 키스하게 내버려두었다.

그는 그녀보다 나이가 너무 많았다. 그는 아마도 나이가 그녀의 아버지뻘은 될 것이다. 후아나는 그가 그녀의 가느다란 목에 키스하는 동안 바닥을 내려다보았다. 그녀는 자신의 발치에서 바퀴벌레가 지나가는 것을 보고 순간적으로 발을 들어 올려 바퀴벌레 위에 내려놓았다.

그녀는 그 누구도 자신의 수치스러운 모습을 보길 원치 않았다. 바퀴벌레조차도

"그가 너에게 뭘 말해줬어?" 아델리나는 후아나가 거리에서 다시 합류하자 물어보았다. 후아나는 눈물을 삼키려고 무진 애를 썼다.

"내가 우리 아버지를 묘사한 것 같은 모습을 한 남자들이 너무 많기 때문에 그가 국경을 넘는 것을 도와 줬는지 아닌지 말을 시작할 수도 없다고 했어." 후아나는 가슴께에다 팔을 꼬고 몸을 떨었다. 밤은 너무나 추웠고, 그녀는 스웨터가 있었으면 하고 바랐다.

"그렇지만 너희 아버지에게 뭔가 다른 점이 있을 거잖아. 상처라든가, 사마귀라든가, 뭐라도 아니면 체인처럼 그가 몸에 걸치고 있을 뭔가가 말이야. 모르겠지만. 그가 뭔가 가지고 온 거 없었어?"

후아나는 아버지가 떠나시던 비 오는 아침을 생각해보았다. 그녀는 자기가 그를 얼마나 오래 쫓아갔었는지 기억했다. 그녀는 그에게 무언가를 줬던 것이 기억났다.

"그는 심장모양의 구슬로 만든 하얀 묵주를 가져갔어." 후아나는 말했다.

"자, 그거야, 후아나. 그렇게 너희 아버지를 찾는 거야."

아델리나

마지막 정거장까지 이제 몇 분밖에 남지 않았다. 택시가 다리를 건너 강 건너편으로 가고 있을 때, 아델리나는 자기 안에서 뭔가 떨려오는 느낌을 받기 시작했다. 그것은 두려움일까? 그녀는 엄마를 보는 일이 두려웠다. 그녀는 자기가 보게 될 것이 마음에 들지 않으리라는 것을 알았다. 그건 진짜 자기 엄마가 아닐 것이다. 그건 자기 엄마의 유령일 것이다. 그녀의 진짜 엄마는 여러 해 전에 죽었다. 기억과 그리움으로 가득한 상자처럼, 오로지 껍질만이 남았다.

그녀는 엄마를 구하기에는 너무 늦었다는 것을 알았다. 그녀는 곧 죽을 것이고, 어떤 면에서는 그게 최선일 것이다. 그녀는 더 이상 고통 받지 않을 것이다. 그리고 일단 아델리나가 그녀에게 아버지의 유골을 전하면, 그리고 일단 아버지의 실종에 대한 진실을 그녀에게 알리고 나면, 그녀는 어머니가 평화롭게 죽을 수 있다는 것을 알고 있었다.

이것은 아델리나가 엄마에게 주는 선물이 될 것이다.

평화.

그리고 진실.

그녀의 아버지는 그들을 버리지 않았다.

후아나

문에서 나는 노크 소리 때문에 후아나는 놀라서 잠을 깼다. 그녀는 엄마에 관한 꿈을 꾸고 있었다. 그녀의 꿈에서 엄마는 채찍을 하늘 높이 들어 올렸다가 그걸로 후아나의 등을 후려쳤다. 문으로 걸어가면서 후아나는 채찍이 위로 내리쳐져 자신의 등이 고통으로 움츠러드는 것을 여전히 느낄 수 있었다. 그녀는 아직 침대에서 잠들어 있던 아델리나를 흘깃 바라보았다. 후아나가 누구시냐고 묻기도 전에 문이 홱 열렸다. 그녀는 자기 앞에 서 있는 남자에게 인사를 건넬 엄두도 내지 못했다. 그것은 아델리나의 남자친구 헤라르도였다.

"그녀는 자고 있어요." 후아나는 말했다. "나중에 와야 할 것 같은데요"

"11시야. 너희 여자애들이 게으른 궁둥짝을 들고 일어날 시간이야." 헤라르도는 말했다.

"글쎄, 당신은 새벽 네 시에 자러간 사람이 아니니까 그렇죠. 아님 그보다도 더 늦은 시간이든가."

헤라르도는 손을 저어 후아나의 말을 막았다. 그는 그녀에게 더 가까이 기대와서는 팔을 잡았다. "진정하라고, 꼬마아가씨. 거친 말은 필요 없어. 그렇게 방어적으로 나오지만 않으면 너와 나는 잘 지낼 수 있다구. 난 친구가 되고 싶어." 헤라르도는 뒷부분을 영어로 말했다.

후아나는 자기가 배운 영어를 기억하고는 말했다. "난 싫지 않아 너 친구 되고" 그리고는 팔을 홱 당겨서 뺐다. 헤라르도는 그녀의 대답에 웃음을 터트렸다.

그녀가 얼마나 헤라르도를 싫어하는지 숨기는 것은 불가능했다. 처음에는 그를 예의 바르게 대했지만, 그녀는 그가 아델리나를 그렇게 심하게 대하는 것을 용서할 수 없었다. 그리고 무엇보다 그녀를 패는 것을 용서할 수 없었다. 그녀는 돌아서서 그를 보았다. 그는 눈을 가느다랗게 뜨고 그녀를 위아래로 살펴보고 있었다. 후아나는 그의 얼굴을 때려서 그 표정을 지워버리고 싶은 충동을 느꼈다. 그는 그녀에게 돈 엘리아스를 떠올리게 만들었다. 헤라르도는 그녀에게 미소 짓고 돌아서서 아델리나의 침대로 갔다.

"이봐, 너, 일어나, 이 여자야. 게으르게 굴지 말고" 그는 아델리나를 흔들어 깨웠다.

"그녀를 자게 내버려둬요." 후아나는 그를 향해 한발 다가가며 말했다.

아델리나는 눈을 뜨고는 눈을 비볐다.

"괜찮아, 후아나. 나 일어날 거야." 아델리나는 하품하면서 말했다.

후아나는 고개를 저었다. "난 시내로 갈 거야." 그녀는 문으로 향하면서 말했다.

"천천히 있다가 와." 헤라르도가 말했다.

헤라르도가 들릴 때마다, 후아나는 자기네 마을에서 사람들이 그렇게나 많이 이야기하던 저 금발머리 그링가들을 쳐다보면서 티후아나 시내를 걸어다니곤 했다. 그들은 아빠가 그링가와 사랑에 빠져서 후아나와 엄마에 대해서는 다 잊은 것이라고 얼마나 많이 떠들어댔던가?

레볼루시온 거리를 걸어가며 후아나는 그들을, 또 그들과 함께 걷는 사람들을 바라보았다. 그러나 그녀의 아빠처럼 보이는 사람은 아무도 없었다. 그링가의 동반자들은 밝은 피부에 파란 눈을 한 그들 같은 남자들이었다. 아빠는 그링가 때문에 그들을 떠난 게 아니다. 그랬을 리가 없다.

그녀는 항상 사람들의 얼굴을 쳐다보면서 거리에서 거리로 걸어다녔다. 때때로 그녀는 뒷모습이 아버지처럼 보이는 사람들을 찾곤

했다. 그녀는 따라잡으려고 빨리 걷곤 했다. 그러나 일단 그들의 얼굴을 확인하고 나면 그녀는 걷기를 멈추고 그들이 군중 속으로 사라질 때까지 그들이 멀어져 걸어가는 것을 보곤 했다.

그녀가 되돌아갔을 때, 아델리나는 침대에서 울고 있었다. 때로 그녀는 눈이 시커메져 있었고, 때로는 부어오른 뺨을 하고 있었고, 팔이나 다리에 멍이, 몸의 어딘가에 상처나 긁힌 자국이 나 있었다. 이번에는 피묻은 손수건을 입술에 대고 몸을 앞뒤로 흔들고 있었다.
"왜 너한테 이런 짓을 하도록 내버려두는 거야?" 후아나는 물었다.
아델리나는 태아처럼 몸을 웅크린 채 울며 엄지를 깨물었다.
"언젠가는 그도 바뀔거야." 아델리나는 말했다. "우리가 처음 만났을 때 그랬던 것처럼 될 거야. 난 그가 날 사랑한다는 것을 알아. 그리고 그가 언젠가 바뀔 거란 것도 알아."
후아나는 아델리나가 자기가 무슨 짓을 했나 깨닫고 집에 갈 수 있게 도우려면 자기가 뭘 해야 할 지 생각했다. 그녀는 침대에 앉아서 아델리나의 머리카락을 어루만졌다. 그녀는 헤라르도가 수도 없이 그녀를 괴롭히며 겁탈하려고 했던 것을 아델리나에게 말해 줄 수 있길 바랐다. 그러나 그녀를 더 아프게 하고 싶지 않았다.
대신, 후아나는 말했다. "아델리나, 너는 너를 사랑하는 어머니와 아버지가 있고, 너를 그리워하는 오빠가 있어. 너는 집에 가서 이 모든 것을 잊어야 해." 그녀는 몸을 숙여 아델리나의 눈물 젖은 고개를 들어올렸다. "넌 여기 있을 사람이 아냐."

아델리나는 동의의 뜻으로 고개를 끄덕였다. "난 오빠가 가장 보고 싶어. 아직 집에 있었을 때 나를 많이 돌봐줬었어. 그런데 대학을 가려고 그가 떠나고 없으니까 너무 외롭더라구. 그러던 무렵에 헤라르도를 만났어."

후아나는 그녀의 남동생을 생각했다. 그녀는 자기가 그를 다시 보고, 그를 동생이라고 부를 기회가 있을 것인지 궁금했다.

"그럼 너는 돌아가야 해, 너희 오빠에게."

아델리나는 머리를 가로저었다. "난 그를 대면할 수가 없어, 후아나. 이제는 못해. 넌 내가 돌아갈 수 있었으면 하고 얼마나 바랐는지 몰라. 그렇지만 되돌릴 수 없는 것들이 있어, 후아나. 나는 선택을 했고, 그걸 감당하고 살아야 해."

후아나는 아델리나의 옆에 누웠다. 아델리나는 머리를 후아나의 가슴에 얹고 눈을 감았다.

"난 너무 지쳤어, 후아나."

"잠 좀 자, 내가 여기 있으면서 안아줄게."

아델리나를 안아주면서 후아나는 그녀가 한 말을 생각했다. 어떤 일들은 되돌릴 수 없다. 그녀의 말은 얼마나 옳은지. 그녀는 자기가 잠이 들어 팔에서 아니타를 떨어지게 만들었던 날로 시간을 되돌릴 수는 없었다. 그리고 아델리나와 꼭 마찬가지로 그녀 또한 그걸 감당하고 살아야만 한다. 후아나 자신도 그렇게 못하면서, 어떻게 아델리나가 스스로를 용서하고 돌아갈 수 있게 도와줄 수 있단 말인가?

후아나는 몇 주 동안이나 왼쪽 눈 위에 푸른 막이 있는 사람을 찾아다녔다. 그것이 그에 대해 기억하고 있는 유일한 것이었다. 그녀가 담당하는 모퉁이에서 그날 밤 그가 그녀를 차에 태웠을 때, 후아나는 그와 함께 가야 할지 몰라 하며 그 눈을 응시했었다.

그 먼눈의 무엇이 그녀를 그토록 불편하게 하는 만드는 것일까?

그러나 그 남자는 코요테였다. 그는 아버지에 관해 무언가를 알 수도 있다. 후아나는 그의 손을 잡고 가장 가까운 모텔로 이끄는 대로 내버려두었다. 후아나는 그가 그녀의 손을 그의 은밀한 곳에 얹도록 내버려두었다. 그녀는 그의 못 박힌 손가락이 자기 등의 부드러운 살을 긁는 것을 느꼈다. 그리고 그가 그녀의 옷을 벗기기 시작했을 때, 후아나는 더 이상 기다리지 못하고 그녀의 아버지에 관해 이야기하기 시작했다.

"저는 저희 아버지를 찾고 있어요" 그녀는 그에게 말했다. 그 코요테는 그녀의 말을 듣고 있는 것 같지 않았다. 그는 그녀의 속옷을 벗기고 그녀의 허벅지 안쪽을 애무하기 시작했다.

"그는 국경을 넘으려고 삼 년 전에 이리로 왔어요, 그렇지만 이후로 다시는 소식을 듣지 못했고……"

후아나는 남자가 그녀의 말은 의식하지 않고 옷을 벗고 있었기 때문에 더 큰 소리로 말했다. 그는 그녀 옆에 있던 침대에 그녀를 끌어 앉히고 팔로 끌어안았다.

"저희 아버지를 보셨는지 제발 말씀해 주세요." 후아나는 그의 먼눈을 바라보며 애원했다. "그는 묵주를 지니고 있었어요, 심장모양 알로 만든 하얀 묵주요."

남자는 더듬기를 그만두고 그녀를 쳐다보았다. 후아나는 안도의 한숨을 쉬었다. 그녀의 말이 마침내 그에게 들린 것이다.

"뭐라고 했지?" 그는 물었다.

"제가 저희 아버지를 찾고 있고, 그는 하얀 묵주를 지니고 있었 다고요."

남자는 머리를 긁었다. 그가 뭔가를 알고 있다고 그녀가 느끼게 되는 이유가 뭐지? 그녀의 눈을 피하는 그의 태도 때문일까? 그녀가 묵주에 관해 이야기하자 그가 머리를 가로젓는 태도 때문일까?

"제발, 아저씨, 전 아버지를 찾아야만 해요. 집에 가고 싶어요. 전 너무 지쳤어요. 너무나 지쳤어요." 남자는 침대에서 일어서서 스스로에게 저항하기라도 하는 듯이 머리카락을 쥐어뜯으며 호텔 방 안을 이리저리 왔다 갔다 했다.

"그의 이름은 미겔 가르시아예요. 그는 36세고, 게레로주에서 왔 어요. 그는……"

남자는 마치 그녀가 말하는 것을 제지하려고 하는 듯 한 손을 공중에 들어올렸다. 그는 셔츠의 단추를 채우거나 신발끈을 매려고도 하지 않고, 재빨리 옷을 입었다. 그는 그녀를 바라보았다. 후아나는 그 어둠 속에서 진실을 찾으려 애쓰며 그의 먼 쪽 눈을 바라보았다.

"날 용서해라." 그는 말했다. 그는 돈을 그녀의 손에 쥐어주고는 몸을 돌려 떠나버렸다. 후아나는 벌거벗은 채로 복도를 달려갔다.

"제발, 아저씨, 아는 것을 말씀해 주세요, 말씀해 주세요!"

남자는 계단 가운데쯤에 멈춰서서 뒤돌아보았다. "난 아무것도 몰라." 그는 말했다.

후아나는 그가 거짓말을 했다고 확신하며 그가 떠나가는 것을 보고 있었다.

그들은 후아나의 15살 생일을 축하하러 푸에르토 누에보에 있는 해변으로 갔다. 아델리나는 수마일 안에서 가장 훌륭한 바닷가재를 거기서 먹었다고 했었다. 후아나는 바닷가재가 뭔지 몰랐다. 아델리나는 그녀를 위해 바닷가재 그림을 그려주었다.

"기형 바퀴벌레처럼 보여." 후아나는 말했다. 둘은 배꼽을 잡고 웃었다.

아델리나는 나눠먹을 특대 바닷가재를 주문했다.

"작은 거면 돼, 아델리나. 그게 어떤 건지 맛만 보면 돼." 후아나는 말했다.

"아냐, 아냐, 후아나. 오늘은 너의 킨세아녜라*니까, 제대로 축하

---

* 라틴아메리카에서는 여자아이가 15세 생일을 맞았을 때 이를 성대하게 축하해 주는 전통이 있다. 아이에서 어른으로 바뀌는 무렵의 생일이어서 일종의 성인식과 같다.

해야지."

그렇게 해서 바닷가재와 쌀 요리를 잔뜩 먹었고, 더 이상 먹을 수 없게 되자 아델리나와 후아나는 해변으로 갔다. 후아나는 아주 오래 바닷물을 바라보고 있었다. 그녀는 전에 바다를 본 적이 없었다. 그리고 그걸 언젠가 볼 수 있으리라고 생각해 본 적조차 없다. 그녀의 어머니도 바다를 좋아했다.

엄마는 언제나 바다를 '직접' 보고 싶어 했었다. 한번은 둘이 시장에 갔을 때, 새로 생긴 여행사 옆을 걷던 일을 후아나는 아직도 기억하고 있었다. 여행사 직원은 고객들에게 설명을 하느라 바빴다. 엄마는 후아나를 밖에서 기다리게 하고, 포스터를 보려고 그 작은 사무실로 주저하며 걸어 들어갔다. 어떤 포스터들에는 모래사장이 있는 해변과 태양 아래 하늘색으로 빛나는 물이 있었다. 또 다른 포스터들에는 지는 햇살의 금색, 오렌지색, 그리고 붉은색으로 해변이 물들어 있었다. 야자수의 실루엣은 멀리서 밀려오는 파도를 담는 틀이 되어주었다.

해변 리조트의 여행잡지 더미가 근처 탁자에 놓여있었다. 엄마는 입을 벌리고 눈은 여전히 포스터에 고정시킨 채로 있다가 실수로 그 탁자에 부딪쳐서 잡지들이 파도처럼 바닥으로 철벅 쏟아졌다.

여행사 직원은 올려다보고 기침을 했다. 엄마는 웅얼웅얼 사과의 말을 하고 잡지를 모두 주워 올리기 시작했다. 여행사 직원이 고객들에게로 몸을 돌렸을 때, 엄마는 잡지 하나를 자신의 쇼핑백에 넣고 사무실에서 달려 나왔다. 엄마는 바다를 본 적이 없었고, 후아나는 그녀가 태평양에서 세 시간밖에 떨어지지 않은 마을에 살면서도 바다를 못 보고 죽을까봐 두려운 건가 생각했다.

후아나는 엄마가 그 잡지를 훔친 일로 얼마나 많이 용서해 달라고 기도했는지 기억했다. 그러나 동시에, 그녀는 바다의 일렁이는 푸른 물을 감탄스럽게 바라보며 그 해변 리조트 잡지를 뒤적이지 않고는 배기지 못했다.

하지만 그들이 태울 석탄이 없던 어느 비 오던 날, 그리고 후아나가 밖에서 모아온 나뭇가지가 젖어버리자, 엄마는 그녀의 잡지에 작별의 키스를 하고 화로에 태워버렸다. 그날 밤 누구도 식사를 즐기지 못했다.

후아나와 아델리나는 모래 위에 앉아 파도가 부서지는 소리를 들었다.

"여기서 영원히 머물 수 있다면 좋겠어, 후아나." 아델리나는 눈을 감으며 말했다.

후아나는 대답하지 않았다. 그녀는 자신이 곧 떠나야 한다는 것을 알고 있었다. 그녀는 단지 아델리나를 함께 데리고 갈 수 있기를 바랐다.

"생일 소원 빌었어?" 아델리나는 물었다.

후아나는 고개를 끄덕였다. "우리 둘을 위한 소원을 빌었어."

"그랬어?"

"응. 난 우리가 오빠와 남동생을 곧 볼 수 있게 되길 빌었어."

아델리나는 바다를 돌아보고 미소 지었다. "그거 멋진 생일 소원이다, 후아나. 고마워."

아델리나

아델리나는 세바스티안의 가족을 만나는 것이 두려웠다. 그는 어머니의 환갑잔치에 그녀를 어머니 댁으로 초대했고, 비록 아델리나는 초대를 거절하고 싶었지만 그렇게 하지 않았다. 그녀는 이틀 전에 왓슨빌에서 돌아온 탓에 파티에 참석할 기분이 아니었다. 그러나 그날이 그에게 특별한 날이었기 때문에, 그녀는 그걸 망치고 싶지 않았다. 그녀가 가겠다고 했을 때, 그가 그녀를 너무나 부드럽게 안아주었기 때문에 그녀는 뒤로 물러설 수 없다는 것을 알았다.

그들은 해 질 녘에 산 베르나르디노에 도착했다. 그의 어머니는 목재 말뚝 울타리로 둘러쳐진 하얀 집에 살았다. 장미관목이 담을 따라 자라고 있었고, 정원을 밝히는 등이 집으로 가는 통로를 비추고 있었다. 빨강, 초록, 그리고 파랑 풍선이 난간에 매여 있었다. 그들이 문이 열리길 기다리는 동안, 아델리나는 현관 위 덩굴시렁 위

로 타고 올라가는 재스민의 달콤한 향을 들이마시며 그 향기가 불
러오는 기억과 씨름하고 있었다.

문이 열렸다.

"세바스티안!" 그를 보고 초록색 눈을 빛낸 키 큰 젊은 여인이
말했다. 세바스티안은 그녀와 포옹하면서도 여전히 아델리나의 손
을 잡은 채였다. 마치 그녀가 뛰어 도망갈까봐 두렵기라도 한 것 같
았다. 그는 옳았다. 아델리나는 바로 그렇게 하고 싶었다.

"제니퍼, 아델리나를 소개할게. 아델리나, 여기는 내 동생 제니퍼
야. 주말이라 버클리에서 내려왔어."

아델리나는 제니퍼와 악수했다. "만나서 반갑습니다."

"저도 만나서 반가워요." 제니퍼는 몸을 기울여 아델리나의 뺨에
키스하며 말했다. "들어와요, 들어와." 제니퍼는 그들을 안으로 안
내해 들이면서 말했다.

집은 사람으로 넘쳐나고 있었고, 음악소리 너머로 그들의 말과
웃음소리가 실내를 떠다니고 있었다.

"세바스티안!"

"엄마!" 아델리나가 돌아보니 조금 더 젊은 네 명의 여인들을 동
반하고 은발의 작은 여인이 그들 쪽으로 다가오고 있었다.

세바스티안은 아델리나를 데리고 서둘러 그녀 옆으로 갔다. 그는
그녀를 꼭 껴안았다. "생신 정말 축하드려요."

그는 아델리나를 소개했다.

"우리 아들을 행복하게 하는 여인을 만나니 무척 기쁘구나." 수사나는 말했다.

"그리고 이분들은 우리 이모님들이야, 카를라. 노르마, 레티시아, 그리고 글로리아 이모" 세바스티안은 말했다.

"만나서 반갑습니다." 아델리나는 그들과 악수하며 말했다.

"이봐, 세바스티안, 어떻게 돼가?"

"얘는 내 사촌 알프레드야." 세바스티안은 한 젊은이와 악수하며 아델리나에게 말했다.

아델리나는 미소 지었지만, 그녀는 방이 자기 주위를 빙빙 도는 것처럼 느꼈다. 점점 더 많은 사람들이 인사를 하러 왔다.

마침내 세바스티안이 그녀를 거실에 있는 빈자리로 데리고 갔다.

"마실 것을 가져다줄게." 그는 말했다. 아델리나는 마음을 가라앉힐 기회가 생겨 감사하며 고개를 끄덕였다.

이내 아델리나는 세바스티안의 어머니에 의해 부엌으로 이끌려 갔는데, 거기서는 그녀와 그녀의 자매들이 타말*을 만들고 있었다.

그들은 반죽을 가득 넣은 커다란 냄비 주위에 둘러섰다. 옆에는 그린 소스와 칠레 구아히요 소스로 가득한 두 개의 그릇이 있었다. 다른 그릇 하나에는 잘게 찢은 닭고기, 또 다른 그릇에는 잘게 찢은 돼지고기가 가득 들이 있었다. 그들은 타말을 만들면서 남편, 아이들, 그리고 조카들에 대해 이야기했다. 어찌어찌해서 그들이 첫 치

---

* 빻은 옥수수 가루로 만든 반죽을 옥수수 잎으로 말아서 쪄내는 멕시코 음식.

아를 잃었고, 안경을 끼게 되었고, 혹은 어느 대학에 들어가게 되었다는 이야기들이다.

아델리나는 젖은 옥수수껍질을 들고 반죽을 펴 발랐다. 그러고는 잘게 자른 닭고기와 소스 한 숟가락을 그 안에 넣고 싸서 냄비 안에 넣었다. 그녀는 이 여인들이 하는 것을 보고 따라했다. 그녀는 타말을 만들어 본 적이 없었다.

"그래, 너는 직업이 뭐니, 아델리나?" 이모들 중 한 명이 물었다.

"저는 사회복지사예요. 로스앤젤레스 시내에 있는 여성 보호소에서 일해요."

"그러니? 그렇담 너와 세바스티안은 공통점이 많구나. 그 아이도 다른 사람들을 돕는 것을 좋아하니까."

"너희 부모님은, 너하고 로스앤젤레스에 사시니?" 다른 이모가 질문했다.

"아뇨." 아델리나는 말했다.

수사나는 아델리나가 불편해 하는 것을 알아채고는 말했다. "자, 자, 여성분들. 타말 찌는 거 이게 마지막 분량이었어. 다른 분량은 다 끝났고." 그녀는 아델리나의 옆쪽으로 돌아서 갔다. "이리 오렴, 얘야, 쟤들이 어지러진 것을 치울 수 있도록 부엌에서 나가자꾸나."

"이봐, 어디들 가는 거야?" 노르마가 말했다.

"난 생일 맞은 사람이라구." 수사나가 말했다. "그리고 아델리나는 내 손님이야. 난 우리가 가서 사람들과 어울릴 권리가 있다고 생각하는데 말이지. 너희 네 명의 마녀들은 내 부엌을 깨끗이 해 놓으라구, 알아들었어?"

아델리나는 수사나를 따라 세바스티안이 자기 아버지와 형과 이야기를 나누고 있는 거실로 따라갔다. 그가 오라고 손짓하자 아델리나는 서둘러 그의 옆으로 가서 그가 팔로 그녀를 감싸도록 두었다.

아델리나는 실례를 구하고 화장실로 갔다. 가는 길에 그녀는 복도에 걸린 사진들을 보았다. 다양한 모양과 크기의 사진틀에 세바스티안의 가족사진이 들어 있었다. 이 빠진 미소를 짓고 있는 어린 소년의 사진이 있었는데, 그녀는 그것이 세바스티안이란 것을 바로 알아보았다. 그녀는 수염 난 남편의 팔에 안긴 더 젊은 버전의 수사나의 사진을 보았다. 또 다른 사진에서 그녀는 가족사진을 보았다. 수사나가 어린 여자 아기를 팔에 안고, 그녀의 남편은 그녀의 옆에 앉아 있고, 십대의 세바스티안과 남동생이 양옆에 서 있었다.

아델리나는 질투로 찌릿한 아픔을 느꼈다. 저런 가족사진을 가지기 위해서 그녀가 무엇을 못 내놓겠는가?

그녀는 세바스티안에게 그런 가족이 있다는 것이 기뻤다. 그는 행복할 자격이 있었다. 최근에 왓슨빌로 갔던 여행 이후, 아델리나는 행복은 자기가 그에게 줄 수 없는 거란 것을 깨달았다. 적어도 그녀가 아버지를 찾을 때까지는 말이다.

"여기 있었군." 세바스티안은 그녀의 뒤로 다가오며 말했다. "케이크를 자르려고 해, 아델리나. 와, 가서 생일축하 노래 부르자." 그는 팔을 그녀의 허리에 두르고 그녀를 뒷마당으로 안내해갔다.

집으로 가는 길에 아델리나는 북쪽으로 했던 여행에 관해 생각했다. 세바스티안은 운전을 하면서 그녀를 안심시키려는 듯이 그녀의 손을 잡았다. 그는 무언가가 잘못되었다고 느끼며, 이따금 그녀를 살펴보았다. 그녀는 아버지였길 바랐던 사람에 대해 그에게 이야기할 수 있었으면 싶었다. 왓슨빌에서 돌아오는 버스에서 그녀가 미겔 가르시아와 그녀 자신을 위해 얼마나 많이 울었는지 그에게 이야기할 수 있길 바랐다. 그들 중 누구도 찾던 것을 찾아내지 못했다.

"잘해 보겠다고 약속해다오, 아델리나." 돈 에르네스토는 말했었다.

아델리나는 차창 밖을 내다보았다. 미겔 가르시아는 글로리아와 행복해질 기회를 스스로에게 주었다. 그러나 아델리나는 자신은 그처럼 할 수 없다는 것을 알았다.

그녀는 말하려고 입을 열었고, 돈 에르네스토에게 했던 약속을 깼다.

후아나

헤라르도가 왔을 때 아델리나는 집에 없었다. 그녀는 단골손님들 중 한 사람을 위해 밤새 일하기로 되어 있었다. 후아나는 아델리나가 그렇게 늦게까지 머무르는 것을 좋아하지 않았다. 그녀는 헤라르도와 단둘이 있을 기회가 생기는 것을 원치 않았다. 어느 날 아침 이른 시간, 당연하게도 후아나는 기진맥진해서 잠들어 있었다. 그녀는 헤라르도가 자기 침대 위에 앉아 손을 그녀의 가슴에 얹고 있는 것을 보고 깜짝 놀라 잠이 깼다. 그녀는 일어나 그를 밀쳐냈다.

"저리 비켜!"

"자, 자기, 그렇게 거칠게 나올 필요 없잖아. 넌 창녀야, 기억해? 넌 이런 종류의 삶을 좋아하잖아. 말해 봐. 어떻게 좋아하는지. 거칠게 하는 게 좋아, 이렇게?" 헤라르도는 후아나의 입술을 물고 그녀의 머리카락을 손가락으로 감아 비틀었다.

후아나는 소리치며 그를 밀어냈다. "날 내버려둬!!"

"아니지, 자기, 난 이 순간을 너무 오래 기다려왔어. 지금 내가 널 그냥 가게 내버려둘 리가 없지." 그는 일어서서 바지를 내렸다. 후아나는 침대에서 재빨리 나와 문을 향해 갔지만, 헤라르도는 팔로 그녀를 꽉 껴안았다. 후아나는 그의 팔을 세게 물어 입에서 그의 피 맛이 났다. 그녀는 발로 차고 도와 달라고 비명을 질렀지만, 다른 여자애들 중 그 누구도 그녀를 도우러 와주지 않을 거란 걸 알고 있었다.

"창녀야!" 헤라르도는 이렇게 소리친 뒤, 그녀를 침대로 던지고는 잭나이프를 꺼내들었다. 헤라르도가 후아나의 등이 자기를 향하도록 침대에 눌러 고정시켰을 때, 그녀는 목에 들이대진 칼날을 느꼈다. 그는 한 손으로 그녀의 손목을 움켜쥐고, 다른 손으로는 그녀의 머리를 베개에 묻었다. 그녀는 바둥대며 그를 떼내려고 했지만 그는 그녀를 더 단단히 쥐었다. 그녀는 돈 엘리아스가 자신에게 이렇게 했을 때 엄마가 어떤 생각을 했을지 궁금했다. 그녀는 머릿속의 어느 곳으로 도망쳤기에 역겨움을 생각하지도, 느끼지도, 숨막히지도 않을 수 있었을까?

후아나는 헤라르도의 칼이 그녀를 베어버리길 바랐다. 그녀는 죽고 싶었지만, 맘 깊은 곳에서는 자신이 살아남아야 한다는 것을 알고 있었다. 그녀는 몸을 축 늘이고 헤라르도가 가하는 고통에 대해 생각하지 않으려 애썼다. 그녀는 눈을 감고 자신을 둘러싼 바위와들, 강, 푸른 하늘을 생각했다.

헤라르도는 일을 마치고 웃으며 그녀를 밀쳐냈다. 후아나는 일어서서 입에 침을 모아 그의 얼굴에 뱉었다.

아델리나가 집에 왔을 때, 후아나는 배낭에 옷을 집어넣고 있었다. 아델리나는 그녀의 부어오른 눈과 찢어진 입술을 보고 놀라서 숨이 막혀했다.

"누가 그런 거야?" 아델리나는 물었다.

후아나는 아무 말도 하지 않았다.

"후아나, 말해 봐, 누가 그랬어? 손님이 그랬어?" 아델리나는 의자에 앉아서 그녀를 보았다.

"헤라르도야." 후아나가 말했다.

아델리나는 고개를 저으며 일어섰다. "아냐, 후아나, 그가 그랬을 리가 없어."

"나 떠나, 아델리나."

"그가 그러고 싶어서 그런 건 아닐거야, 후아나. 내가 여기서 안 보이니까 화가 나서 그랬을 수도……"

"뭔 소리야?"

"헤라르도가 성질이 나쁘다는 거 알아, 그리고 내가 항상 그를 화나게 만들어. 그가 너를 일부러 때린 건 분명 아닐 거야."

후아나는 아델리나에게 사실을 말해 줘야 할까 생각하며 잠시 조용히 있었다. 그러는 대신 그녀는 말했다. "나랑 같이 가자, 아델리나. 우리 이거 다 남겨두고 떠나자."

아델리나는 고개를 저었다. "안 돼, 후아나. 난 떠날 수 없어. 난 할 수 없어."

"그치만 왜?"

"난… 난 그를 사랑해."

후아나는 허공에 대고 주먹을 쥐었다. "그렇지만 아델리나……"

"알아, 네가 날 어리석다고 생각하는 거, 그렇지만 그런 거야, 후아나. 난 그를 떠날 수가 없어."

후아나는 일어섰다. 그녀는 티셔츠를 벗고 등을 아델리나 쪽으로 돌렸다. 그녀는 아델리나가 놀라 숨이 막혀하는 소리를 들었다.

"후아나.."

"헤라르도가 물어서 난 자국들이야." 후아나는 말했다.

"그렇지만 그가 왜 그러겠어?"

"그가 날 강간했어, 아델리나, 이해가 안 돼? 그 개새끼가 날 강간했다고!"

방은 한참 동안 조용했다. 아델리나는 침대에 가서 누워 가슴에 베게를 껴안았다. 후아나는 계속해서 자기 물건들을 배낭에 집어넣었다. 그녀는 아델리나에게 사실을 말한 것을 후회하진 않았지만, 동시에 친구를 그런 식으로 아프게 만든 스스로가 미웠다.

얼마 후, 아델리나는 마침내 일어서서 경대로 갔다. 그녀는 맨 아래 서랍에서 서류를 꺼냈다. 후아나는 곁눈으로 그걸 볼 수 있었다. 그녀는 그 서류가 무엇인지 알고 있었다. 그것은 아델리나의 미국 출생 증명서였다.

"그 눈 먼 사람은 어떻게 됐어?" 아델리나는 침묵을 깨며 물었다.

"몇 주 동안 찾아다녔지만 그를 찾지 못했어." 후아나는 말했다. "난 그를 찾으며 시간 낭비하고 있을 순 없어. 꼭 그가 나를 피해 숨어 다니는 것 같아. 난 **저 건너편**으로 가서 거기서 우리 아버질 찾아야만 해."

아델리나는 고개를 끄덕였다. 그녀는 경대 거울 위에 붙여 뒀던 사진들 중 하나를 떼어내서 한참을 바라보았다. 그것은 그녀가 지닌 유일한 가족사진이었다. 후아나는 그녀가 부모님과 오빠의 얼굴 윤곽을 손가락으로 따라가는 모습을 보았다. 아델리나는 한숨을 쉬고 나서 말했다. "좋아, 후아나. 나 너랑 함께 갈게."

"정말이야, 아델리나?" 후아나는 아델리나 옆에 가서 섰다.

"그래, 후아나. 네 말이 맞는 것 같아. 어쩌면 여긴 내가 살 곳이 아닌가 봐. 어쩌면 아직 내게도 기회가 있을지도 몰라."

후아나는 경대 거울에 비친 그들의 모습을 보며 미소 지었다.

코요테를 기다리고 있는 사람들 그룹에 여자는 두 명밖에 없었는데, 후아나와 어두운 피부색을 가진 키 작은 삼십대 여성이었다. 나머지는 모두 남자였다. 팔에 혈관이 튀어나오고 손에는 못이 박혀 있으며 이마에 깊숙이 투지의 주름이 새겨져 있는 네 명의 남자들이었다. 후아나는 모텔 로비의 유리문에 비친 자신의 모습을 바라보았다. 그녀는 자신의 가는 팔과 작은 다리를 보며 자기가 더 크고 더 강했으면 하고 바랐다.

한 노인이 카운터 너머에 앉아 초조한 듯 시계를 바라보았다. 그는 모텔의 프런트 직원이자 코요테의 조수였다. 미리 그는 국경을 넘는 여행을 위해 그룹의 모든 사람들에게 물병, 오렌지, 빵, 마른 치즈, 할라페뇨 캔, 작은 마요네즈 병, 그리고 화장지 한 롤을 나눠 줬다. 시계는 12시 15분을 가리키고 있었다. 15분을 더 기다려야 한다.

후아나는 모든 사람들이 초조해하고 있다는 것을 알아보았다. 네 명의 남자들과 여성은 서로의 눈길을 피하면서 로비를 둘러보았다. 그들은 바닥을 보았다. 천정을 보았다. 자신의 손을 보았다. 그들은 배낭의 끈을 너무나 세게 잡고 있어서 그들의 손마디가 새하얘져 있었다. 후아나는 초조하고 겁나하는 사람이 자기 혼자만은 아니어서 기뻤다. 그녀 또한 국경을 넘다가 죽을까봐 두려웠다. 그것은 그녀와 아델리나가 함께 잤던 코요테에게서 배우게 된 것들 중 하나였다. 살아서 **저 건너편**을 보게 될지 누구도 결코 알 수 없는 일이었다.

죽음이 두려워서가 아니라, 만약 자신이 죽으면 아버지를 다시는 보지 못할 것이기 때문에 그녀는 겁내고 있었다.

후아나는 여인이 손에 묵주를 들고 있다는 것을 알아보았다. 묵주의 알이 어두운 갈색으로 여인의 손 색깔과 비슷해서 거의 눈에 띄지 않았다. 후아나는 은십자가를 볼 수 있었고, 여인의 입술이 소리 내지 않고 기도를 하며 움직이는 것을 볼 수 있었다.

후아나는 자기도 기도할 용기가 있었으면 싶었다.

갑자기, 문이 열려 모든 사람들이 깜짝 놀라 튀어 일어났다.

"다들 준비됐어요" 코요테의 조수는 재빨리 말했다.

청바지와 초록색 셔츠를 입은 남자가 그의 말에 고개를 끄덕이고 그룹을 쳐다보았다.

"옥타비오는 어디 있어요?" 후아나는 물어보았다. 이 사람은 그녀와 아델리나가 저 건너편으로 데려다 달라고 돈을 낸 그 코요테가 아니었다. 일단 그녀가 국경을 건너고 나면 아델리나에게 전화해서 그녀와 출라 비스타에서 합류할 예정이었다.

"그는 아파요" 코요테가 말했다. 그는 조수를 돌아보고 물었다. "배낭을 채워줬어?"

조수는 고개를 끄덕였다.

"자, 모두 들으세요, 제 이름은 안토니오입니다. 우리는 이렇게 할 겁니다. 제가 이 문을 걸어 나갈 거고 여러분은 제 뒤를 따라옵니다. 그렇지만 함께 걷지 마세요. 혼자나 혹은 둘이서 걷고, 그리고 제게 너무 가까이 붙지 마세요. 우리는 여기서 몇 블록 떨어진 버스정류장으로 가서 터미널로 가는 버스를 탈거예요. 모두들 이해

됐습니까?"

모두 고개를 끄덕였다.

"좋습니다. 그럼 갑시다."

후아나는 따라가야 하나 확신하지 못한 채 그곳에 그대로 머물렀다. 그녀는 옥타비오를 믿었다. 그는 단골 고객이었고 그녀는 그가 정직하고 친절한 것을 알고 있었는데, 이런 것은 코요테에게는 흔치 않은 것이었다.

"저, 오는 거예요, 마는 거예요?" 코요테는 그녀를 위해 연 문을 잡고 물었다.

후아나는 고개를 끄덕이고 문 밖으로 나섰다.

버스는 후아나의 그룹을 버려진 땅 한가운데에 내려주었다. 그들이 서 있는 쪽으로는 옆에 장벽이 없었지만, 길 건너편을 따라서는 철책선이 이어져 있었다. 후아나는 주변 수마일 내로 선인장과 관목 밖에는 볼 수 없었다.

"자, 여기가 시작 지점이에요." 코요테는 길을 건너는 동안 말했다.

그들은 한 명씩 철책선에 난 구멍으로 지나갔다.

"여러분들 중 누구라도 할 수 없을 것 같은 분이 계시면," 코요테는 후아나와 여인을 보며 말했다. "제게 말씀하세요, 그러면 이민국이 찾아서 돌아가게 해 줄 수 있는 곳에 남게 해 드릴 테니까요."

후아나는 표정 없는 네 남자의 얼굴을 보고, 여인을 보았다. 여인은 손에 든 묵주에 키스하고 후아나에게 미소 지었다.

"성모님이 우릴 도울 거야." 그녀는 말했다.

후아나는 아무 말도 하지 않았다.

"잘 따라오셔야 합니다, 부인." 코요테는 여인에게 말했다. "그리고 당신도." 그는 후아나를 보며 말했다. "똑같이 해야 합니다."

그는 돌아섰고 그룹은 조용히 그의 뒤를 따랐다. 태양은 후아나의 등을 비춰 그림자를 앞으로 드리우게 만들었다. 후아나는 자기 그림자를 밟으며 **저 건너편**으로의 여행을 시작했다.

후아나는 자기들이 계속 같은 원을 돌고 있는 것처럼 느꼈다. 그녀는 같은 선인장, 같은 관목, 그 위를 지나갈 때 발을 휘감는 같은 야생초를 본다고 생각했다. 얼마나 오래 걷고 있는 것일까? 그녀 이전에 왔던 사람들의 자취인 빈 샌드위치 가방, 할라페뇨 깡통, 종이 포장지, 침봉투, 소다 캔, 그리고 플라스틱 물통이 관목과 돌 사이에 흩어져 있었다.

그녀는 여기저기서 옷들이 관목에 걸려 바람에 가볍게 날리는 것을 볼 수 있었다. 마치 누군가가 빨래를 해서 마르라고 바깥에 널어둔 것만 같았다. 후아나는 누가 왜 자신의 옷을 남겨놓고 가는 걸까 궁금했다.

그녀는 손을 들어 올려 이글거리는 햇빛이 눈에 비치는 것을 막았다. 그녀 앞에는 코요테와 네 명의 남자들이 자신 있고 빠른 걸음으로 걷고 있었다. 마치 그들은 태양의 열기나 위의 배고픈 고통에서 자유로운 것처럼 보였다. 다리를 움직이기가 너무 힘들었지만 후아나는 그들과 보조를 맞춰야 한다는 것을 알고 있었다. 그녀는 돌아서서 뒤를 보았다. 여인은 뒤에 처져 있었다. 그녀는 발을 앞으로 질질 끌고 있었고, 기진맥진해서 상체가 바닥을 향해 굽어 있었다.

"서두르세요, 아주머니." 후아나는 부드러운 목소리로 말하고, 손을 흔들어 여인에게 서두르라는 신호를 보냈다.

코요테는 걷기를 멈추고 그들에게 식사 시간이라고 말했다. "그렇지만 빨리 드세요." 그는 말했다. "계속 가야 해요."

후아나는 바위에 앉아서 몸을 돌려 여인을 보았다. 그녀는 여전히 그들을 향해 걸어오고 있는 중이었다. 그녀가 마침내 도착했을 때는 남자들이 이미 빵과 치즈를 다 먹은 후였다. 후아나는 미지근해진 물을 조금씩 마시고 있었다.

"부인." 코요테는 말했다. "당신은 여기 머물면서 이민국이 오길 기다리는 것이 낫겠어요. 당신 때문에 우리가 잡힐 위험이 있습니다."

여인은 고개를 저었다. "아뇨, 아저씨, 저를 남겨두지 마세요 할 수 있습니다. 천천히지만, 그래도 전 할 수 있어요."

코요테는 고개를 저었다. "모르겠어요. 전 당신이 할 수 있을 것 같지 않습니다."

여인은 후아나 옆에 앉아 배낭에 있던 오렌지 하나를 꺼냈다. 그녀는 후아나를 소심하게 쳐다보며 미소 지으려 애썼다.

"난 루르데스라고 해." 그녀는 말했다. "넌 이름이 뭐야?"

"후아나예요."

"난 저 건너편으로 가야만 해." 그녀는 말했다.

후아나는 고개를 끄덕였다.

"우리 애들은 날 필요로 해. 나는 걔들에게 꼭 돌아가야 해."

"당신은 송환 당했었나요?" 후아나는 질문했다.

"응, 식당에서 청소하고 그릇 씻는 일을 하기 시작했었어. 일주일후, 주급을 받을 예정이던 날에 일하러 나갔더니 이민국이 와서 우리들 중 몇 사람을 잡아 갔어. 우리에게 돈을 지불하지 않아도 되도록 보스가 이민국을 불렀다는 걸 알았을 땐 이미 너무 늦었지."

"유감이에요." 후아나는 말했다.

루르데스는 고개를 끄덕였다. "난 우리 애들에게 돌아가야 해."

"자, 화장실 가실 분이 계시면 지금이 적당한 시간입니다." 코요테는 말했다.

남자들은 돌더미 쪽으로 갔다. 후아나와 루르데스는 반대 방향의, 근처의 관목이 떼 지어 자라는 곳으로 향했다. 후아나는 화장지 두루마리를 가지고 갔다. 그녀는 볼일을 보면서 뱀, 코요테 혹은 타란툴라 거미가 있나 살피며 주위를 둘러보았다. 그녀를 향해 친숙한 냄새가 흘러왔다. 죽은 동물의 냄새였다.

갑자기 루르데스는 비명을 지르기 시작했다.

후아나는 재빨리 일어서서 그녀가 있는 곳으로 달려갔다. 루르데스는 땅에 붙박힌 채로 관목 속에 있는 무엇인가를 가리키며 소리를 질러대고 있었다.

"무슨 일이에요? 무슨 일?" 남자들은 달려오면서 물었다.

"입 다물어, 이 여자야." 코요테는 말했다. "이민국이 들을 수도 있다구!"

후아나는 루르데스를 자신에게로 당겨서 그녀를 진정시켰다. 그들에게서 몇 미터 떨어진 땅 위에 죽은 남자가 누워 있었다.

후아나는 그의 창백한 피부와 이마 위 커다란 혹을 볼 수 있었다. 그의 눈은 감겨 있었고, 그의 얼굴은 깊은 잠이 든 듯 편안해 보였다. 후아나는 온통 그의 주위를 윙윙대며 날고 있는 파리들을 쫓아낼 수 있었으면 싶었다.

"불쌍한 녀석 같으니라고" 코요테는 말했다. "아마도 자기가 뭐에 맞았는지도 몰랐을 겁니다."

"누가 그랬다고 생각하는데요?" 남자들 중 한 사람이 물었다.

"아마도 그의 코요테일 겁니다." 코요테는 말했다. 그는 남자들이 눈에 두려움을 담고 그를 보자 웃었다. "이봐요, 어떤 코요테들은 그런 짓을 해요, 알잖아요. 그렇지만 그 사람들은 진짜 코요테가 아녜요. 그 사람들은 그냥 사람들에게 거짓말을 하고 이리로 데려와서는 죽이고 돈을 가져가죠. 그렇지만 절 믿으세요, 전 그런 짓 안 해요."

후아나는 그룹이 다시 움직이기 시작하면 맘먹고 그의 뒤에서 걷 겠다고 스스로 다짐했다. 그녀는 어떤 위험도 감수하지 않을 것이 다.

코요테는 계속 가야 할 시간이라고 말하면서, 후아나와 루르데스 에게 그들만 따로 가라고 말했다.

"그렇지만 왜요?" 후아나는 물었다. "우리는 당신과 함께 가야 해요. 가는 방향을 아는 사람은 당신밖에 없잖아요."

코요테는 멀리에 있는 안테나를 가리켰다. "우리가 가는 방향은 저쪽이에요. 관목 사이로 숨고, 몸을 낮추고 다니세요. 우리가 곧 따라잡을 테니까."

"그렇지만……"

"이봐요, 후아나, 원래 그렇게 하는 거예요. 당신 둘이 우리를 지 체시키고 있어요. 그러니까 우리가 당신들이 먼저 출발할 수 있도 록 해 주는 거라고요. 남자분들과 저는 여기 머물면서 좀 더 쉴게 요. 그리고 당신과 부인은 걸어가기 시작해야 하고요. 아니면 여기 있으면서 이민국이 오길 기다려도 됩니다."

후아나는 루르데스를 바라보았다.

"가자." 루르데스는 말했다. "우리가 어떤 사람들인지 그들에게 보여주자."

후아나는 억지로 일어나서 배낭을 메고 걷기 시작했다. 그들은 이민국을 위한 미끼로 보내지는 것이다. 자기와 루르데스가 잡히면, 코요테와 네 명의 남자들은 도망갈 기회를 얻게 되리라는 것을 그녀는 알고 있었다.

. . .

태양이 지고, 이제는 어둠이 그들 주변에 온통 퍼져가고 있었지만, 여전히, 후아나는 그들을 향해 걸어오는 다섯 명의 남자를 분명하게 볼 수 있었다.

"정말로 그 사람들인 것 같으니?" 루르데스는 물었다.

후아나는 고개를 끄덕였다.

"우리는 과달루페 성모님께서 도와주신 것에 감사드려야 해." 루르데스는 성호를 그으며 말했다. 후아나는 관목들 사이에서 일어나 남자들이 그들이 서 있는 곳으로 올 때까지 기다렸다.

"헤이, 당신들이 무사히 도착해서 기쁘군요." 코요테는 후아나에게 말했다. 그녀는 그의 얼굴에서 놀란 표정을 보며 고개를 끄덕였다. 그는 실망한 걸까?

"자, 앉아서 쉽시다." 코요테는 말했다. 후아나는 그가 계속 가야 한다고 말하지 않아서 기뻤다. 그녀와 루르데스는 겨우 십 분 전에

이 장소에 도착했고, 남자들보다 앞서려고 빨리 걸었기 때문에 지쳐 있었다. 후아나는 자기들이 해낼 수 없을 것이라고 여러 번이나 느꼈었다.

"얼마나 더 오래 걸릴까요?" 남자들 중 한 사람이 물었다.

"내일까지는 도착하지 못할 겁니다, 판초" 코요테는 말했다. "우리는 천천히 가고 있어요. 때로는 너무 천천히요."

달은 반으로 잘린 밝은 일 페소 동전 같은 모양이었다. 저 앞 멀리, 언덕 위로, 후아나는 어둠 속에서 작은 붉은 빛이 빛나는 것을 볼 수 있었다. 그녀를 쳐다보는 악마의 눈 같았다. 그녀는 몸을 떨었다.

"저건 뭐예요?" 그녀는 코요테에게 물었다.

"안테나예요."

후아나는 고향을 떠나온 이후로 이렇게 많이 걸어본 적이 없었다. 그녀는 안테나의 붉은 악마의 눈을 계속 바라보고 있었다. 그것들은 더 가까워지는 것처럼 보이지 않았다.

그녀는 으르렁대는 소리를 들었고, 잠시 그녀는 자기 위에서 나는 소린 줄 알았다. 그러나 코요테는 갑자기 걸음을 멈추고 모든 사람들에게 멈추라고 말했다. 그들은 서서 소리를 들었다. 후아나는 숨을 죽였다.

그 소리가 다시 났다. 더 가까워지고 있었다.

"헬리콥터예요." 코요테는 말했다. "빨리, 아무 데로나 숨을 곳을 찾아요." 그들은 그의 말을 따라, 바위와 관목을 뛰어넘었다. 마른 가지가 후아나의 팔에 걸려서 스웨터에 구멍을 냈다.

"빨리, 빨리!"

후아나는 어둠 속으로 계속 달렸다.

"후아나!"

그녀는 돌아서서 바닥에 넘어져 있는 루르데스를 간신히 보았다.

그녀는 되돌아 달려가서 그녀를 들어 올렸고, 그들이 뒤돌아봤을 때는 남자들이 이미 어둠에 삼켜진 후였다. 이제 헬리콥터가 시야로 들어왔고, 그 소음이 고요를 토막 내고 있었다. 수색을 하며 위에서 밝은 빛이 내리비쳤다.

"그들은 어디에 있지? 그들은 어디 있어?" 루르데스는 물었다.

"가요!" 후아나는 함께 가자고 그녀를 당기며 말했다. 그들은 불빛과 소음에서 멀어지기 위해 달리고 또 달렸다.

"서둘러요!"

숨을 곳은 어디에도 없었다. 후아나와 루르데스는 관목 사이를 무턱대고 달렸고, 그들을 옭아매려는 듯 뾰족한 가지들이 그들을 잡았다. 가지가 후아나의 팔과 얼굴을 긁어댔지만 그녀는 여전히 계속해서 달렸다.

"저기. 이쪽이에요. 이쪽이라고요."

그들은 목소리를 따라갔고 거기서 너무나 가까이 함께 자라 작은

굴을 형성한 관목무리를 찾아냈다.

"이쪽이에요."

뭔가 하얀 것이 어둠 속에서 흔들리고 있었고, 후아나는 루르데스를 그리로 이끌어갔다.

"안으로 들어와요, 빨리!"

후아나는 눈을 감고 숨을 죽인 채 들었다. 헬리콥터는 그들 위에서 요란스럽게 울려대며, 어둠을 자르는 칼처럼 빛을 비춰대고 있었다.

루르데스의 손가락이 후아나의 팔을 꽉 쥐었다. "제발, 성모님, 부디 우리를 구해 주소서, 그들이 우리를 찾게 하지 마시고, 그들이
......"

"진정하세요, 아주머니." 후아나는 속삭였다. 그러나 루르데스는 낮은 소리로 계속 중얼거렸고, 그녀는 후아나의 팔을 더 세게 쥐었다.

빛이 한 남자의 얼굴에 떨어졌고, 후아나는 그들 그룹의 남자들 중 한 사람인 훌리오의 얼굴을 알아보았다. '굴'이 다시 어두워지자 후아나는 더 이상 그의 얼굴을 볼 수 없었지만, 그녀는 마음속에서 여전히 그의 눈을 볼 수 있었다. 두려움으로 넓게 떠진 크고 둥근 눈을.

그들은 흙길을 따라 걸었다. 이따금씩 후아나는 관목 사이로 길

을 볼 수 있었다. 코요테가 길 위를 걷는 일은 안전하지 않다고 했기 때문에 그들은 대신 관목 사이로 바닥에 몸을 가까이 한 채로 걸었다. 그녀는 다리가 아팠고, 눈은 잠이 와서 무거웠다. 그녀를 깨어 있게 해 준 것은 싸늘한 밤공기와 그녀 속에 깊이 숨겨져 있던 날카롭고 고통스런 두려움이었다.

"들어보세요. 이민국 사람들이 오고 있어요." 코요테는 속삭였다. "바닥에 몸을 숙이세요. 빨리!"

그들은 즉각 몸을 바닥으로 숙여 관목 뒤에 숨었다. 엔진의 부릉대는 소리가 더 시끄러워졌다. 이내, 커다란 흰 트럭이 흙길 위로 지나갔다.

계속 가, 계속 가, 제발. 후아나는 생각했다.

트럭은 그들이 있는 곳에서 너무 멀지 않은, 길의 좀 더 먼 곳에서 멈췄다. 후아나는 트럭이 어디로도 가지 않을 것이란 걸 경악을 금치 못하며 깨달았다.

"제길. 우리가 너무 늦었어요." 코요테는 말했다.

"뭐예요?" 에우헤니오가 물었다.

"근무교대 시간 말이에요. 근무교대 사이에는 항상 빈 시간이 있어서 그때는 여기에 아무도 없지만, 우리가 여기 너무 늦게 도착했어요. 여기서 몇 시간이나 앉아서 다음 근무교대만 기다리고 있을 수는 없어요."

"그리고 우리는 너무 많아요. 분명 그들이 우릴 볼 거예요." 판초는 말했다.

코요테는 생각하며 잠시 침묵하고 나서 말했다. "자 들어보세요 우리는 두 그룹으로 나눌 거예요 로베르토, 에우헤니오, 그리고 판초는 저와 같이 가요 당신들 두 여자분은 훌리오와 함께 가세요"

"그렇지만……"

"자 들어보세요, 훌리오, 제가 다 함께 우리 일곱 명 모두를 이민국 사람들 너머로 지나가게 해 드릴 수가 없어요. 분명 잡히고 말 겁니다. 이 방법이 더 나아요. 우리 네 명, 그리고 당신들 세 명. 자, 저쪽에 있는 언덕이 보이나요?"

후아나는 고개를 돌려 이민국 사람들 반대편에 솟아 있는 언덕의 실루엣을 보았다.

"네, 보여요" 훌리오는 말했다.

"좋습니다, 저기가 우리가 만날 장소예요. 당신은 당신 그룹의 사람들을 데리고 길로 가서 그 옆쪽으로 지나가보세요 그리고 저는 제 그룹을 이쪽의 이 언덕을 돌아서 데리고 갈게요"

"그렇지만, 아저씨, 저는 당신과 가고 싶어요." 루르데스는 말했다. "저 건너편으로 확실히 가야 해요 로스앤젤레스로 돌아가야만 해요."

"부인, 이 언덕은 느슨한 흙과 바위로 가득해요, 당신이 떨어지는 것을 원치 않습니다. 당신은 길을 따라가면서 이민국 사람들에게 주의를 기울이세요 저쪽에서 다시 만날 겁니다."

판초, 로베르토, 에우헤니오와 코요테는 관목 속으로 사라졌다.

후아나의 그룹은 어둠 속에 남겨진 채 서 있었다. 세 명은 몇 미터 앞에서 이민국 사람들이 기다리고 있는 길 쪽을 바라보았다.

그들은 번갈아 움직였다. 훌리오는 그들이 동시에 움직이면 너무 많은 소음이 날 테니까 그렇게 해야만 한다고 했다. 루르데스가 먼저 갔다. 그녀는 짧은 보폭으로 발끝으로 걸어 관목사이를 조용하게 움직였다. 그녀는 바위에 다다르자 낮게 몸을 웅크리고 기다렸다. 후아나가 다음으로 갔다. 루르데스가 있는 바위로 걸어가며 소리를 내지 않았기 때문에 그녀는 처음으로 자기가 작고 말랐다는 것이 기뻤다. 그녀 또한 몸을 낮게 웅크리고 기다렸다. 훌리오가 마지막이었다. 그는 크고 몸이 둔했지만 용케 조용히 해냈다.

그들은 바위나 관목 뒤에서 몸을 웅크리면서, 한 번에 몇 미터씩 천천히 움직였다. 마침내 이민국 사람들이 차를 세워둔 곳에 도착했을 때 그들은 훨씬 더 조심스럽게 움직였는데, 아주 작은 소음이라도 그들을 들키게 만들 수 있기 때문이었다. 후아나는 숨을 죽이고 움직였다. 루르데스의 차례가 왔을 때, 그녀는 바위에 걸려 넘어지면서 균형을 잡으려고 근처에 있는 관목의 나뭇가지를 붙잡았다. 그러나 나뭇가지가 부러지며 루르데스는 바닥으로 넘어졌다.

주변이 조용했기 때문에 쿵하는 소리가 크게 울렸다. 그들은 모두 숨을 죽이고 기다렸다. 후아나는 두 명의 이민국 관리들이 이야기하는 것을 볼 수 있었지만 그들이 무슨 말을 하고 있는지는 알아들을 수 없었다. 그들 중 한 명이 바닥에 담배를 버리고 뒤꿈치로 뭉갠 뒤 두 사람은 소음이 들린 곳을 향해, 후아나를 향해 걸어왔다.

그녀는 그들의 발소리가 점점 가까이 다가오는 것을 들었다. 그들은 관목의 가지들을 한쪽으로 제치며 점점 더 가까이 그녀에게로 걸어왔다. 루르데스는 움직이지 않았다. 그녀는 비명을 지르지 않으려고 손을 물고 바닥에 앉아 있었다.

훌리오가 숨어 있던 곳 근처에 있던 관목 숲에서 무언가가 뛰쳐나왔다.

"우왓!" 관리는 놀라서 말했다.

동물 한 마리가 바위 위로 튀어 오르더니 재빨리 다시 어둠 속으로 사라졌다.

"그냥 여우네." 그들 중 한 명이 말했다.

이민국 관리들은 그들의 트럭으로 되돌아갔다.

"저쪽에 있는 저거 보여요?" 코요테는 물었다. "저건 미국 도로예요. 거의 다 온 겁니다."

저 **건너편**이다! 후아나는 안도의 한숨을 쉬었다. 그들은 오랫동안 걸은 후에 언덕 꼭대기에 앉아 있었다. 그녀는 거의 다 도착한 것이다. 곧 그녀와 아델리나는 다시 함께 있게 될 것이다.

"지금부터 우리는 그저 달릴 겁니다." 코요테는 말했다. "있는 힘껏 달리세요. 철책을 만나게 되실 겁니다. 그저 가로로 난 세 줄의 철선에 불과해요. 철선을 만지면 안 됩니다. 센서가 있어요. 그래서 그것들을 움직이면 그 움직임을 이민국에 전송하게 되고, 그 사람들이 이리로 와서 살펴볼 겁니다. 자, 갑시다."

후아나에게는 더 이상의 설득이 필요 없었다. 그녀는 출발해서 남자들을 따라잡으려고 애쓰며 할 수 있는 최대한 빨리 달리고, 달리고 달렸다. 그녀의 옆구리가 불타는 듯했고 그녀의 폐는 공기를 찾아 아우성쳤지만, 그녀는 철책에 도착할 때까지 멈추지 않았다. 그녀는 남자들을 따라가서 철선 사이의 공간을 기어 넘어 저 건너편으로 건너갔다.

"미국에 오신 것을 환영합니다." 코요테가 말했다.

후아나는 공기를 한입 가득 깊이 들이쉬었다. 미국의 공기다.

그들은 코요테가 이정표로 생각하라고 했던 탑들에 걸린 한 줄의 케이블 아래를 걸었다. 탑들은 마치 수천 마리의 벌들이 떼를 지어 시끄럽게 웅웅거리는 것 같은 소리를 내고 있었다.

한 줄로 서서 길을 걸으면서, 후아나는 아버지가 이 길로 왔었을까 생각했다. 탑 아래로 길이 난 지점이 있었다. 그 철골 아래를 걸으며 후아나는 언제라도 그것이 자신들 위로 무너져 내릴 수 있을 거라고 느꼈다. 발 아래에서 땅이 웅웅거렸다. 그녀는 케이블로 전송되는 에너지가 거의 느껴지는 듯 했다. 웅웅거리는 소리는 요란

해서 그녀의 머릿속에서 진동했다. 그녀는 더 빨리 걸었다.

그들이 마지막 탑에 도착했을 때는 거의 새벽이었다. 그들 앞에는 마른 강처럼 보이는 것이 있었다.

"모두들 바위 위로 걸으세요. 모래를 밟지 마십시오." 코요테는 말했다. "발자국을 남기게 되면 이민국 사람들이 추적할 수 있어요." 몇 분 후에 코요테는 걷기를 멈추었다. "오케이, 여러분, 끝났습니다."

후아나는 그가 무슨 의미로 그 말을 했는지 잘 몰라서 주위를 둘러보았다. 그들 주위로는 온통 양편 위로 거인처럼 솟아나 있는 거대한 바위들뿐이었다. 그것을 보니 후아나는 도냐 마르티나가 언젠가 말해 준 휘파람 부는 거대한 바위들에 대한 이야기가 떠올랐다. 그녀는 그 바위들이 이렇게 보이지 않을까 생각했다. 코요테는 바위틈들을 가리키며 저기서 잘 것이라고 말했다.

"우리는 여기에 세 시까지 도착했어야만 합니다." 그는 말했다.

이제 아침 7시였다. 태양은 이미 위에서 빛나고 있었다.

그들은 모두 바위틈으로 기어들어갔다. 그 틈이 앉기에는 너무 좁았기 때문이다. 후아나는 상관치 않았다. 그들이 모두 누웠을 때, 코요테는 돌아다니며 모든 사람들에게 빵과 치즈를 건네주었다. 후아나는 재빨리 먹어치웠다. 그녀는 머리를 팔에 대고 오래 기다렸던 잠을 자려고 눈을 감았다.

오후 세 시에 그룹은 다시 걷기 시작했다. 한 시간을 걷고 나서 마침내 포장된 도로에 다다랐다.

"우리는 저 길 건너편으로 가야 합니다." 코요테는 말했다. "누군가 차를 타고 저기서 우리를 기다리고 있어요. 그렇지만 저기에는 또 그 빌어먹을 이민국 사람들이 좀 더 멀리에 차를 주차시켜놓고 있어요. 길을 가로질러 달리기엔 너무 위험해요. 우리는 계속 걸어가야 합니다."

그래서 그들은 터널에 도착할 때까지 다시 반 시간 정도를 걸었다. 터널은 어둡고 축축했다. 썩은 물과 죽은 동물 냄새 같은 것이 났다. 그들은 엉금엉금 네 발로 기어서 그곳을 지나가야만 했다. 금속 위의 융기부가 후아나의 무릎을 파고들었고, 몇 분 후에는 통증과 함께 부어올랐다. 너무나 어두웠기 때문에 그녀는 자신이 눈을 꼭 감고 있는 것처럼 느껴졌다. 그녀는 눈을 깜박이고 또다시 깜박였지만, 빛이 없는 이 상태가 나아지지는 않았다.

그녀는 다른 사람들이 어디 있는지 잘 몰랐다. 코요테를 선두로 판초와 로베르토가 뒤를 따라 그들은 함께 출발했다. 앞에서 그들의 소리가 들리지 않았다. 그러나 그녀 뒤로는 훌리오, 에우헤니오 그리고 루르데스가 고통에 신음하며 오고 있었다.

마침내 건너편에 도착해서는, 이번엔 밝은 빛에 적응해야만 했다. 그녀는 더 이상 아프지 않게 될 때까지 몇 초 동안 눈을 감고 있었다. 그녀가 눈을 뜨자 로베르토와 판초 그리고 코요테가 그녀를 바라보며 바닥에 앉아 있었다. 초록색 제복을 입은 그링고들이 그들 뒤에 서 있었다.

"몇 명 더 남았어?" 그들 중 한 명이 코요테에게 물었다.

"세 명 남았습니다." 코요테는 말했다.

후아나는 뒤돌아 터널로 다시 들어갔다. 그녀는 그들에게서 도망쳐야 했다. 그녀는 이제 너무 멀리 와버렸다. 누군가가 그녀의 다리를 잡아서 그녀는 있는 힘껏 발길질을 했다. 그녀는 꼭 붙잡으려 애쓰며 손톱을 금속에 박아 넣고 그것을 긁었다.

아델리나

아델리나는 닥터 쉐퍼가 그녀를 데리고 간 병원의 방으로 걸어 들어가 뒤로 문을 얌전히 닫았다. 디아나는 고개를 돌려 그녀를 보았지만 웃거나 아델리나가 온 것을 아는 척할 기미는 전혀 보이지 않았다. 그녀는 고개를 돌려 벽에 걸린 텔레비전을 보았다.

아델리나는 디아나의 침대 옆 의자를 끌어당겼다. 그녀는 디아나의 팔목을 보았다. 그것은 하얀 붕대로 덮여 있었다.

"좀 어때요?" 그녀는 앉으면서 물어보았다.

디아나는 텔레비전에서 눈을 떼지 않았다.

아델리나는 그녀를 아프게 하지 않으려고 조심하면서 디아나의 손을 만지려고 다가갔다.

"넌 날 거기 그냥 내버려둬야 했어." 디아나는 말했다.

"디아나……"

"난 죽고 싶어, 아델리나. 난 이렇게 살 수 없어, 속에서 날 조여와 결국 숨도 쉴 수 없게 만드는 이 고통 속에서는."

"고통이 치유되는 데는 시간이 걸려요, 디아나. 언젠가는 지금처럼 아프지는 않게 될 거예요."

디아나는 코웃음을 쳤다. 그녀는 고개를 돌려 아델리나를 보고 말했다. "네가 고통에 대해서 뭘 알아? 아이를 죽게 만드는 게 어떤 건지 넌 몰라. 밤이 와서 몸은 휴식을 갈망하지만 양심은 날 자게 내버려두지 않는 게 어떤 건지 넌 몰라."

아델리나는 눈에 고이는 눈물을 억지로 삼켰다. 그녀는 우는 게 싫었다. 그녀가 우는 건 드문 일이었는데, 울면 한결 기분이 나아지는 다른 사람들과 달리 아델리나는 훨씬 더 기분이 나빠졌기 때문이다.

"그게 어떤 건지 넌 몰라, 아델리나. 밤에 깬 채로 잠들게 내버려두지 않는, 너를 괴롭히는 악령들과 싸운다는 것이 어떤 건지 말이야."

아델리나는 뺨을 타고 흐르는 눈물을 닦았다. 그녀는 깊이 숨을 쉰 다음에 말했다. "아뇨, 저 알아요. 당신에게 이야기를 하나 해 드릴게요, 디아나. 어느 비 오는 날 밤에 잠이 들어 여동생을 물에 빠져 죽게 만든 어린 소녀의 이야기를요."

후아나

후아나는 불을 켜고 방으로 들어갔다. 그녀는 배낭을 침대에 던지고는 앉았다. 저녁 8시였다. 아델리나는 원래라면 여기에 와서 그녀의 전화를 기다리고 있어야 했다. 일단 이민국에서 풀려난 뒤 후아나가 전화했을 때 그녀는 전화를 받지 않았다. 그녀는 아델리나가 마음을 바꿔 먹었을까봐 두려웠다.

그녀는 아델리나의 침대로 걸어가 담요를 들어올렸다. 자기가 그냥 상상하고 있는 것이라고 생각했지만 담요 위의 붉은 얼룩은 진짜였다. 후아나는 담요를 불에 더 가까이 들어보고는 바닥에 던지고 방에서 뛰쳐나갔다. 그녀는 아래층으로 달려 내려가 베로니카의 문을 두드렸다. 아무도 나오지 않았다. 후아나는 노크를 계속했다. 그녀는 항상 베로니카가 고객들을 자신의 아파트로 데려온다는 것을 알고 있었다. 그녀는 호텔방이 싫고, 대신 편안한 자기 방에서 일하는 게 더 좋다고 했다.

"베로니카, 후아나예요. 제발 문 좀 열어주세요!"

문이 홱 열리고 베로니카가 담요를 감싸고 거기 서 있었다. 후아나는 도중에 방해를 받아 당황해하고 있던 침대에 누운 낯선 이를 보았다.

"베로니카, 아델리나한테 무슨 일이 생겼는지 아세요?"

베로니카는 말하려고 입을 열었지만 침대에 있던 남자에게 방해를 받았다.

"빨리 해, 이년아, 약해지고 있잖아."

베로니카는 자기 방에서 나와 뒤로 문을 닫았다. 그녀는 후아나를 한쪽으로 당겼다.

"집에 왔더니 개 담요가 피로 물들어 있었어요." 후아나는 재빨리 말했다. "제발, 말씀해 주세……"

"유감이야, 후아나."

"그녀는 어디 있어요? 괜찮은 거예요?"

베로니카는 고개를 저었다. "그녀는 죽었어. 헤라르도가 그녀를 죽였어. 그 개자식이 걜 죽였어!"

안쪽에서 뭔가가 문에 부딪치는 소리가 들려왔고, 후아나는 남자가 베로니카에게 돌아와 일하라고 질러대는 소리를 들을 수 있었다.

베로니카는 자기 방의 문을 열었다.

"그녀는 그를 떠날 거라고 말했어. 미안하다, 후아나. 나…나는 앰뷸런스를 불렀지만 그 사람들이 너무 늦게 도착했어." 베로니카는 자신의 뒤로 조용히 문을 닫았다.

후아나는 위층으로 다시 올라갔다. 그녀는 침대에 앉아 자기 몸이 떨리는 것을 느꼈다. 그녀는 자신의 한 부분이 방금 죽어버렸다는 것도 느꼈다.

그녀는 배낭을 들어 어깨에 멨다. 그녀는 거기서 나가야만 했다. 그녀는 여기에 더 이상 머물 수 없었다. 그녀는 경대로 가서 그녀와 아델리나가 거기에 테이프로 붙여뒀던 사진들을 떼어냈다. 그들이 함께 찍은 사진들이었다. 그녀는 맨 아래 서랍을 열고 아델리나의 출생증명서를 꺼냈다. 후아나는 거기 기록된 정보들을 외우면서 오랫동안 그걸 바라보았다. 그녀는 거울에 비친 자신의 모습을 보고 입을 열어 말했다.

"이름이 뭐죠?" 이민국 관리들이 물어볼 최초의 질문이라는 것을 알고, 그녀는 영어로 스스로에게 물었다.

"제 이름은 아델리나입니다. 아델리나 바스케스"

후아나는 불을 끄고, 자신의 뒤로 문을 닫고 그리고 국경 검문소로 향했다.

아델리나

택시는 강 옆으로 나란히 나있는 흙길을 따라 북쪽으로 천천히 움직였다. 움푹 패인 구덩이와 작은 돌들 위로 나아갔다. 대나무 가지와 판지로 만들어진 대부분의 오두막들은 콘크리트 집들이 되어 있었다. 아델리나는 한때 도냐 마르티나의 것이던 작은 움막집을 바라보며, 지금은 저기서 누가 살고 있을까 생각했다. 그녀는 벌거 벗은 어린 소년이 엄마가 먹이를 주고 있는 닭과 오리를 쫓아다니 며 집 밖에서 뛰어다니고 있는 것을 보았다.

아델리나는 멀리에 있는 공터를 보았다. 소년 소녀들이 축구를 하며 놀고 있었다. 그녀는 어느 소녀가 한쪽 다리를 올려 공중으로 높이 축구공을 차올리는 것을 보았다. 그녀가 공을 찬 곳에서 먼지 구름이 일어났고, 자갈이 빗방울처럼 흩뿌려져 내렸다. 아델리나는 한때 자신이 얼마나 소년들과 축구를 하며 놀고 싶어 했는지를 기억해내며 질투로 찌르르 아파왔다.

택시는 그녀의 오두막이 있어야 했을 자리에 가서 섰다.

지금은 노란 벽돌로 된 콘크리트 집이 거기에 들어서 있었고 홍수가 지면 강물이 들어오지 않도록 작은 벽돌담으로 둘러쳐져 있었다. 이것은 그녀의 아빠가 한때 꿈꿨던 집이었다.

지금 그것은 다른 사람의 것이었다.

"짐 나르는 것을 도와드릴게요, 아가씨."

아델리나는 고개를 끄덕이고 옆 좌석에서 나무 상자를 들고 택시에서 내렸다. 집의 문이 열리더니 키가 작고 포동포동한 여인이 나왔다. 십대 소년 두 명과 어린 소녀가 뒤따라 나왔다.

아델리나는 미소 지었다. "안녕하셨어요, 산드라." 그녀는 도냐 마르티나의 손녀에게 말했다.

"무사히 도착해서 너무나 기뻐." 산드라는 팔을 벌려 아델리나를 포옹하며 말했다.

"다시 만나서 반가워요." 산드라를 마지막으로 본 것이 그녀가 티후아나로 떠나기 전 기차역에서였다는 것을 기억하며 아델리나는 말했다.

산드라는 나이가 가장 많은 소년에게 짐을 안으로 들이라고 말하고 아델리나를 집 안으로 안내했다.

콘크리트 벽은 하늘색으로 칠해져 있었다. 햇빛이 커다란 열린 창을 통해 쏟아져 들어오고 있었다. 아델리나는 콘크리트 바닥을 내려다보았다.

"오두막이 사라져서 서운하니, 후아나?" 산드라는 물었다.

아델리나는 자신의 진짜 이름이 불리자 놀라서 그녀를 쳐다보았다.

"미안해." 산드라는 말했다. "아델리나라고 불러야 했는데."

"아델리나는 오래전에 죽었어요. 어쩌면 그녀를 쉬게 해 줄 때가 됐나봐요. 후아나라고 부르세요. 그게 저니까요."

산드라는 아델리나에게 소파에 앉으라고 손짓했다.

"난 네가 틀린 것 같다." 산드라가 말했다. "넌 더 이상 후아나가 아니야. 너는 이제 해야 할 일을 한 성공한 여성이야. 넌 새 이름 아델리나를 그대로 써야 해."

그녀는 국경을 넘고, 대학을 가고, 일을 구하기 위해 진짜 아델리나의 출생증명서를 사용한 것에 항상 죄책감을 느꼈다.

산드라는 아델리나가 소파의 자기 옆자리에 놓아둔 나무상자를 바라보았다.

"아버지 유골이에요." 그녀는 말했다. "산드라, 저희 어머니는 어떠세요?"

"좀 나아지셨어. 의사가 폐감염을 치료할 수 있었어, 다행히도."

"다시 식사는 시작하신 거예요?"

"아니."

"얼마 동안 이러고 계신 거예요?" 아델리나는 지갑을 열며 물었다. 그녀는 하얀 묵주를 꺼내 손가락으로 묵주알을 만지기 시작했다.

"거의 3주가 됐어."

아델리나는 고개를 저었다. 엄마는 뭘 하려는 것일까?

"그녀는 지금 너무나 약해져 있어. 겨우 쉰한 살인데, 꼭 아주 나이든 노인처럼 보이니. 그녀는 헛것을 보기 시작했어. 벽에다 대고 거기서 너희 아버지를 보고 있기라도 하듯이 말을 계속해. 때로는 아기를 안은 것처럼 팔을 앞뒤로 흔들기도 하고"

"언제 뵈러 갈 수 있을까요?"

"방문시간은 아침이야. 내일 너희 어머니께 데리고 가줄게."

오후가 되었을 때, 아델리나는 양해를 구하고 강 건너편으로 가서 마을 광장으로 가는 택시를 잡아탔다. 그녀는 광장 주변을 걸어다녀 보기로 마음먹었다. 자신의 바위로 가서 앉아 있길 더 원했겠지만, 그녀는 일단 혼자가 되면 자기가 원하지 않는 일들을 기억하고, 원하지 않는 것들을 느끼게 되리라는 것을 알고 있었다.

그녀는 세바스티안을 생각하게 될 것이었다.

아델리나는 택시에서 내려서 길을 건너 광장으로 갔다. 오후의 산들바람에 그녀의 긴 페전트 스커트가 펄럭였다. 그녀는 광장 주변에서 바람에 부드럽게 흔들리고 있는 타마린드 나무를 올려다보았다. 그녀는 벤치에 앉아 손에 손을 잡고 거니는 커플들과, 깃대에 매달린 커다란 멕시코 국기가 휘날리고 있는 기념비의 계단을 위아래로 뛰어다니는 아이들을 보았다. 그녀는 함께 모여 웃고 있는 남자들의 무리를 보았다. 그들은 손으로 입을 가리고 킥킥거리며 웃고 있는 예쁜 소녀들을 열심히 쳐다보고 있었다.

길에는 상인들이 나란히 자리잡고 서서, 옥수숫대, 시럽이나 잼을 바른 팬케익, 튀긴 바나나, 츄러스, 혹은 막대기를 끼운 망고를 팔고 있었다. 아델리나는 옥수수 냄새를 맡자 입에 군침이 고이는 것을 느꼈다. 엄마는 한때 옥수수를 좋아했었다.

"안녕하세요, 아가씨."

아델리나는 고개를 들었다가 아래로 처진 눈을 가졌던 그 젊은 남자를 보고는 깜짝 놀랐다. 이제 그녀는 그가 18세가 된 자기 동생이라는 것을 알고 있었다. 그는 그녀 앞에 섰다. 도냐 마틸데는 그녀를 바라보며 그의 오른팔에 매달려 있었다.

아델리나는 모든 묵은 증오가 자기를 집어삼키려는 것을 느끼며 노파를 바라보았다.

그녀는 깊이 숨을 쉬고 몸을 제대로 가누려고 애썼다. "좋은 오후예요, 젊은이. 다시 보게 되다니 너무나 놀랍네요." 그녀는 자신이 이렇게 말하는 것을 들었다.

그녀의 동생은 웃었다. 아델리나는 움찔했다. 그건 자기 아버지의 웃음소리였다.

"저는 당신을 보고 놀라지 않았는데요. 어쨌거나, 여긴 아주 작은 마을이에요. 버스역에서 너무 빨리 도망가시느라 저희 어머니 마틸데 부인을 소개드릴 기회를 주지 않았잖아요."

도냐 마틸데는 자신의 연약한 주름진 손을 아델리나에게 뻗었다.

아델리나는 일어섰고, 자기가 지금은 등이 굽은 도냐 마틸데의 모습 위로 우뚝 솟아있다는 사실에 힘이 나는 것을 느꼈다. 노파의 눈을 내려다보고 악수를 위해 손을 뻗으며 그녀는 말했다. "안녕하세요, 부인. 저는 후아나 가르시아입니다."

도냐 마틸데의 눈이 번쩍 떠졌다. 그녀의 아래턱이 떨렸다. 그녀의 손은 불에 데기라도 한 듯이 아델리나의 손을 놓았다.

"엄마, 뭐라고 한 말씀 안 하실 거예요?" 그녀의 남동생이 말했다.

도냐 마틸데는 땅을 내려다보며 대답하지 않았다.

"후아나, 저희 어머니를 용서해 주세요. 그렇지만 당신을 만나서 무척 기쁘실 것이라고 확신해요. 저는 호세 알베르토 디아스예요."

아델리나는 남동생의 부드러운 손과 악수했다. 그의 손은 농부의 손이 아니라 대학생의 손이었다.

"자, 아가씨, 만나서 반가웠소." 도냐 마틸데는 아델리나에게 이를 악문 채로 말했다. 그녀는 호세 알베르토를 돌아보고 말했다. "아들아, 쌀쌀해지기 시작하는구나. 집에 가자."

"그렇지만 방금 츄러스 사달라고 하셨잖아요. 자, 엄마, 내가 사올 동안 후아나하고 여기서 기다려요."

"그렇지만 나는……"

"자, 자, 엄마, 잠시 쉬셔야 해요." 호세 알베르토는 도냐 마틸데가 아델리나 옆에 앉도록 다정하게 도와주었다. 도냐 마틸데는 그녀를 쏘아보며 할 수 있는 한 그녀에게서 멀리 벤치의 저쪽 끝으로 옮겨앉았다.

호세 알베르토는 아델리나에게로 돌아서서 실례를 구했다. 그녀는 그가 길을 건너 걸어가는 것을 바라보았다. 잠시 그녀는 그를 불러 돌아오게 할까도 생각했다.

"뭐하는 짓이냐?" 도냐 마틸데는 말했다.

아델리나는 고개를 돌려 그녀를 보았다. "무슨 말씀이신지 모르겠네요, 부인."

"넌 내가 무슨 말을 하는지 정확히 알고 있어. 난 네가 누군지 안다. 넌 몇 년간 사라졌었지만, 이제 넌 내게서 내 아들을 뺏어가려고 돌아왔어. 난 그걸 곧바로 알아볼 수 있어."

"그 아이는 당신의 아들이 아니에요. 그는 우리 어머니의 아이예요. 내 남동생이라고요. 당신이 걔를 훔쳐갔어요."

"걔는 내 거야. 걔는 내가 낳았어야 할 아기다……"

아델리나는 일어나서 도냐 마틸데에게 비난의 의미를 담아 손가락질했다. "그렇지만 당신이 그를 낳은 게 아니잖아, 우리 엄마가 낳았어."

"걔는 내 아들이야." 도냐 마틸데는 말했다. 그녀는 주름진 손을 떨며 지팡이를 가슴으로 당겼다. 아델리나가 돌아보니 호세 알베르토가 양손에 츄러스를 들고 그들을 향해 오는 것이 보였다.

"그는 우리 엄마의 아들이고 제 남동생이에요." 아델리나는 말했다. "그리고 우리가 그를 요구할 때가 왔고요."

"걜 내버려둬." 도냐 마틸데는 속삭였다. "그러지 않으면 넌 그 애를 너무나 고통스럽게 만들어서 그것이 그 애를 평생 시달리게 만들 거다."

아델리나는 호세 알베르토가 그들에게로 오는 동안 그에게서 눈을 떼지 않았다.

"여기요. 아직 뜨거워요." 호세 알베르토는 두 사람에게 츄러스를 건네면서 말했다.

아델리나는 그의 소년 같은 미소, 그의 헝클어진 머리칼, 근심 없어 보이는 눈빛을 보았다.

그녀는 도냐 마틸데가 한 말에 대해 생각했다. 그녀는 츄러스를 한입 베어물었지만, 설탕은 그녀 입 속의 쓴맛을 없애주지 못했다.

칠판싱고 감옥으로 가는 버스는 한 시간이 넘게 걸렸지만, 아델리나는 거기에 금새 도착한 것처럼 느꼈다. 엄마는 감옥의 진료소에 있었다. 그녀는 일주일 전, 그녀가 굶어죽으려는 결심을 진지하게 했다는 것을 경찰들이 깨달은 뒤 그리로 다시 이송되었다.

형을 살 날은 이제 8년밖에 남지 않았지만, 그녀는 포기하고 죽기로 결심한 것이다.

아델리나는 팔에 든 나무 상자를 꼭 껴안았다. 앞에서 걸어가던 교도관은 그녀를 대기 장소에서 복도로 안내해 나왔다.

걷는 걸음걸음, 아델리나는 우려가 점점 커지는 것을 느꼈다. 지금 그녀는 엄마를 보는 게 두려웠다. 그녀는 수 년 전에 보았던 그대로의 엄마를 기억하고 싶었다.

문턱을 넘으면서, 아델리나는 작은 진료소 안의 보초들을 바라보았다. 그들은 손에 라이플을 들고 3미터 정도 떨어져 있었다. 마주한 벽의 양편에는 2줄의 병원침대가 줄지어 놓여있었다. 프라이버시를 위해 침대 사이마다 칸막이가 쳐져 있었다.

"이리로 오십시오." 교도관은 아델리나에게 말했다. 그들은 통로로 걸어갔다. 그녀는 침대에 누워 있는 다른 여성 수감자들을 보지 않으려고 애쓰며 앞만 보았다.

교도관은 멈추더니 앞에 있는 침대를 가리켰다. "면회시간 20분입니다, 아가씨." 그는 말했다.

칸막이가 아델리나의 시야를 막았다. 그녀는 몇 걸음 앞으로 걸어갔다. 엄마는 그녀를 보고 있었지만, 눈은 그녀를 알아보지 못했다. 엄마의 작고 주름진 손이 병원 시트 아래로 살짝 보였다. 그녀의 손목에는 링거가 연결되어 있었다. 아델리나는 눈을 감고 자기가 어머니의 긴 머리를 빗어주고, 어머니의 아름다운 얼굴에서 먼지를 닦아주고, 어머니의 손을 자기 손에 잡아주고, 항상 엄마를 감싸고 있던 재스민 향기를 들이마시던 때를 떠올리려 해보았다.

"안녕, 엄마." 그녀는 눈을 뜬 채로 말했다. "나야, 후아나. 엄마 딸."

엄마는 그녀를 바라보고 고개를 저었다. "넌 우리 후아나가 아니야. 아냐, 우리 후아나는 어린애야. 그 아이는 아주 똑똑한 애고, 날 무척 많이 사랑해. 그렇지만 결코 나를 보러 오지 않아."

아델리나는 어머니에게 가까이 다가가 몸을 기울여 이마에 키스해 주었다. 그녀는 의자를 당겨와 침대 옆에 앉았다. 그녀는 무릎에 나무 상자를 얹고, 손을 뻗어 엄마의 손을 잡았다.

"난 널 알아." 엄마는 말했다. "적어도 내가 널 아는 것 같아. 넌 친숙해 보이지만, 난 널 어디에서 봤는지 기억이 나지 않는구나."

"엄마, 나 후아나야. 엄마 딸." 아델리나는 어머니의 손을 꼭 움켜쥐었다.

그녀는 엄마가 자기를 봐주기를, 후아나를 봐주기를 너무나 간절히 원했다.

"당신 들었어요, 미겔?" 엄마는 오른쪽에 있는 칸막이에 대고 말했다. "자기가 우리 후아나라는군요. 그렇지만 어떻게 그녀가 우리 후아나일 수 있겠어요? 그녀는 키도 저렇게 크고 예쁘고, 우리 후아나는 아직 수줍은 어린 소년데."

아델리나는 엄마의 무릎에 머리를 얹고 자제하지 못하고 눈물이 쏟아지는 것을 내버려 두었다. 그녀는 낯선 사람이 아니라 다시 엄마의 딸이 되고 싶었다.

"자, 자, 아가. 자, 자. 울 필요 없단다." 엄마는 부드럽게 아델리나의 머리를 들어 올려 침대 시트 가장자리로 그녀의 눈물을 닦아 주었다. "괜찮아, 네가 원하면 우리 후아나 해라." 그녀는 말했다.

아델리나는 고개를 끄덕였다.

"그래, 전에는 왜 나를 보러 오지 않았니, 후아나?" 엄마는 물었다.

"멀리 가 있었어. 난 **저 건너편**에서 살고 있었어."

엄마는 한동안 조용했다. 그녀는 입술을 꼭 다물었고, 아델리나는 그녀의 눈이 눈물로 흐려지는 것을 보았다. "내 남편이 **저 건너편**에 있어." 그녀는 속삭였다. "곧 그가 돌아올 거야. 그 사람이 내게 그렇게 말했어. 곧 우리는 함께 있을 거라고." 그녀는 칸막이를 돌아보고 말했다. "그렇죠, 미겔? 곧 내게로 돌아올 거지. 그쵸? 당신은 곧 내게 돌아올 거야."

거기서 아버지가 서 있는 것을 볼 수 있으리라 거의 기대해가며 아델리나도 칸막이를 바라보았다.

엄마는 힘들게 무릎을 끌어 모아 안았다. 그녀는 아빠가 곧 돌아올 거라고 웅얼거리며 몸을 앞뒤로 흔들었다.

"그는 너무 오래전에 떠났어." 엄마는 말했다. "그렇지만 그는 돌아올 거야. 그는 내게 돌아오겠다고 약속했어." 그녀는 고개를 돌려 아델리나를 보고 그녀의 손을 잡았다. "그가 내게 거짓말을 한 것은 아니지, 그렇지? 그가 나를 버린 것이 아니지?"

아델리나는 엄마의 뺨을 만졌다. "아니, 엄마, 아빠는 엄마를 버린 적이 없어."

엄마는 미소를 짓고 눈물을 닦았다.

"좋습니다, 아가씨, 시간 됐습니다." 교도관은 아델리나의 뒤에 서서 그녀에게 일어서라고 손짓했다.

아델리나는 고개를 끄덕이고, 무릎에서 나무 상자를 들어올리고, 몸을 숙여 엄마의 이마에 다시 키스했다.

"내일 보러 올게." 그녀는 말했다.

엄마는 고개를 끄덕이고 어린 소녀의 태평스런 웃음을 웃었다. 그녀는 고개를 숙이고 무릎을 더 가까이 끌어당기고는 몸을 다시 흔들기 시작했다.

"그는 나를 버리지 않았어. 그는 나를 버리지 않았어……"

아델리나는 엄마를 한 번 더 보고 나서 진료소 밖으로 이끌려 나와 산드라가 기다리고 있던 대기실로 갔다.

그녀는 나무 상자를 가슴에 꼭 껴안았다. 그녀는 엄마에게 그가 죽었다고 말할 수 없었다.

엄마는 그의 유골이 아니라, 자신의 남편이 돌아오길 원했다.

아델리나는 그녀의 바위에 기대서 아래의 마을을 바라보았다. 마을은 성장했다. 그녀는 산기슭에서 빛나고 있는 작은 불빛을 볼 수 있었다. 이전에는 저기에 집들이 없었다. 그녀는 입고 있던 스웨터를 더 꼭 여미고, 머리카락 사이로 써늘한 바람을 느꼈다.

로스앤젤레스는 저녁 5시였다. 이 시간엔 보호소에서 저녁식사를 준비한다. 그녀는 시내를 향해 서쪽으로 4번가를 운전해가서 보호소로 향하고 있을 것이다. 그녀는 다리 위를 운전해 지나며 고개를 돌려 멀리 종합병원이 보이는 오른쪽을 바라볼 것이다. 그리고 그녀는 누군가의 목숨을 구하며 거기서 일하고 있을 세바스티안을 생각할 것이다.

그에 관해 생각하는 것은 마음이 아팠다. 그녀가 유일하게 사랑에 빠져본 사람이었다.

"너희 아버지에 관한 일은 어떻게 할 거야?" 다음 날 아침 산드라는 냅킨에 수를 놓으면서 그녀에게 물었다. 산드라는 아델리나에게 바늘로 여러 가지 다른 뜨기 방법을 가르치려고 하고 있었다. 아델리나는 엄지손가락을 찔려서 그걸 입 안에 물었다. 수를 놓아본 지 너무 여러 해가 지났다.

"전 그녀에게 아무 말도 하지 않을 거예요." 그녀는 산드라에게 말했다. "엄마는 아버지의 죽음을 받아들이지 않을 거예요. 그렇지만 그녀에게 데려갈 수 있는 살아있는 사람이 한 명 있어요."

"무슨 말이니?" 산드라는 자신의 얼굴과 냅킨 사이에 바늘을 든 채로 아델리나가 대답하길 기다렸다. 그녀의 눈썹은 인상을 쓰며 모였다.

아델리나는 그녀를 보고 말했다. "내일 엄마를 찾아갈 때, 난 내 남동생을 같이 데리고 갈 거예요."

"그럼 그 아이한테 사실을 말할 거니?"

아델리나는 바늘을 옷에 꽂아 넣고 반대편에서 빛나는 파란 실의 긴 줄을 당겼다.

"그 아이는 제 남동생이에요, 산드라. 그는 우리 어머니의 아들이라고요. 네, 저는 그에게 사실을 말할 거예요. 도냐 마틸데는 그의 사랑을 받을 자격이 없고, 저는 그걸 그녀에게서 뺏을 거예요."

산드라는 냅킨을 탁자에 내려놓았다. "네가 하려고 하는 일이 어떤 일인지 생각해 봐라, 아델리나. 때로는 그대로 내버려 두는 것이 최선이야. 너의 남동생은 이제 젊은 남자야. 네가 좋건 싫건, 마틸데는 그를 잘 키웠어. 그녀는 그에게 어머니가 줄 수 있는 모든 사랑을 줬어."

"때로는 그냥 내버려 두는 게 나아. 만약 복수할 마음으로 이러는 거라면, 넌 마틸데만이 아니라 네 남동생과 너 자신도 다치게 할 거라는 걸 명심해라."

아델리나는 손에 든 바늘을 내려다보았다. 그녀는 호세 알베르토에게 사실을 말해 주고 싶었다. 그는 그녀의 남동생이다. 자신의 등에 지고 있던 무게를 없애고, 고통과 걱정과 진실을 아직 살아있는 유일한 가족과 나눈다면 안심이 되지 않을까?

그는 그녀의 남동생이다. 그녀는 그 마저도 잃어야 하는 걸까?

아델리나는 택시 운전사에게 도냐 마틸데의 집 앞에서 멈춰달라고 부탁했다. 그녀는 철판에 비치는 자신의 모습을 보면서 검은 문 바깥에 서 있었다. 그녀는 깊은 숨을 쉬고 노크를 했다.

그녀는 오래 기다리지 않아도 되었다. 다행히 문을 열어준 사람은 호세 알베르토였다. 그는 먼지와 땀범벅이었고, 머리에는 밀짚모자를 쓰고 있었다.

"후아나, 놀라운 걸요. 들어오세요, 들어와."

아델리나는 돈 엘리아스의 집에 들어가 본 적이 한 번도 없었다. 다양한 종류의 식물들이 정문으로 향하는 길을 장식하고 있었다. 이 집과 이웃집을 나누고 있는 담장을 따라 장미 덤불이 자라나고 있었다. 빈 진흙 꽃 화분이 땅 위에, 정원 흙 한 봉지와 심을 준비가 끝난 제라늄 옆에 놓여 있었다.

"어머니의 정원을 손질하고 있어요." 호세 알베르토는 이마의 땀을 닦아내며 말했다. "방금 막 장미 덤불의 가지치기를 끝냈고, 지금은 식물 몇 개를 분갈이 하고 있습니다."

"일을 방해해서 미안해요." 입 안에 질투의 맛을 삼키며 아델리나는 말했다.

"아뇨, 방해하시는 거 아닙니다. 오세요, 레모네이드 한 잔 가져다 드릴 동안 앉아 계세요." 호세 알베르토는 아델리나를 현관에 있는 마당 의자로 안내했다. 도냐 마틸데는 어디에 있을까 생각하면서 아델리나는 의자에 앉았다. 호세 알베르토가 레모네이드 두 잔을 들고 왔을 때, 그녀는 도냐 마틸데의 소재를 물어보았다.

"미사에 가셨어요. 곧 집에 돌아오실 거예요. 제가 어디 사는지 어떻게 아셨어요?" 호세 알베르토는 물었다.

아델리나는 음료수를 마셨다. 지금이 그에게 이야기할 때였다. 그녀는 돈 엘리아스에 관해서, 도냐 마틸데가 엄마에게 어떤 짓을 했는지, 엄마가 감옥에 있다는 이야기, 아빠의 죽음, 그리고 그녀가 그를 찾으러 간 것에 대해서 그에게 모두 이야기할 수 있었다. 그러나 그녀가 입을 열었을 때, 그녀는 그에게 말할 수 없었다. "나, 아, 택시 운전사가 당신이 어디 사는지 알고 있었어요."

"네, 작은 동네잖아요." 호세 알베르토는 말했다.

"부탁을 좀 하려고 찾아왔어요."

"무슨 부탁이죠?"

아델리나는 손가락으로 잔을 톡톡 두드리며, 자기가 하고 싶은 말을 어떻게 할 것인지 생각했다. "저와 함께 칠판싱고로 가주셨으면 좋겠어요. 저희 어머니가 죽어가고 계신데, 당신이 그녀를 만나주시면 좋겠어요."

호세 알베르토는 조용히 있었다. 아델리나는 그가 무슨 생각을 하고 있는 건지 궁금했다. 분명 그는 놀랐을 것이다. 결국 그는 겨우 어제 그녀를 만났는데, 지금 그녀는 여기서 그런 청을 하고 있는 것이다. 그러나 그녀는 그가 사실을 이야기 듣기 전에 엄마를 먼저 만나길 원했다. 그녀는 그들의 어머니를 보고 그가 어떻게 반응할지 보고 싶었다.

"그녀에게 무슨 일이 생겼는데요?" 호세 알베르토는 물었다.

"그녀는 지금껏 17년 동안 감옥에 갇혀 있어요. 그녀는 먹는 것을 그만두었고, 헛것을 보기 시작했어요. 그녀의 마음은 제가 누구인지조차 모르는 시점의 과거로 돌아가 있어요.

"그 말씀을 들으니 무척 유감입니다." 호세 알베르토는 말했다. 아델리나는 그의 눈물 모양을 한 눈을 바라보았다. 그가 그녀에게 미소 지을 때에는 마치 아빠를 보고 있는 것만 같았다.

바로 그때, 문이 열리고 도냐 마틸데가 검은 숄을 걸치고 걸어 들어왔다. 그녀는 호세 알베르토와 아델리나를 보았다.

"저 여자가 여기서 뭘 하고 있는 거냐?" 그녀는 말했다. 그녀는 그녀 앞에다 지팡이를 흔들어댔고, 호세 알베르토가 그녀 옆으로 달려가 지탱해 주지 않았다면 그녀는 넘어지고 말았을 것이다.

"괜찮아, 엄마, 들어와서 앉으세요." 호세 알베르토는 말했다.

도냐 마틸데는 고개를 젓고 손가락으로 아델리나를 가리켰다. "내가 그에게서 떨어져 있으라고 말했잖아. 내가 말했다고 그에게서 뭘 원하는 거야? 그의 삶을 망가뜨릴 셈이냐?"

"엄마, 됐어요. 대체 왜 그러시는 거예요?"

아델리나는 호세 알베르토의 옆에 가서 섰고, 그녀는 가슴이 쿵쾅거렸다. 그에게 말해, 그에게 말하라고 그녀는 속으로 말했다. 그에게 지금 말해.

"저희 어머니는 죽어가고 계세요, 부인." 아델리나는 말했다.

도냐 마틸데는 고개를 젓고 호세 알베르토에게 기댔다. "그를 데리고 가지 마라, 제발, 그를 데리고 가지 말아."

호세 알베르토는 팔로 그녀를 감싸며 그녀를 진정시키려 했다. "괜찮아요, 엄마, 나 여기 있어. 괜찮아요."

아델리나는 팔을 양쪽으로 늘어뜨렸다. 그녀는 호세 알베르토를 바라보았다. 그녀는 그의 목소리에 부드러움이 실린 것을 듣고, 그가 도냐 마틸데를 어떻게 팔에 안는지를 보았다. 그녀의 한 부분은 그에게 말하고 싶어 했다. 그녀는 그가 그의 진짜 어머니를 알기를 원했다. 그녀는 그가 진짜 아버지가 누구인지를 알기를 원했다. 자기가 누구인지를. 그러나 그에게 사실을 말한다고 무슨 이득이 있겠는가? 그가 엄마를 도냐 마틸데를 사랑하듯 사랑할 수 있을 것인가? 그는 만나본 적이 없는 아버지의 기억을 사랑할 수 있을 것인가?

그리고 그는 있는지도 모르고 있던 누나인 그녀를 사랑할 수 있을 것인가?

그녀는 그녀의 남동생을 한 번 더 보고는 가려고 돌아섰다.

"기다려요!" 호세 알베르토는 말했다. 아델리나는 대문 손잡이를 손에 잡은 채로 걸음을 멈추었다. "내일 당신과 함께 갈게요"

"호세 알베르토, 내 아들아. 나를 떠나지 말아라." 도냐 마틸데는 말했다.

"부인" 아델리나는 돌아서서 도냐 마틸데를 바라보며 말했다. "저희 어머니가 죽어가고 있어요." 그리고 당신은 그녀에게 빚이 있잖아. 그녀는 말하고 싶었다. 그러나 그걸 큰 소리로 말할 필요는 없어 보였다.

도냐 마틸데는 그 침묵의 말을 들었다. 왜냐하면 잠시 후에 그녀가 고개를 끄덕이고 이렇게 말했으니까. "그럼 넌 가야겠구나, 호세 알베르토. 가서 그 가엾은 여인을 보고 와라. 어쩌면 네가 그녀가 평화롭게 잠들게 도와줄 수 있을지도 모르겠구나."

칠판싱고로 가는 버스 안에서, 아델리나는 그녀가 왜 그에게 함께 가자고 청했는지 호세 알베르토가 물어보기를 계속 기다렸다. 그는 그렇게 하지 않았다. 그는 대부분의 시간을 조용히 있었다. 그는 뭔가를 기억하려고 애쓰는데 기억나지 않는 것처럼, 생각에 깊이 잠겨 먼눈을 팔고 있었다.

그러나 아델리나는 생각했다, 그는 어쩌면 그저 도냐 마틸데 걱정을 하고 있을지도 모른다.

도냐 마틸데가 그를 잘못 대하기라도 하거나, 혹은 그토록 사랑해 주지 않았다면 호세 알베르토에게 사실을 말하는 것이 훨씬 더 쉬웠을 것이다. 만약 그녀가 지금 그에게 말한다면, 아마도 그는 자기 어머니라고 생각하는 여인에 대해 느끼는 사랑을 망친 걸로 아델리나를 미워하게 될 것이다.

"당신 아버지는 어디 계세요, 후아나?"

아델리나는 호세 알베르토가 말을 걸고 있다는 것을 깨달을 때까지 잠시 시간이 걸렸다.

"우리 아버지는 여러 해 전에 돌아가셨어요" 그녀는 그에게 말했다.

그는 놀란 것 같았다. "언제? 어떻게요?"

"그는 19년 전에 미국쪽 국경을 넘으시다가 돌아가셨어요 우리 어머니와 저는 아버지가 돌아가신지 몰랐어요 저는 최근에야 알게 됐고요" 아델리나는 고개를 돌려 호세 알베르토를 보고 말했다. "저희 어머니는 모르세요 제발, 그녀를 만날 때 그걸 언급하지 말아주세요."

"당신은 왜 그녀가 진실을 알게 되는 것을 원하지 않으시는 거죠?"

"그녀가 그걸 받아들일 수 없을 테니까요. 저도 한때는 아버지가 돌아가셨고 그녀를 버리지 않으셨단 것을 알게 되면 그녀가 평화로운 마음으로 살 수 있을 걸로 생각했었어요 그러나 제가 틀렸어요 아버지의 죽음에 대해 이야기하는 것이 그녀를 더 깊이 우울에 빠져들게 만들 거예요. 그게 그 오랜 시간 그녀가 살아있도록 지켜준 희망을, 그가 언젠가 그녀에게로 돌아올 거라는 희망을 없애버릴 거예요."

"그녀에게는 남편을 잃는 일이 힘들었겠군요." 호세 알베르토는 말했다.

"네, 그랬어요." 아델리나는 창밖을 바라보며 젖은 눈을 닦아냈다.

"저희 어머니도 남편을 잃으셨어요." 호세 알베르토는 말했다. "그걸 무척 힘들어 하셨죠. 그에 대해서는 거의 말씀도 하지 않으셨어요."

그녀가 왜 저 고약한 후레자식에 대해 이야기하고 싶었겠는가? 아델리나는 생각했다.

"더 어렸을 때에는 아버지를 알았었으면 하고 바랐었죠. 그렇지만 언젠가 바라는 것을 그만 뒀어요."

"왜요?"

"그의 사진을 봤을 때, 낯선 사람을 보는 것처럼 느껴졌거든요, 선한 사람이 아닌 사람을요. 그리고 이따금 마을 사람들이 그에 관해 이야기해도 좋은 이야기는 없었어요."

"왜 그렇게 느꼈는지 이해가 되네요." 아델리나는 말했다.

"그런데 이상한 일은 몇 년 전, 저희 집에서 청소 일을 하시던 분이 제게 그가 제 아버지가 아니라고 말씀해 주신 겁니다." 호세 알베르토는 몸을 돌려 아델리나를 바라보았다. 그녀는 숨을 죽이고 이야기를 더 들으려고 기다렸다. 청소일 하시던 분이 누굴까? 그녀는 왜 호세 알베르토에게 그런 것을 이야기했을까? 그녀는 어떻게 알고 있는 거지?

"저희 어머니께서 우리의 대화를 우연히 들으시고는 바로 그 자리에서 그녀를 해고하셨어요. 떠나면서 그녀는 별로 말이 되지 않는 이야기를 큰 소리로 떠들기 시작했어요. 무슨 말을 했는지는 잊어버렸습니다. 저희 어머니는 제가 그 여자와 다시는 이야기를 나누지 못하게 하셨어요. 그녀를 찾아서 설명을 구할 수도 있었겠지만 그냥 내버려 두는 게 낫다고 마음먹었어요. 가끔은 모르는 게 약이잖아요."

아델리나는 고개를 끄덕였다. 어쩌면 그가 옳을 수도 있다. 그녀는 청소 일을 하시던 부인이 그에게 어떤 말을 하려고 했는지 궁금했다. "청소 일 하시던 분이 누구신가요?" 그녀는 물었다.

"안토니아라는 여성이었어요." 호세 알베르토는 말했다.

아델리나는 눈을 감고 과거에 알고 있던 사람들 중에 안토니아라는 이름을 가졌던 사람에 대해 생각해보았다. 그녀의 대모였다.

"그녀는 당신이 저를 바라보는 식으로 저를 바라보곤 했어요." 호세 안토니오는 말했다.

"어떻게요?"

"당신이 한때 알고 있던 사람을 제 안에서 보는 것처럼요."

···

　교도관은 그들을 진료소로 통하는 복도로 안내했다. 아델리나는 심장이 가슴을 쿵쾅쿵쾅 두드리는 것처럼 느껴졌다. 그녀는 왜 갑자기 호세 안토니오를 함께 데려온 것에 두려움을 느끼고 있는 걸까? 엄마는 그가 전에 잃어버린 아들이란 것을 알아볼 수 있을까? 호세 알베르토는 또 어떤 이야기를 할 것인지. 그를 준비시켜야만 하는 거였다. 어쩌면 결국 자기가 그에게 이야기하는 것이 나았을 수도 있다.

　그들이 거기 도착했을 때 엄마는 잠들어 있었다. 그리고 잠들어 있든 말든 교도관은 방문 시간은 20분이라고 말했다. 호세 알베르토는 단 하나 있는 의자를 당겨 아델리나가 앉게 해 주었다. 그는 선 채로 있었다. 아델리나는 뭘 해야 할지 몰랐다. 그녀는 마음 한쪽으로 안도하고 있었다. 그녀는 호세 알베르토가 자기 친엄마를 적어도 한 번은 볼 수 있기를 원했었다. 그리고 그는 지금 보고 있는 것이다. 그러나 그녀는 엄마도 그를 볼 수 있기를 바랐다. 그녀는 잠시만일지라도 자기 아들을 팔에 안아볼 자격이 있었다.

　그들은 조용히 있었다. 아델리나는 호세 알베르토가 엄마에게서 눈을 떼지 않으려 하는 것을 보았다. 그녀는 그가 무슨 생각을 하고 있는지 궁금했다. 그녀는 그에게 원래 엄마는 이렇지 않았다고 말해 주고 싶었다. 그녀는 엄마가 한때는, 돈 엘리아스가 그를 데려가기 전에는, 아름답고 강했다고 그에게 말해 주고 싶었다.

엄마는 눈을 뜨고, 마치 자기가 보는 것을 믿을 수 없어하는 듯 눈을 깜박였다. "미겔? 내게 돌아온 거예요? 당신이 돌아온 거예요?"

엄마는 그에게 팔을 내밀었다.

아델리나는 일어서서 엄마를 다시 베개에 누이려고 했다.

"엄마, 진정해, 제발. 다시 누워."

엄마는 호세 알베르토에게 오히려 더 다가갔다.

"부인, 괜찮아요, 자, 누우세요." 호세 알베르토는 부드럽게 엄마의 손을 잡고 그녀가 다시 눕도록 도와주었다. 엄마는 호세 알베르토의 오른손을 놓아주지 않았다.

"미겔, 당신이 집에 왔군요. 난 당신이 집에 오리라는 걸 알고 있었어요. 어디 계셨던 거예요?"

아델리나는 엄마의 주름진 뺨으로 눈물이 흘러내리는 것을 보았다. 이런 일이 일어나리라고 왜 생각지 못했을까? 엄마는 호세 알베르토에게서 그녀가 잃어버린 아들을 보지 않았다. 그녀는 자신이 사랑하던 남편을 보고 있었다.

호세 알베르토는 왼손을 엄마의 손에 얹고 토닥여주었다. 그는 거의 그녀만큼이나 놀란 것처럼 보였다. 그는 고개를 돌려 아델리나를 보고 물었다. "당신 어머니 성함이 뭐죠?"

"루페예요. 루페 가르시아."

호세 알베르토는 다시 엄마에게로 고개를 돌렸다.

"우리에게 아들이 생겼어요, 미겔." 엄마는 호세 알베르토에게 말했다. "난 당신 이름을 따서 그에게 미겔이라는 이름을 지어줬어요. 그렇지만 그 사람들이 그를 제게서 빼앗아갔어요. 그 사람들이 그를 빼앗아갔어요." 그녀는 호세 알베르토의 손을 꼭 부여 쥐고 물었다. "당신이 그를 찾아와줄 거죠, 그럴 거죠, 미겔? 당신이 우리 아들을 되찾아 올 거죠?"

호세 안토니오는 고개를 끄덕였다. "응, 루페, 내가 당신의 아들을 찾아서 우리와 함께 있을 수 있도록 되찾아 올게, 약속해."

아델리나는 할 말을 잃었다. 그녀가 할 수 있는 일이라고는 호세 알베르토의 마음속에서 무슨 일이 일어나고 있는 건지 궁금해 하는 것밖에 없었다. 엄마는 그에게 기댔다. 그는 손을 들어 천천히 손가락으로 엄마의 머리카락을 쓸어주었다.

"자, 아가씨, 20분이 끝났습니다." 교도관의 목소리가 그들을 놀래켰다. "다시 대기실로 안내해 드리지요."

아델리나는 그에게 저리 가라고 말하고 싶었다. 교도관은 이 순간이 얼마나 중요한지 모르는 건가? 그러나 그녀는 너무나 압도당해 있었다. 그래서 대신 교도관을 보고 고개를 끄덕였다. 그녀는 침대로 가서 몸을 숙여 엄마의 이마에 키스했다.

"엄마, 우리는 가봐야 해. 며칠 후에 다시 보러 올게, 알았지? 그렇지만 다시 식사하겠다고 약속해 줘야 해……"

"하지만 가면 안 돼. 안 돼." 엄마는 말했다. 그녀는 아델리나에게서 고개를 돌려 호세 알베르토를 바라보았다. "미겔, 당신 다시 떠나면 안 돼요. 안 돼. 제발 다신 안 돼요."

엄마는 침대에서 나오려고 애썼다. 그녀는 거의 떨어질 뻔했지만 호세 알베르토가 급히 그녀 곁으로 돌아가 그녀를 잡아주었다. 엄마는 호세 알베르토의 허리를 잡고 그가 가게 두지 않았다. 교도관이 걸어가 그녀를 잡아당겨서 호세 알베르토에게서 떼내려고 했다.

"면회 시간이 끝났다고 했잖습니까!"

"미겔, 제발 날 여기 남기고 가지 말아요. 제발 가지 말아요!"

"곧 돌아올게, 루페, 약속해." 호세 알베르토는 말했다. 교도관은 그에게 엄마에게서 떨어지라고 손짓했다. 아델리나는 그의 팔을 잡고 그를 끌어당겼다. 교도관은 그들에게 문으로 걸어가라고 요구했고, 당직의사를 호출했다.

"제발, 미겔, 제발!" 엄마는 소리쳤다.

호세 알베르토는 돌아보고는 다시 엄마의 침대로 향했다.

"이봐요, 떠나셔야 합니다." 교도관은 말했다.

호세 알베르토는 듣지 않았다. 그는 엄마의 침대에 앉아 그녀를 팔에 당겨 안았고, 그녀의 귀에 뭔가를 속삭였다. 잠시 후 엄마는 울기를 멈췄다. 그녀는 눈을 닦고 미소 지었다.

의사가 왔을 때, 엄마는 베개에 다시 기댔고, 그녀가 잠들 수 있도록 그가 안정제를 주사하게 내버려 두었다.

호세 알베르토는 엄마 옆에서 침대에 앉아 그녀가 잠에 빠져드는 동안 손을 잡아주었다.

"약속 지킬 거죠, 그쵸, 미겔? 약속 지킬 거죠?" 엄마는 눈을 감으면서 말했다.

"응, 루페. 약속 지킬게."

엄마는 미소 짓고, 이내 곧바로 잠들었다.

"가르시아양." 의사는 아델리나에게 말했다. "어머니를 더 적합한 도움을 받을 수 있는 정신과 병동으로 옮기는 게 최선일 것 같습니다."

"그렇지만, 선생님……" 아델리나가 말하기 시작했다.

"미안합니다, 아가씨, 그렇지만 감독관에게 오늘 이송에 대해 이야기할 예정입니다."

"제발, 선생님, 그녀에게 시간을 좀 주세요. 그녀는 극복해낼 겁니다. 그녀가 그럴 거라는 걸 전 알아요."

"미안합니다, 아가씨, 그렇지만 우리는 그녀에게 우리가 할 수 있는 모든 것을 해봤습니다." 의사는 교도관에게 아델리나와 호세 알베르토를 내보내라고 손짓했다.

호세 알베르토는 아델리나의 손을 잡고 그걸 꽉 눌렀다.

"걱정 마세요. 그녀를 여기서 데리고 나갈 방법을 찾을 거예요." 그는 말했다. "분명 방법이 있을 겁니다."

아델리나는 고개를 끄덕였다. 그녀는 그의 팔을 잡고 교도관을 따라 복도로 나갔다.

아델리나는 다음 날 늦게까지 잤다. 그녀는 가슴에 통증을 느끼며 잠을 깼고, 마치 꿈에서 울고 있었던 듯 베개가 젖어 있었다.

그리고 아마도 그녀는 울었을 것이다. 그녀는 세바스티안의 꿈을 꿨다.

그녀는 그에게 자신을 잊고 다시는 찾지 말라고 말했던 밤에 대한 꿈을 꿨다.

"당신을 내게서 멀어지게 만드는 게 무엇인지 모르겠어." 그는 말했다. "그렇지만 언젠가 당신이 거기서 자유로워지길 바라."

그녀가 그에게 부탁한 대로, 그는 다시 그녀를 찾지 않았다.

아직 어둡기를, 거실에서 전화가 울리지 않고 있는 것이기를, 개들이 밖에서 짖어대고 있는 것이 아니기를 바라며, 아델리나는 담요를 머리 위로 덮었다. 그녀는 깨고 싶지 않았다. 그녀는 다시 잠자고, 다시 꿈꾸길 원했지만, 이번엔 좋은 꿈을 꾸고 싶었다.

"아델리나, 아직 안 일어났어? 너한테 전화 왔어." 산드라가 문 건너편에서 말했다.

아델리나는 졌다는 듯이 담요를 휙 열어젖혔다. "누구예요?"

"교도소에서 온 전화야. 너희 엄마에 관한 전화다."

"바로 갈게요." 아델리나는 소리쳤다. 그녀는 침대에서 튀어 일어나 가운을 집어 들고 산드라가 기다리고 있는 거실로 급히 갔다. 아델리나는 탁자에서 전화기를 들다 거의 떨어뜨릴 뻔했다. 그녀는 전화기를 귀에 대며 더욱 꼭 쥐었다.

"여보세요?"

"과달루페 라미레스 데 가르시아 씨의 따님인 후아나 가르시아양이십니까?" 전화선 건너편에서 한 여성이 말했다.

"네, 제가 후아나예요." 아델리나는 말했다. 그녀가 산드라를 흘깃 보니 그녀는 손톱을 깨물고 있었다.

"아가씨, 이 슬픈 소식을 알려드리게 되어 유감입니다만, 당신의 어머니께서 어젯밤에 돌아가셨습니다."

"뭐라고요?" 아델리나는 수화기에 대고 소리 질렀다. 산드라는 와서 그녀 옆에 서서 자기도 들을 수 있도록 가까이 기대왔다. "그렇지만 어제까지만 해도 괜찮았어요. 무슨 일이 있었던 거죠?"

"어젯밤 늦게 어머님께 심장마비가 왔습니다. 의사와 간호사들이 구하려고 했지만, 회복시키지 못했어요. 그녀는 너무 약했습니다."

"그렇지만……"

"유감입니다, 가르시아양. 가능한 한 빨리 오셔서 당신 어머니의 시신을 찾아가셔야 합니다. 질문이 있으시면 의사 선생님들이 뭐든 답해 드릴 겁니다. 언제 오실 건가요?"

아델리나는 곁눈으로 산드라를 쳐다보았다. 그녀는 믿지 못하는 듯이 고개를 젓고 있었다. "오늘 가겠습니다."

"매우 좋습니다. 그리고 다시 한 번, 유감입니다."

전화가 끊기자, 산드라는 아델리나에게서 전화기를 받았다. 아델리나는 천천히 소파로 걸어가서 그 안에 몸이 잠겨들게 했다.

"이해가 안 돼." 산드라는 말했다. "어떻게 이런 일이 일어날 수 있지?"

아델리나는 뭐라고 말해야 할지 알지 못했다. 어머니가 죽었다.

"그녀가 이렇게 되도록 했어." 산드라는 말했다. "루페가 스스로를 죽게 둔 거야."

"난 그녀가 평화롭게 죽길 원했어요." 아델리나는 말했다. "그러셨는지 모르겠어요."

산드라는 아델리나의 옆에 와서 앉아 팔로 그녀를 감쌌다. "분명 그랬을 거다, 아델리나, 그랬을 거라고 확신해. 네가 그녀의 남편과 아들을 그녀에게 데려갔잖니. 넌 그녀의 딸을 되돌려 줬어. 그녀는 분명 행복했을 거야."

아델리나는 손에 얼굴을 묻었다. 그녀는 산드라가 그녀를 가슴에 안아 주도록 내버려둔 채 눈을 꼭 감았다. 그녀는 눈물이 흐르게 내버려뒀다. 그녀는 잠들었을 때 울었고, 지금 그녀는 깨어서 울고 있었다. 그리고 두 번 다 똑같이 아팠다.

그들은 한동안 조용히 앉아있었다. 산드라는 아델리나의 머리카락을 쓰다듬어 주었다. 누군가가 그녀를 엄마처럼 만져준지 너무 오래 되었다. 그녀는 그 중년의 여인에게 기댔다.

누군가가 문을 노크하지 않았다면 그들은 더 오래 거기에 앉아 있었을 것이다. 그것은 호세 알베르토였다. "후아나와 이야기 나눌 수 있을까요?"

아델리나는 소파에 일어나 앉아서 문으로 고개를 돌렸다. 그녀는 천천히 일어났지만 한발 앞으로 나설 엄두조차 나지 않았다. 그녀는 바닥에 뿌리박힌 채 그대로 있었다.

"방해해서 죄송합니다." 호세 알베르토는 말했다. "그렇지만 당신과 이야기를 해야 해서요."

아델리나는 그의 얼굴이 창백하고, 그의 눈이 마치 울고 있었던 듯 약간 붉어져 있다는 것을 알아챘다. 무슨 일인 걸까?

"방해하는 거 아니어요." 아델리나는 말했다. "오세요, 앉으세요."

산드라는 양해를 구하고 음료수를 가지러 부엌으로 갔다. 호세 알베르토는 한쪽 어깨에 메고 있던 배낭을 내려놓고 아델리나의 옆에 앉았다.

그는 그녀를 향해 몸을 돌렸고 아델리나는 그의 눈물 모양을 한 눈을 들여다보았는데, 그녀는 억제하지 못하고 다시 한 번 울기 시작했다.

그들의 어머니가 돌아가셨는데 그는 이걸 결코 알지 못할 것이다.

"이봐요, 무슨 일이 있어요? 말씀해 보세요, 무슨 일이죠?" 호세 알베르토는 아델리나의 손을 양손으로 잡았다. 그녀는 그를 보내는 게 두려워 그 손을 꼭 잡았다.

"그녀가 죽었어요." 그녀는 말했다.

"누구요?"

"제 어머니요."

호세 알베르토는 믿지 못해 하며 고개를 저었다. "그렇지만 어떻게? 언제요?"

"어젯밤에요. 심장마비가 왔어요."

호세 알베르토는 소파에 몸을 기대고 다시 한 번 고개를 저었다. "믿을 수가 없군요. 제 잘못일 수도 있다고 생각하니 그저 두렵네요."

"그게 왜 당신 잘못이겠어요?" 아델리나는 눈물을 닦으며 물었다.

"어쩌면 그녀가 받은 충격 때문일 테죠. 어쩌면 그게 그녀에게 너무 과했나 봐요. 제가 남편이라고 생각하게 만든 거요. 그렇게 생각하게 내버려두지 말아야 했어요."

"아뇨, 그렇게 말씀하지 마세요. 그녀는 그게 필요했어요. 그녀는 아버지가 자기에게 돌아왔다고 생각할 필요가 있었어요. 전 그게 그녀가 기다리고 있던 거라고 생각해요, 평화롭게 죽을 수 있도록요."

호세 알베르토는 눈을 감았다. 아델리나는 그가 무엇을 생각하고 있는 걸까 궁금했다.

"언제 시신을 찾으러 가실 겁니까?" 그는 잠시 후에 물었다.

"한 시간 후에 떠나요, 갈 준비를 마친 후에요."

호세 알베르토는 아델리나를 보고 말했다. "함께 가겠습니다."

아델리나는 화장 전에 어머니 시신을 보길 거절했다. 그녀는 죽은 어머니의 모습이 마음에 담고 있던 모든 기억들, 그녀가 어렸을 적 엄마의 기억들을 흐려놓길 원치 않았다. 강이 범람하기 이전. 아니타가 익사하기 이전. 돈 엘리아스가 그들의 삶 속으로 들어오기 이전.

호세 알베르토는 엄마를 보러 갔다. 아델리나는 왜일까 궁금했다. 마치 엄마가 그에게 어떤 사람인지 그가 알고 있는 듯했다. 다른 그 누구도 칠판싱고까지 그 먼 길을 그녀와 동행하길 꺼렸을 것이다. 아델리나는 도냐 마틸데가 그에게 엄마가 아들이 가졌으면 했을 모든 덕목을 심어주었다는 것을 인정해야 했다.

엄마의 유골은 작은 주석 상자에 담겼다. 호세 알베르토는 그것을 자기 손에 들었고, 아델리나는 아버지의 유골을 담은 나무 상자를 들었다.

그들은 시내 중심가에 있는 작은 호텔에서 밤을 보냈다. 아델리나는 잠들 수 없었다. 그녀는 그녀의 방 맞은편에 방을 얻은 호세 알베르토가 잠을 자고 있을지 궁금했다.

그녀의 남동생.

그를 단 한 번만이라도 동생이라고 부를 수 있다면 무엇인들 못 줄 것인가. 그를 잡고, 그가 그녀를 누나라고 부르는 것을 들을 수 있다면 무엇인들 못 줄 것인가. 그녀는 자존심과 분노는 내버리고, 그를 흔들어 주고, 노래해 주고, 그를 꼭 안아줬을 것이다. 그러나 돈 엘리아스가 와서 그를 데려갈 거라는 걸 어찌 알 수 있었겠는가?

문을 두드리는 소리가 들렸다.

"누구세요?" 아델리나는 어둠을 향해 말했다. 그녀는 침대 옆 탁자로 팔을 뻗어 램프를 켰다.

"호세 알베르토예요."

아델리나는 침대 커버를 걷고 일어나서 문을 열었다.

"제가 깨웠나요?" 호세 알베르토는 물었다.

아델리나는 고개를 저었다. 그녀는 그에게 들어오라고 손짓하고 문을 닫았다.

"잠을 잘 수가 없어요." 그녀는 말했다.

호세 알베르토는 고개를 끄덕였다. "저도요."

그들은 침대에 앉았다. 호세 알베르토는 뭐라 말할지 생각하고 있는 것처럼 손을 내려다보고 있었다.

"난 당신이 누군지 알아요." 마침내 그가 말했다.

아델리나는 침대보 가장자리를 움켜쥐었다. "무슨 의미인가요?"

호세 알베르토는 고개를 돌려 그녀를 보고 말했다. "전 당신이 제 누나라는 것을 알아요. 저는 저 주석 통에 든 유골이 제 친엄마의 것이라는 것을 알고 있고, 그리고 그녀가 기다리고 있던 남편이 제 아버지라는 것을 압니다. 그게 제 말의 의미예요."

그녀는 일어나서 침대 옆 탁자에 있던 하얀 묵주를 들어올려 묵주알을 손가락으로 만지기 시작했다. "누가 이야기해 줬어요?"

"안토니아요."

"그녀를 찾아갔었나요?"

"네, 그랬어요."

아델리나는 창가로 가서 섰다. 커튼 틈 사이로 나무의 맨가지 사이로 안을 들여다보고 있는 달이 보였다. "왜 그랬나요?"

"진실을 알고 싶었기 때문입니다. 당신을 볼 때마다 제게 말하고 싶어 하는 뭔가가 있었지만 당신은 그러지 못했어요." 호세 알베르토는 일어서서 그녀 옆에 와서 섰다. "저의…… 도냐 마틸데가 당신에 대해 행동하는 방식과, 당신이 그녀를 대하는 방식을 보았어요. 당신 둘은 서로 아는 사이예요. 당신들이 서로에게 이야기할 때, 이야기되지 않는 너무나 많은 말들이 있었지만, 어쨌거나 당신들은 그 말이 들리는 것처럼 보였어요. 그것들은 당신들 두 사람만이 이해하는 침묵의 말들이었습니다. 그리고 당신의 어머니요."

"그녀가 어땠는데요?"

"그녀는 저를 남편으로 착각하고 저를 미겔이라고 불렀어요. 실수로 저를 그렇게 부른 사람은 단 한 사람 밖에 없어요."

"누구예요?"

"안토니아요. 제가 열 살이었는데, 아직도 그게 기억나요. 그 이름이 그녀의 입술에서 흘러나왔고, 제가 그녀에게 그것에 대해 물

어보자 그녀는 저를 보면 오랫동안 보지 못한 그녀의 콤파드레가 생각나기 때문이라고 말했어요

"그녀를 만나러 가보니 그녀가 뭐라고 하던가요?" 아델리나는 속으로 주기도문을 외우면서 초조해하며 손가락으로 묵주의 알을 일일이 만지기 시작했다.

"그녀는 우… 우리 어머니, 당신, 우리의 아버지에 관해 기억할 수 있는 건 다 이야기해 주셨어요 그녀는 돈 엘리아스가 우리의 어머니에게 한 일을 이야기해 주셨어요"

아델리나는 침대로 돌아가서 앉았다.

"그녀가 아니타에 대해서도 이야기해 줬나요?" 그 익숙한 죄책감이 안에서 그녀를 숨 막히게 하는 것을 느끼며 그녀는 물었다.

그는 고개를 끄덕였다.

"그녀가 저 때문에 잃은 아이가 한 명 있었어요" 그녀는 말했다.

"후아나." 호세 알베르토는 그녀 앞으로 와서 한쪽 무릎을 꿇었다. 그는 그녀의 손을 자신의 손에 잡고 그녀를 바라보았다. "그녀는 당신 덕에 아들을 되찾았어요, 그걸 잊지 마세요"

"그런 식으로 알게 만들어서 미안해요" 그녀는 말했다.

"제가 모르는 게 나았다고 생각했나요?"

아델리나는 고개를 끄덕였다.

"당신은 제 누나예요" 호세 알베르토는 말했다.

아델리나는 눈으로 눈물이 급히 흘러나오는 것을 느꼈다. "응, 그

래. 그리고 넌 내 동생이야." 그녀는 말했다. "내 동생. 항상 널 사랑했단다."

호세 알베르토는 머리를 그녀의 무릎에 얹었다. 그녀는 그의 몸이 살짝 떨리는 것을 느꼈고, 둘은 울기 시작했다.

그들은 시내로 돌아가지 않았다. 대신, 아델리나는 겨우 한 시간 정도밖에 떨어져 있지 않은 아카풀코로 여행하기로 결심했다.

"왜 거기로 가고 싶어 하는 거야?" 호세 알베르토는 물었다.

"어머니가 바다를 볼 수 있게 모셔가려고"

엄마는 한 번도 직접 바다를 본 적이 없지만, 적어도 죽어서는 볼 수 있게 될 것이다. 그녀는 바람이 머리카락을 헝크는 것을 느끼게 될 것이다. 그녀는 차가운 물이 자신의 다리로 방울져 흐르는 것을 느끼게 될 것이다. 그녀는 입술에 물의 짠맛을 느끼게 될 것이다. 이것은 아델리나가 그녀의 엄마를 위해 해 줄 마지막 일이었다.

그들은 해가 수평선 위로 몇 인치 정도 되는 곳에 걸릴 때까지 기다렸다. 그들은 물 바로 위에 있는 바위 위에 함께 섰다. 아델리나는 파도가 바위에 와서 부딪치는 것을 보았다. 지는 해는 물 위로 금빛의 불그스레한 빛을 비췄다. 그녀는 태양을 직접 바라보았다. 이 시간에는 이미 그 밝은 광휘를 잃고 있어서 바라봐도 눈은 아프지 않았다.

"준비됐어?" 호세 알베르토는 물었다.

아델리나는 고개를 끄덕였다.

그들은 부모님의 유골을 들었다. 아델리나는 나무 상자를 들고, 호세 알베르토는 주석 상자를 들었다. 그들은 그것을 앞에 들고 주기도문과 성모송을 읊조렸다. 그러고 나서 둘 다 각자의 다른 기도를 하기 시작했지만, 어렸을 때 교리문답 수업시간에 배웠던 기도가 아닌, 부모님께 그들이 마음속에 느낀 모든 것을 이야기하는, 지금 만들어 낸 기도를 했다.

그러고 나서 기도가 끝났을 때, 아델리나와 호세 알베르토는 바위의 가장자리로 나아갔다. 그들은 박스를 뒤집어 부모님의 유골이 아래로 흘러가 물 위에 내려앉도록 했다.

아델리나는 주머니에서 그녀의 하얀 묵주를 꺼내 앞으로 내밀고, 손을 놓아 거품 같은 물속으로 떨어지게 했다. 그녀는 돌아서서 호세 알베르토를 보고 고개를 끄덕였다. 그는 땅에 놓아두고 온 배낭이 있는 곳으로 돌아가서 그것을 들어올렸다. 그는 신문에 싸여 있던 뭔가를 꺼냈다.

"줄 게 있어." 그는 말하고 천천히 손에 들고 있던 꾸러미를 풀기 시작했다. 그가 그것을 꺼내 들었을 때 아델리나는 숨이 턱 막혔다.

그녀는 자주색 라일락과 분홍 나비들로 장식된, 도자기로 만들어진 완벽한 구체를 바라보았다.

그것은 접시였다. 엄마의 접시 세트에서 남은 마지막 접시였다. 돈 엘리아스에게 몸을 내준 날 엄마가 바위에 대고 던져버리지 않은 그 접시. 아델리나는 그걸 다 잊고 있었다.

"그거 어디서 난 거야?" 그녀는 물었다.

"안토니아가 내게 줬어."

"그치만 그녀는 그게 어디서 났대?"

"엄마가 어느 날 그녀에게 그걸 줬대. 그녀는 자기가 나머지 접시들을 어떻게 했는지 그녀에게 말해 주고, 적어도 하나는 누날 위해 남기고 싶어 했어. 그녀는 자기가 그걸 또 어떻게 할지 믿을 수가 없어서, 그래서 안토니아에게 가지고 있어달라고 줬던 거야."

"안토니아가 그걸 버리지 않았다니 놀랍네. 그녀는 자기가 돈 엘리아스의 아이라고 생각했던 애를 엄마가 임신한 걸 알고 나서는 엄마에게 말도 안했거든."

"그녀는 차마 그럴 수가 없었다고 말했어. 그래서 약속한 대로 남겨뒀대." 호세 알베르토는 접시를 아델리나에게 건넸다. 그녀는 팔을 뻗어 그것을 손에 들었다. 그 접시 세트는 언젠가 그녀가 결혼하면 사용하기로 되어 있던 거였다.

"그건 나와 네 아버지에게 행운을 줬단다, 후아나야. 우리는 멋진 결혼을 했어." 엄마는 그 접시 세트에 대해 이야기할 때면 자주 이렇게 말했다.

"누나 거야, 후아나 누나." 호세 알베르토는 말했다. "누나가 물려받은 거야."

아델리나는 바다의 향기를 한숨 들이마셨다. 그 냄새는 세바스티안을 떠올리게 했다.

그는 그녀를 기다리겠다고 말했다.

후아나는 돌아서서 이제 하늘을 가로지르는 새 여정을 시작할 준비를 하고 있는 유령 같은 달을 쳐다보았다. 그녀는 바다 공기를 들이마시고, 아래의 바위에 파도가 부딪치면서 발에 튀어 오르는 물방울을 느꼈다.

작품 해설

목소리 없는
이들의 목소리,
레이나 그란데

목소리 없는 이들의 목소리, 레이나 그란데

박은영

레이나 그란데는 1975년 멕시코에서도 가장 가난한 주들 중 하나이자 가장 산이 많은 곳이기도 한 게레로주의 이구알라에서 태어났다. 두 살 때 아버지가 자신의 집을 짓고 싶은 꿈을 안고 로스앤젤레스로 떠났으며, 그란데가 4살 때 어머니도 미국으로 떠나 이후로는 조부모 밑에서 눈칫밥을 먹으며 자랐고, 어머니가 돌아오고 나서도 외할머니 댁에서 배고픈 삶을 살았다. 아버지가 멕시코로 잠시 돌아온 9세 무렵, 아버지를 따라 언니오빠와 함께 세 번의 시도 끝에 미-멕 국경을 넘어 미국에 첫발을 디뎠다. 부모를 기다리던 오랜 시간동안 그리던 미국에서의 삶은 상상했던 것과 달라서, 아버지는 알코올중독에 자식들에게 매질을 일삼았다. 그란데와 그녀의 부모 및 언니, 오빠는 레이건 정권기의 '이민 개혁 및 통제법(Immigration Reform and Control Act)'을 통해 영주권을 획득하였으며, 마침내 그녀는 2002년에 미국 시민이 된다.

레이나 그란데의 이러한 특수한 이력은 그녀의 작품에 독특한 성격을 부여한다. 그녀의 첫 장편소설이 『일백 개의 산을 넘어 *Across a hundred mountains*』(2006)라는 제목을 달고 있으며, 2012년에 출판되어 큰 인기를 얻은 그녀의 회고록이 『우리 사이의 거리 *The Distance Between Us*』라는 점은 자신의 탯줄이 묻혀있으며 부모와 억지로 떨어져 살아야 했던 이구알라라는 공간과 그녀가 궁극적으로 넘어야 했던 멕시코와 미국 사이의 국경이 이 작가에게 있어 지속적인 문제의식과 이야깃거리의 원천이었다는 점을 보여준다.

그란데에게 "저 건너편"은 앞에 놓인 저 산들을 넘어가면 있을 어디인지 모를 어떤 곳이었고, 그것은 "요로나(p.134)보다 더 힘센 것, 자식이 아니라 부모를 데려가는 힘을 가진 무엇이다. 그것은 미국이라고 불린다."* 회고록을 시작하는 짧은 서문을 압도하는 이 표현은 그란데라는 작가가 라티나/노에게 있어 미국이라는 공간이 가지는 의미를 압축해서 매우 적확히 표현해내고 있으며, 미국에서 태어나고 자란 라티나/노가 아닌, 세계에서 유일하게 제1세계와 제3세계가 직접 만나는 국경의 양편을 경험해야 하는 라티나/노의, 특히 제3세계로부터 제1세계를 바라보는 이의 입장을 대변하고 있다. 무엇보다 모든 비극이 개인적인 것으로부터가 아니라 현재 세계를 지배하고 있는 경제체제로부터 시작되는 것이라는 비극의 구조적 조건을 보여준다는 면에서 각별히 의미심장하다.

회고록의 또 다른 부분에서 그란데는 자신이 "어느 그룹에 속하는지"(DBU, 299)를 자문하고 있다. 이제 막 홀로 자신의 힘든 경험을 자신의 언어로 표현해가기 시작하던 무렵 접하게 된, 세상에 존재하는지도 몰랐던 치카노/라티노 문학에서 자신이 속하는 그룹을 만나고, 그 경험의 유사성에 크게 놀란다. 치카노/라티노 그룹, 그리고 그 그룹이 생산해낸 문학 안에서 자신과 닮은 목소리를 찾아내면서 자신이 치카노/라티노 문학 전통의 일부를 구성하고 있다는 자각이 이루어진다.

---

* Reyna Grande, *The Distance Between Us*, New York, Atria Books, 2012, p.3(이후 DBU로 표기 후 본문인용).

1960년대 말과 1970년대 초에 활발히 진행되었던 '치카노 운동'은 소수자 인종 그룹으로서 멕시코 혈통을 가진 치카노들이 자신들의 주변화에 대항해 싸운 대단히 의미 있는 투쟁이었지만, 치카나들에 대한 남성중심주의적 태도를 통해 자신들이 억압의 주체가 되어 주변 안에서 다시 주변화를 발생시키는 자기모순적 상황을 낳았고, 이로 인해 성, 인종, 계급이라는 3중적 억압에 대한 문제제기를 기조로 하는 1980년대 치카나 페미니즘이 꽃피게 되는 계기가 되었으며, 이는 라티나 페미니즘 문학과 함께 발전해 나가게 된다. 특히 치카나/라티나 페미니즘 문학은 남성을 위해 존재하는 가부장중심주의 체제 속의 여성의 위치, 즉 어머니 혹은 아내, 혹은 남성을 위한 성적 대상의 위치로부터 해방시켜 남성에게서 독립된 주체적 존재로서의 여성을 그려나가기 시작했다.

　　그런데는 이 치카나 페미니스트 작가들, 특히 엘레나 마리아 비라몬테스, 산드라 시스네로스, 아나 카스티요 등의 작가들을 접하고, 더 크게는 이사벨 아옌데, 훌리아 알바레스, 라우라 에스키벨 등과 같은 라티나 작가들에게서 자신이 속한 그룹을 확인하였다. 특히 산드라 시스네로스의 『망고 거리의 집 *The House on Mango Street*』(1991)에 실린 "샐리 Sally"라는 단편 안에서 아버지의 가정폭력에 시달리던 자신과 동일한 샐리라는 인물을 발견한 놀라움은 작가를 향한 "어떻게 알았지? 내가 느끼는 게 그런 거라는 걸 어떻게 알았지?"(DBU, 306)라는 질문으로 표현된다. 자신이 경험해왔던 개인적인 문제가 개인적인 문제가 아닌 공동체적 문제로 확장되는 순간이며, 아버지의 폭력과 억압이 치카노/라티노 문화의 가부장주의적 폭력과 억압이라는 이름으로 불려왔다는 것을 인지하게 되는 순간이다.

그러나 이러한 공통의 경험을 통해 하나의 공동체 안에서 자신을 확인할 수 있을 지라도 그란데를 같은 그룹의 작가들과 구분하는 중요한 지점이 있다. 그것은 그란데의 작품 안에서 새롭게 등장하는 남성인물을 다루는 태도와, 거기에 더해 특수한 하위주체적 위치에서 증언문학적인 작품 혹은 하위주체의 문학을 생성해낼 수 있는 그란데 자신의 정체성적 특수성에 있다.

첫 번째로, 위에서 언급된 남성인물을 다루는 태도를 살펴보자. 기존의 라티나 페미니즘 문학 속에서 남성은 여성 인물들에 중심을 내주었고, 기존의 라티노 가부장중심주의적 문화에 대한 상징으로서의 집이라고 하는 공간도 여성중심의, 여성을 위한 공간의 생성이라는 방향으로 나아갔다. 대표적인 경우가 아나 카스티요의 『신에게서 너무 먼 *So Far From God*』에서 무책임하게 가족을 두고 도망갔을 뿐 아니라 결국 어머니의 집을 상실하게 만드는 역할을 하는 아버지로 그려지는 도밍고일 것이다. 시스네로스의 『망고거리의 집』에서도 주인공이 짓고 싶은 집은 탈남성중심의 공간이었으며, 이러한 예는 수도 없다.

그러나 그란데의 작품에서 집을 세우고자 하는 노력의 중심에는 아버지가 있다. 옥파란타(Chinenye I. Okparanta)는 『일백 개의 산을 넘어』를 "치카나 페미니즘 문학에 남성 인물을 재도입하려는 시도"*라고 읽었다. 실제로 이 작품에서 그려지는 후아나의 아버지는 빈곤이 직간접적인 원인이 되어 자식들을 차례로 잃자 가족을 보호해야 마땅할 집이 가족해체의 원인이 되어버리는 현실 앞에서 '위험한' 집 대신에 뿌

---

* Chinenye I. Okparanta, "Deconstructing Home: Chicana Women and the Quest for Fathers in Reyna Grande's *Across a Hundred Mountains*"(http://quod.lib.umich. edu/cgi/t/text/text-idx?cc=mfsfront;c=mfs;c=mfsfront;idno=ark5583.0023.102;rgn=main;view=text;xc=1;g=mfsg)

리내리게 하고 지켜주는 집을 짓기 위해 미국으로 떠난다. 또한 작품은 딸과 아버지간의 연대를 보여주고 있으며, 떠나간 아버지의 존재감은 작품 전체를 관통하고 있다.

그러나 남성에 대한 여성 인물의 독립이라는 치카나/라티나 문학의 기존 패턴으로부터의 이탈은 '상실'이라는 외적 요인에 대한 질문으로 이어진다. 잃어버린 '아버지 찾기' 작업은 무엇이 우리에게서 아버지를 데려갔는지에 대한 의문을 불러일으킬 수밖에 없으며, 그 관심을 내부적 갈등이 아닌 내부의 시련을 불러온 외부로 시선을 돌리게 만들면서 사회적 조건의 구조적 모순을 부각시키게 된다. 다른 선택의 여지가 전혀 없어 보이는 상황에 처한 여성 인물들의 지속적 등장은 내면에서 일어날 수 있는 변화의 가능성의 제시보다는 불가피한 선택의 연속으로 나타난다.

이러한 측면에서, 치카나 페미니즘 문학 속으로 남성 인물을 재도입하는 이 시도가 과연 긍정적 성과인 것인지 의문의 여지가 있다. 『우리들 사이의 거리』에서 벽에 걸린 아버지의 사진과 실제 함께 살면서 겪게 된 아버지 사이의 간극이 보여주고 있는 것처럼 아버지의 상실이 아버지를 미화해 자신의 내면에서 이상화되는 과정 속에서 실제로는 문제적인 것들이 『일백 개의 산을 넘어』에서는 눈에 보이지 않게 되고 있는 것으로 보인다. 후퇴로도 읽힐 수 있는 이러한 측면은 더 깊이 논의될 필요가 있다. 그러나 이것을 라티나/노 문학의 스펙트럼 확장이라는 측면에서 바라본다면 단순히 후퇴라고 평가하는 것 또한 문제적일 수 있다.

두 번째로, 그란데의 정체성이 가능하게 하는 하위주체적 증언문학, 혹은 하위주체적 문학에 대한 논의로 들어가 보자. '서류미비이주민'으로 미국생활을 시작한 그란데의 특수한 경험은 그녀의 작품에 특별한 의미를 부여한다. 산드라 시스네로스는 『우리 사이의 거리』의 앞부분에 실린 이 책에 대해 평하는 말에서 "나는 이 책을 수십 년 전부터 기다려왔다"고 했다. 이어 그녀는 자신이 기다려온 이유를 다음과 같이 든다. "새천년의 아메리카의 이야기는 라티노 이주민의 이야기이지만, 그러나 이주민 자신에 의해 이야기된 적이 얼마나 있었던가? 레이나 그란데의 아름다운 회고록을 더욱 특별하게 만드는 것은, 이 들리지 않는 영웅의 여행을 통해, 그 목소리가 들려지지 않던 수백만의 이주민을 대변하고 있다는 점이다".

그란데의 이 회고록은 하위주체의 목소리이다. 직접 국경을 넘은 불법이주민이 자신의 목소리를 내고 있다는 점에서 전례 없이 중요한 의미를 지니는 작품이라고 할 수 있다. 누구에 대해, 누구를 위해 말하는가의 문제를 생각했을 때, 대체로 하위주체는 발화의 대상이고, 그리고 그들을 위해 발화하는 지식인들이 있다. 문학의 발화지점은 이들을 위해 말해 주는 '들리는 목소리를 가진' 혹은 '말할 수 있는' 지식인들이었다. "하위주체는 말할 수 없다"*는 스피박의 매우 박한 기준에서 보자면 그란데를 하위주체로 볼 수 없겠지만, 하위주체로서 했던 그란데의 월경(越境) 경험이 증언되고 있다는 점에서는 그녀가 하위주체의 위치에서 발화하고 있다고 말할 수 있을 것이다. 그리고 고통과 수치, 기쁨과 슬픔이 어우러진 그 증언의 놀라운 솔직함이 회고록이자 증언서사로서 이 작품의 진정성에 무게를 더한다는 점에서도 하위주체의 증

---

* Gayatri Spivak, "Can the Subaltern Speak?", *Marxism and the Interpretation of Culture*, eds. Cary Nelson and Lawrence Grossberg(Urbana: University of Illinois Press, 1988), p.308.

언서사로 받아들이게 만들고 있다. 그러므로 우리는 그란데의 소설과 회고록을 읽으며 하위주체의, 하위주체에 대한, 하위주체를 위한 문학을 접하고 있다는 느낌을 가지게 되며, 그녀의 소설을 읽으면서 느끼게 되는 가장 큰 의문이 과연 어느 부분이 작가가 직접 경험한 '사실'일 것인가가 된다.

이 지점에서 증언서사와 픽션의 얇은 경계를 생각해보자. 보르헤스는 『알렙』에 수록되어 있는 단편 「엠마 순스」를 이렇게 마무리한다. "사실 이 이야기는 믿기 힘든 것이었지만 본질적으로 그것은 진실이었기에 모든 사람들의 심금을 울렸다. 엠마 순스의 그 떨리는 어조는 진실이었고, 그녀의 수치감은 진실이었고, 그녀의 증오는 진실이었다. 그녀가 겪었던 분노 또한 진실이었다. 단지 주변 정황과 시간, 그리고 한두어 사람의 이름들만이 거짓이었을 뿐이었다."*

픽션과 논픽션의 경계는 모호하다. 그리고 문학이 현실을 반영하는 방법은 다양하다. 『일백 개의 산을 넘어』에서 보이는 진실과 『우리 사이의 거리』에서 보이는 진실이 서로 다른 진실일 것인가? 『일백 개의 산을 넘어』에서 물에 빠져 죽은 동생은 『우리 사이의 거리』에서 물에 빠져 죽은 사촌동생의 이야기가 다른 모습으로 생생히 살아난 것이라고 할 수 있을 터인데, 전자의 것은 픽션이므로 진실이라고 불릴 수 없을 것인가? 사실과 진실의 사이에는 간극이 있다. 사실과 진실을 동일시한다면 엠마 순스의 이야기는 거짓이 되지만, 사실과 진실 사이에 놓인 간극을 본다면 엠마 순스의 이야기는 진실이 된다. 그란데는 한 인터뷰에서 "비록 나의 소설들이 매우 개인적인 것이고, 소재가 내 자

---

* 호르헤 루이스 보르헤스, 『알렙』, 황병하 역, 민음사, 1996, pp. 92~93.

신의 경험에서 나온 것이기는 하지만 그것들은 허구적 이야기"*라고 밝히며 허구가 아닌 자신이 실제로 살아온 삶을 기록한 『우리 사이의 거리』를 쓰게 된 이유를 설명했지만, 우리는 『일백 개의 산을 넘어』가 또 다른 진실을 통해 심장을 뒤흔드는 힘을 가진 작품이라는 점을 말하고 싶다.

『일백 개의 산을 넘어』는 멕시코 출신의 후아나와 미국 출신의 라티나인 아델리나라고 하는 두 소녀의 이야기가 교차로 서사되어 가다가 한 지점에서 만나고 그 만남이 예상치 못한 결말로 이어지는 작품으로, 그란데는 단어 한마디 한마디를 시어를 선택하듯 정교하게 엮어내지는 않지만, 평범하게 이어지는 것 같던 이야기들이 조금씩 축적되어 어느 순간 탁월한 구성력을 통해 거대한 비극으로 생명력을 가진 유기체처럼 살아나게 만들어낸다. 이 작품은 새로운 긍정적 인물상을 탄생시키는 것이 아니라 부재와 해체에서 생겨나오는 축적된 경험들이 펼쳐질 공간을 확보하는 것에 그 관심과 전력을 기울이고 있는 듯하다.

그란데는 한 부분을 떼어 인용하고 싶은 작품이 아니라 서사의 힘이 감동을 자아내는 작품을 만들어 내는 작가로서, 정교한 짜임의 능력이 아니라 날것의 경험에서 우러나오는 감수성이 머리만으로는 만들어내기 어려운 진실성을 날것으로 전달하는 능력을 가졌다는 점에서 라티나/노 문학이 꼭 필요로 하는 작가이고 그 문학의 전통을 이어갈 중요한 미래 세대의 작가로 평가될 수 있으며 그녀의 성장이 기대되는 바이다.

---

* '로스앤젤레스 리뷰 어브 북스(Los Angeles Review of Books)'에 수록되어 있는 인터뷰이다. http://lareviewofbooks.org/interview/reyna-grandes-journey-daniel-olivas-interviews-reyna-grande

감사의 글

나는 직간접적으로 이 소설이 세상에 나올 수 있게 도와주신 모든 이들에게 감사하고 싶다.

특히 내가 작가로 자라게 도와 준 '이머징 보이시즈 로젠탈 펠로우쉽 프로그램(Emerging Voices Rosenthal Fellowship)'에 감사드린다. 프로그램에서 한 경험을 가장 기억에 남을만한 것으로 만들어준 티나 애플리스(Teena Apeles)에게 감사드린다.

훌륭한 조언을 해주고 격려를 해준 이전 멘토인 작가 마리아 암파로 에스칸돈(María Amparo Escandón)에게 큰 감사를 드린다.

완성도 되기 전에 이 소설을 믿어준 나의 멋진 에이전트 제노인 애덤스(Jenoyne Adams)에게 감사드린다.

초고를 읽고 소중한 의견을 내준 이바리오넥스 페렐로(Ibarionex Perello)에게 감사드린다.

스스로가 깨닫기도 전에 내가 작가라는 것을 알아차려주신 나의 스승, 친구이자 멘토이신 디아나 사바스(Diana Savas)께 가장 진실한 감사의 말씀을 드린다.

바른 길로 나를 이끌어주신 나의 창작교실 선생님들, 특히 미카 퍽스(Micah Perks), 그리고 산타크루스 캘리포니아 대학 창작과에 감사드린다.

이 책이 가능한 최고의 모습으로 나올 수 있게 도와준 아트리아 북스(Atria Books)의 모든 분들에게 감사드린다.

그리고 마지막으로 소설에 대해 이야기하고 싶을 때 항상 들어주고, 질문해주고, 격려하고, 또 무엇보다도 항상 당신이 필요할 때 옆에 있어준 코리에게 감사한다.

▸ 요약

　그녀를 어머니와 갈라놓아 버린 비극을 겪은 후, 후아나 가르시아는 여러 해 전에 행방불명된 아버지를 찾아 멕시코에 있는 그녀의 작은 마을을 떠난다. 돈이 바닥나고 국경을 넘도록 도와줄 사람이 필요하던 때에 후아나는 마침 삼 년 전 부모가 반대하는 사람을 따라 캘리포니아에서 멕시코로 사랑의 도피를 해온 아델리나 바스케스라는 소녀를 만나게 된다.

　두 여인이 가장 뜻하지 않은 장소-티후아나의 감옥-에서 힘을 합한 이후로 일어난 일들은 겉으로 보이는 것과 다르다. 미뤄진 꿈들과 성취된 꿈들을 그려가는 생생한 소설 속에서 그란데는 미국으로의 이주라는 현상의 이면에 남겨진 멕시코인들의 삶 속으로 독자를 데려간다.

▸ 토론을 위한 질문과 논의주제

1. 책의 초반에서 우리는 후아나가 죄책감과 의무감의 노예가 되어 있다는 것을 알게 됩니다. "아버지의 유골. 그녀가 되찾아 온 것. 아델리나가 죽어가는 어머니에게 유골을 전해 드리고 나면 더 이상 악마가 나타나 괴롭히지도 않을 것이고, 베개를 베고 잠들 수 있을 것

이다."(25쪽) 처음에 어떤 사건으로 후아나가 자책하기 시작했습니까? 그 사건은 어떻게 그녀의 성격형성에 영향을 미치게 됩니까? 아버지를 찾는 일 이외에 다른 어떤 방법으로 자신을 구원하려고 합니까?

2. 이야기가 두 개의 줄거리를 오가는 동안, 적어도 두 인물이 하고 있는 일과 관련해서는, 한 장의 결론이 다른 장의 도입부와 매우 유사한 경우가 많습니다. 책 전체에서 아델리나와 후아나의 이야기가 바뀌는 지점에서 두 인물이 같은 활동을 하고 있는 예를 최대한 많이 찾아보세요. 이 기법이 이야기 전체에 어떤 효과를 주고 있습니까?

3. 작가는 후아나와 아델리나의 경험을 독자에게 전달하기 위해 소설 전반에 걸쳐 생생한 묘사를 사용하고 있습니다. 어떤 묘사가 가장 충격적입니까? 작가는 독자가 배경과 사건에 몰입할 수 있는 어떤 다른 기법을 사용하고 있습니까?

4. 로스앤젤레스에 처음 도착한 아델리나가 공원에서 잠을 잘 때, 그녀를 돈 에르네스토에게로 가라고 말해준 사람은 달에 관한 흥미로운 이야기를 해줍니다. "달은 얼굴이 두 개란다. 세상에는 한 개의 얼굴만 보여주지. 계속 모양을 바꾸고 있어도 우리가 보는 것은 항상 같은 얼굴이야. 그렇지만 그녀의 두 번째 얼굴은, 두 번째 얼굴은 어둠에 숨어 있지. 그건 누구도 볼 수 없는 얼굴이야. 사람들은 달의 이면이라고 불러. 두 개의 정체성을 가졌지. 동전의 양면 같은 거야.(⋯⋯)"(40~41쪽) 아델리나는 자신을 달과 동일시하고 있습니까? 이 언급은 결말에 밝혀질 어떤 새로운 사실의 전조가 되고 있습니까?

5. 당신은 소설의 어느 시점에서 아델리나와 후아나라는 두 인물이 실제로는 같은 사람일 수 있다고 생각하기 시작하게 됩니까? 작가는 소설을 이런 방식으로 구성하는 것을 통해 무엇을 얻게 됩니까? 각 정체성의 문체가 어떤 식으로든 달라지나요?

6. 후아나의 어머니인 루페는 돈을 갚기 위해 돈 엘리아스에게 굴복한 것을 성인들이 벌할 것이라고 믿고 있습니다. 성주간에 고행자(flagelante)로 참여할 때에도 그녀는 구원을 받지 못하고 자기 아들을 돌려받지 못합니다. 루페의 삶은 구원을 받으려는 이 최후의 시도가 실패로 돌아간 후에 곤두박질치지만, 그녀의 믿음 자체가 바뀌게 됩니까?

7. 어머니가 겪는 모든 고통을 봤음에도 불구하고, 후아나는 창녀가 되었을 때 결국 자기 어머니의 행동을 따라하게 됩니다 – 루페보다 오히려 더 많이 굴복하면서. 아버지를 찾으려는 후아나의 갈망은 그 정도의 희생을 해도 좋을 정도로 가치가 있을까요?

8. 소설 속에서 성인들에게 하는 기도는 주로 응답받지 못합니다. "후아나는 성인들과 과달루페 성모가 자신들을 위해 곁에 있어주었던 오래전을 기억했다. 그러나 지금, 모든 성상들은 먼지에 덮였고, 꽃잎들은 시든지 오래다."(173쪽) 후아나(아델리나)의 믿음은 소설 속에서 변해가나요? 그녀는 자신의 희망이 살아있게 하기 위해 무엇에 의지하나요?

9. 돈 에르네스토는 아델리나에게 일종의 아버지 역할을 하게 되지만, 그녀는 세바스티안과 "행복해질 기회"를 거부하면서 그와의 마지막 약속을 깨게 됩니다(210쪽). 그녀가 이런 선택을 하는 이유는 무엇입

니까? 아델리나가 세바스티안에게로 돌아가는지 독자에게 알려지지 않지만, 당신은 아델리나가 사실은 돈 에르네스토와 한 약속을 지킬 준비가 되어 있다고 결말 부분에서 작가가 암시하고 있다고 생각하십니까?

10. 이 책에서 이중성은 중심주제입니다. 후아나 이외에 상이한 정체성들을 보여주고 있는 다른 인물들이 있습니까? 어떤 인물들이, 특히 후아나/아델리나에게 의미하는 바에 있어, 서로서로 닮았습니까?

11. 이 이야기는 "아델리나" 장으로 시작하고 끝납니다. 당신은 작가가 이것을 의식적으로 선택했다고 생각하나요? 만약 그렇다면, 이 선택의 의미는 무엇입니까?

12. 『일백 개의 산을 넘어』의 주요 인물들은 여성이고, 그들 중 몇은 남성의 잔혹행위나 방치의 희생자들입니다. 이러한 인물설정이 소설의 전반적 메시지에 어떤 효과를 주나요?

▶ 레이나 그란데와의 대화

1. 당신은 소설 전반에서 다양한 배경을 그리기 위해 생생한 묘사를 구사하고 있습니다. 당신은 미국으로 떠나기 전에는 멕시코의 게레로 주에서 자랐습니다. 『일백 개의 산을 넘어』를 쓰기 전에 당신은 게레로를 다시 방문했나요, 아니면 과거의 기억에 의존했나요? 소설의 일부는 티후아나가 배경입니다. 당신은 책의 배경을 쓰기 위해 그곳에서 시간을 보냈습니까?

저는 『일백 개의 산을 넘어』를 쓰기 전에 게레로로 세 번 돌아갔습니다. 제 소설의 배경을 재-창조해내는 데에 이것은 정말 도움이 되었습니다. 고향에서 가장 인상 깊게 와 닿은 것은 산들이었어요. 그것들은 너무나 크고 가까워서 손에 닿을 듯해요. 또 맘에 들었던 것은 기차역이었어요. 제가 게레로에 살았을 때에는 기차역이 사람들과 하나로 어우러졌었어요. 무척 생기에 넘쳤죠. 6년 후에 되돌아갔을 때에는 역이 버려져 있었어요. 멕시코에서는 철도 시스템이 민영화되었기 때문에 기차가 그 지역에서는 더 이상 운영되지 않았죠. 정말 슬펐어요. 많은 사람들이 역에서 일하면서 생계를 유지했었는데, 지금은 그 어느 때보다도 가난해졌어요. 티후아나에는 구경하러 몇 번 가봤습니다. 머릿속에 너무나 선명히 남아있어서 소설의 자세한 묘사를 위해 따로 여행을 하지는 않았어요.

2. 이 소설을 쓰기 위해 조사를 한 적은 있습니까?

제 소설을 쓰려고 조사를 그리 많이 하지는 않았습니다. 대신, 저는 후아나의 삶을 그리기 위해 제 자신의 개인 경험을 많이 사용했어요. 여러 가지 중에서, 제 아버지가 미국으로 떠나신 것, 잊혀지고 그를 다시 볼 수 없게 되는 것에 대한 두려움, 제가 자란 오두막, 제 언니가 케사디야를 팔며 일하던 기차역(꼭 후아나처럼요), 여름철의 홍수, 저의 비열한 친할머니, 불법으로 국경을 넘은 일 같은 것들요. 또 다른 주요인물인 아델리나를 형상화하기 위해서는 제 경험을 그다지 사용하지 않았습니다. 제가 사용한 것은 보일 하이츠, "드라큘라의 성"(원래 그렇게 불리지는 않지만), 산 페드로, 왓슨빌, 티후아나 그리고 멕시코시티처럼 제가 가 본 장소들 중 몇 곳입니다. 이야기 속에서 그녀는 사회복지사인데, 사회 봉사자들이 자신들의 일에 대해 이야기하게 만드는 데에 어려움을 겪었 기 때문에(그들은 제가 책을 쓰고 있다고 했을 때 제 말을 믿지 않았어요), 사회 복지에 관한 책 몇 권을 읽어야만 했고, 거기서부터 시작했죠.

3. 후아나의 결심은 죄책감과 절박한 구원에 대한 희망 모두로부터 동 인을 얻고 있습니다. 오늘날의 당신이 있게 추동한 것은 무엇입니 까?

제가 하는 모든 일을 정말 열심히 하게 만드는 것 한 가지가 있습니 다. 이 나라로 왔다는 점이예요. 멕시코에서 저는 찢어지게 가난했어요. 저희 가족은 가진 게 없었어요. 막대기와 판지로 만든 오두막에 살았 고, 우리는 기생충으로 가득한 배와 이로 가득한 머리를 하고서 맨발로 돌아다녔어요. 이 나라로 왔을 때, 저는 제 형제자매와 제가 얼마나 운 이 좋았는지 깨달았죠. 우리에겐 삶을 개선시킬 기회가 주어진 거예요. 고등학교를 졸업할 때, 저는 최선을 다해 열심히 공부해서 학위를 따겠 다고 다짐했어요. 이 나라로 오는 많은 사람들이 그걸 이용하지 않거나 이용할 수가 없어요. 대부분은 제가 가졌던 행운을 얻지 못했죠. 곧바 로 합법적 거주민이 되는 거요. 학교를 애써 다니면서 내내, 나는 이 나라에 더 나은 삶을 살기 위해 왔다고 계속해서 스스로에게 주지시켰 어요. 만약 멕시코에 남았었더라면 (우리 가족 여인들의 운명이 그랬던 것처럼) 아이 여섯을 두고 나를 패는 알코올중독자와 결혼했을 거라고 스스로에게 계속 말했죠. 1999년에 저는 우리 전 가족 중에서 학위를 딴 최초의 사람이 되었습니다. 저는 지금 교사이자 작가예요. 저를 바라보고 있는 아들이 있기 때문에 저는 조금씩 삶이 향상되도록 애씁니다. 저는 걔를 위해 모범이 되어야 해요. 저는 걔가 제가 성취한 일들에 대해 자랑스럽게 여기길 바랍니다.

4. 당신은 이 소설을 같은 인물의 두 개의 다른 관점을 사용해 썼습니다. 당신은 이 기법을 당신의 다른 저술에서 사용했던 적이 있습니까?

아뇨. 이 작품에서 두 개의 다른 관점에서 쓰는 것을 최초로 시도해 봤어요. 이야기를 순서에 맞게 아델리나에게서 후아나에게로 오락가락해야 했기 때문에 처음에는 어려웠어요. 그렇지만 몇 장을 써보고는 이게 제대로 작동하지 않는다는 것을 깨닫고 아델리나를 밀쳐두고는 끝날 때까지 후아나 이야기에 전념했습니다. 그리고 난 후에야 아델리나에게로 돌아가 그녀의 이야기를 끝까지 썼어요. 일단 그렇게 하고 나서야 장들을 보고 그것들을 어떻게 함께 짜 넣어야 하는지를 알 수 있었죠.

5. 당신은 후아나와 세바스티안의 최종 운명에 대해 독자가 짐작해보도록 내버려뒀습니다. 당신은 그 이야기의 결말을 써넣는 것을 생각해본 적이 있습니까?

아뇨, 없었어요. 저는 독자를 위해 너무 깔끔하게 정리된 이야기를 좋아하지 않기 때문에 "행복하게 잘 살았습니다"라는 결말을 쓰고 싶지 않았어요. 저는 오히려 그걸 독자의 상상력에 맡기겠어요.

6. 『일백 개의 산을 넘어』는 여성의 관점에서 서술되고 있습니다. 당신은 언젠가 주요인물로 남성을 채택한 소설을 쓰게 될 거라고 생각하십니까?

쓰지 않을 거라고 말씀드리고 싶진 않습니다, 미래에 어떻게 될지는 알 수 없는 일이니까요, 그죠? 그렇지만 지금으로서는 남성의 눈으로 본 글쓰기를 생각해본 적은 없습니다. 저는 저의 경험, 감정, 두려움 등 저의 일부를 반영해서 제 인물들을 만들어냅니다. 제가 여성 인물을 만들어내는 것처럼 남성 인물을 만들어낼 수 있을지 잘 모르겠습니다.

7. 당신의 소설은 곳곳에서 스페인어 단어와 표현들이 사용되어 분위기를 내고 있습니다. 당신은 스페인어나 영어, 어느 언어로 쓰는 것을 더 즐기십니까?

스페인어가 제 모국어이긴 하지만, 그 언어를 영어를 아는 방식으로 알지는 못한다는 것을 인정해야 합니다. 저는 3학년 때 멕시코를 떠났기 때문에 거기까지가 제 스페인어 수준이에요. 일단 영어를 배우기 시작하면서 저는 더 빨리 익히려고 영어로 된 책을 많이 읽기 시작했어요. 영어는 저의 주요 사용언어가 되었고, 그걸로 저를 훨씬 더 잘 표현할 수 있습니다. 그러므로 질문에 답하자면, 저는 영어로 쓰는 것을 더 즐깁니다. 그렇지만, 『일백 개의 산을 넘어』를 스페인어로 옮기기 시작하면서 스페인어의 감이 좋아지기 시작했고, 비록 번역하기 무척 어려웠지만, 지금은 그걸 꽤 즐기고 있다고 솔직하게 말씀드릴 수 있습니다.

8. 아델리나가 아버지의 유골 찾는 일을 돕는 코요테나 후아나가 미국으로 들어가는 국경을 건너는 것을 도와준 코요테가 그런 것처럼 당신의 소설에서는 "코요테"가 큰 역할을 차지하고 있습니다. 코요테를 선택한 이유가 있습니까? 멕시코 민속전통에서 일반적인 상징입니까?

저는 코요테가 멕시코 민속의 일반적인 상징이라고 생각하지 않습니다만, 매우 중요한 역할을 하고 있다는 것은 사실입니다. 그는 사람들이 미국에 도달하려는 꿈을 이루게 도와주니까요. 사람들이 국경을 넘도록 도와주는 사람인 코요테는 사랑받고 있는 동시에 두려움과 미움의 대상이기도 하죠. 고객에게 거짓말하고, 속이고, 강간하고, 심지어 죽이는 코요테가 수도 없습니다.

9. 당신은 왜 작가가 되었습니까? 당신에게 영감을 준 좋아하는 작가들이 있습니까?

제가 1994년에 파사데나 시립대학에서 공부하기 시작했을 때, 저는 예술 전공으로 입학했습니다. 그 당시, 저는 음악(저는 밴드밖에 모르는 괴짜였죠)과 예술에 깊이 빠져 있었어요. 파사데나 시립대학에서 저는 예술 수업을 무척 많이 들었고, 언젠가 디즈니의 만화제작자가 되길 꿈꿨어요. 1994년 여름, 저는 다이아나 사바스 교수의 영어수업을 수강했습니다. 그녀는 제가 예술을 잊고 글쓰기에 집중하도록 최선을 다해 설득했어요. 그녀는 라티나 작가들이 쓴 책들을 계속 줬는데, 만약 그 라티나들이 할 수 있었다면 저도 할 수 있다는 것을 제게 보여주기 위해서였죠.

저는 특별히 좋아하는 작가는 없어요. 제 글쓰기에 영감을 준, 제가 정말로 좋아하는 책들은 이것들이예요. 산드라 시스네로스의 『망고거리의 집 *The House on Mango Street*』, 아인 랜드의 『파운튼헤드 *Fountainhead*』, 칼릴 지브란의 『예언자 *The Prophet*』, 매리언 짐머 브래들리의 『아발론의 안개 *The Mists of Avalon*』, 라우라 에스키벨의 『달콤 씁싸름한 초콜릿』, 캐런 헤세의 『모래 폭풍을 지나서 *Out of the Dust*』.

10. 현재 진행 중인 작품이 있습니까?

현재로는 『일백 개의 산을 넘어』를 스페인어로 번역하는 작업을 마무리 중입니다. 일단 그걸 끝내고 나면 민속춤(Folklórico)의 세계를 들여다보는 제 두 번째 소설 작업을 계속 이어나갈 겁니다. 멕시코 민속춤은 라티노 공동체의 하위문화이지만 그걸 다룬 책은 별로 없어요. 저는 민속춤-음악, 의상, 스텝-을 좋아합니다. 제 소설에서 저는 다섯 명의 다른 여성과 그들이 민속춤과 가지는 관계에 대해 쓰고 있습니다.

▶ 북클럽 활동을 위한 팁

1. 음식으로 분위기를 돋궈보세요. 아무리 먹을 음식이 적어도, 후아나가 먹는 음식은 『일백 개의 산을 넘어』 전반에서 종종 자세히 묘사됩니다. 당신의 북클럽 모임이 열리기 전에 인터넷에서 케사디야처럼 작중인물들이 먹는 진짜 멕시코 요리와 음식을 위한 조리법을 찾아보세요.(이 사이트에는 멕시코 음식에 대해 많은 힌트를 줍니다: www.mexgrocer.com) 북클럽 회원들에게 각각 다른 요리를 과제로 주고 모임에 음식을 가져오도록 합니다.

2. 후아나는 결국 아델리나의 신분을 취하게 됩니다. 북클럽 모임에서 『일백 개의 산을 넘어』를 토론하기 전에 이 주제를 가지고 즐겨보세요. 북클럽의 다른 멤버와 "신분"을 바꿔볼 수 있도록 이름을 써보고, 모임에 그 멤버처럼 옷을 입고 참석해 보세요. 모임의 모든 사람들이 각각 누가 되었는지 돌아가며 맞춰볼 수 있습니다.

3. 저자 레이나 그란데는 통합웹사이트를 가지고 있습니다: www.reynagrande.com. 모임을 갖기 전에 레이나 그란데에 관해 읽고 그녀가 가장 좋아하는 책들이 어떤 것들인지 알아보세요. 그 책들 중 몇 권에서 일부를 읽어보고 그 작품들이 문학적인 영향을 주었는지 토론해 보세요.

작가 소개

레이나 그란데 Reyna Grande

레이나 그란데는 1975년 멕시코의 게레로주 이구알라에서 태어났다. 그란데가 2살 무렵 멕시코가 불황에 시달리기 시작하면서 그녀의 아버지는 꿈을 찾아 미국으로 떠났지만 마음과 다른 현실을 접하고 2년 뒤 그녀의 어머니만을 미국으로 불러들였고, 레이나는 언니 마고, 오빠 카를로스와 함께 친할머니의 손에서 자라나게 된다. 미국에서는 이들이 얼굴을 본 적이 없는 여동생 베티가 태어났다. 2년 반이 지나고 어머니가 다시 돌아왔지만 아버지와의 불화를 계기로 다른 남자와 살기 위해 이들을 두고 떠나면서 다시 외할머니 손에 맡겨지는 불행을 겪게 된다. 멕시코로 잠시 돌아온 아버지를 따라 언니, 오빠와 함께 1985년 서류미비이민자로 미국에 들어가 부모가 정착해 있던 로스앤젤레스의 하이랜드 파크 지역에서 살기 시작했고, 1986년 영주권을 획득한다. 그러나 부모는 이미 이혼한 상태여서 다정다감하지 않은 새어머니 밀라 밑에서 눈치를 보고, 알콜중독자이던 아버지의 폭력에 시달리며 유복하지 못한 삶을 살았다. 밀라와 그란데에게 심한 폭력을 가해 아버지가 경찰에 체포되는 사건 이후 그녀에게 글쓰기를 가르쳐 준 스승 디아나 사바스와 함께 살기 시작했다. 1996년 마침내 밀라가 떠나고 아버지가 혼자 남아 자살까지 생각하는 상황이 되자 그란데는 아버지의 곁으로 돌아간다. 1999년 U.C. 산타크루즈에서 문예창작과 영화 및 비디오 전공으로 학사학위를, 문예창작으로 석사학위를 받았다. 2003년에는 미국 서부 펜협회 신진작가로 뽑혀 지원을 받았다. 2006년 첫 장편소설 『일백 개의 산을 넘어』로 주목받기 시작해 이듬해 이 소설로 어메리컨 북 어워드를 수상했고, 2009년 멕시코 민속춤을 다룬 장편소설 『나비와 춤을』을 출판했다. 2012년에는 회고록 『우리 사이의 거리』를 출판해 좋은 반응을 얻고 있다. 그란데는 2002년 미국 시민권자가 되었다.

역자 소개

박은영

서울대학교에서 라틴아메리카 문학으로 박사학위를 받고 서울대, 고려대, 외국어대, 홍익대 등에서 강의해 왔다. 박사학위 논문은 국내에서 치카나 문학을 다룬 최초의 논문이었다. 라틴아메리카 문학과 미국내 라티노 문학, 문화이론을 연구하고 있으며, 치카노 문학을 한국에 번역, 소개하는 작업도 동시에 진행하고 있다.

글누림비서구문학전집 5
레이나 그란데 장편소설

일백 개의 산을 넘어 _across a hundred mountains_

초판 1쇄 발행 2014년 1월 10일

지 은 이 레이나 그란데 Reyna Grande
옮 긴 이 박은영
펴 낸 이 최종숙
펴 낸 곳 글누림출판사

책임편집 이태곤
편　　집 권분옥 이소희 박선주
디 자 인 이홍주 안혜진
마 케 팅 박태훈 안현진
관　　리 이덕성

주　 소 서울시 서초구 반포4동 577-25 문창빌딩 2층(137-807)
전　 화 02-3409-2055(대표), 2058(영업), 2060(편집)
팩　 스 02-3409-2059
전자메일 nurim3888@hanmail.net
홈페이지 www.geulnurim.co.kr
등록번호 제303-2005-000038호(2005.10.5)

정　 가 13,000원
ISBN 978-89-6327-236-8 04840
　　　978-89-6327-098-2(세트)

표지 디자인·디자인밥 출력·알래스카 인쇄·한교원색 제책·동신제책사 용지·에스에이치페이퍼

* 이 도서의 국립중앙도서관 출판시도서목록(CIP)은 서지정보유통지원시스템 홈페이지(http://seoji.nl.go.kr)와
국가자료공동목록시스템(http://www.nl.go.kr/kolisnet)에서 이용하실 수 있습니다.(CIP제어번호: CIP2013028412)